젊은 날의 이별

이청준 전집 6 장편소설
젊은 날의 이별

초판 1쇄 2014년 2월 7일

지은이 이청준
펴낸이 주일우
펴낸곳 ㈜문학과지성사
등록번호 제1993-000098호
주소 121-840 서울 마포구 서교동 395-2
전화 02) 338-7224
팩스 02) 323-4180(편집) 02) 338-7221(영업)
전자우편 moonji@moonji.com
홈페이지 www.moonji.com

ⓒ 이청준, 2014. Printed in Seoul, Korea

ISBN 978-89-320-2086-0
ISBN 978-89-320-2080-8(세트)

이청준 전집 6

젊은 날의 이별

문학과지성사
2014

일러두기

1. 문학과지성사판 『이청준 전집』에는 장편소설, 중단편소설, 그리고 작가가 연재를 마쳤으나 단행본으로 발간되지 않은 작품과 미완성작 등을 모두 수록했다.

2. 전집의 권별 번호는 개별 작품이 발표된 순서를 따르되, 장편소설의 경우 연재 종료 시점을, 중단편소설의 경우 게재지에 처음 발표된 시점을 기준으로 삼았다. 단, 연재 미완결작의 경우 최초 단행본 출간 시점을 그 기준으로 삼았다. 중단편집에 묶인 작품들 역시 발표된 순서대로 수록하였으며, 각 작품 말미에 발표 연도를 밝혀놓았다.

3. 전집의 본문은 『이청준 문학전집』(열림원) 발간 이후 작가가 새롭게 교정, 보완한 내용을 충실히 반영하여 확정하였다. 특히 미발표작의 경우 작가가 남긴 관련 자료에 근거하여 수록하였음을 밝힌다.

4. 전집의 각 권에는 작품들을 수록하고 새롭게 씌어진 해설을 붙였으며 여기에 각 작품 텍스트의 변모 과정과 이청준 작품들의 상호 관계를 밝히는 글을 실었다. 이 글은 현재의 문학과지성사판 전집의 확정 텍스트에 이르기까지 주요한 특징적 변모를 잘 보여준다.

5. 이 책의 맞춤법은 국립국어연구원의 '한글 맞춤법'에 따르는 것을 원칙으로 하되, 띄어쓰기의 경우 본사의 내부 규정을 따랐다. 단, 작품의 분위기에 영향을 준다고 판단되는 방언이나 구어체 표현·의성어·의태어 등은 작가의 집필 의도를 살려 그대로 두었다(괄호 안: 현행 맞춤법 표기).
   예) ① 방언 및 의성어·의태어: 밴밴하다(반반하다) 희멀그럼하다(희멀겋다) 달겨들다(달려들다) 드키(듯이) 뚤레뚤레(둘레둘레) 멩강(맹궁) 까장까장(꼬장꼬장)
   ② 작가의 고유한 표현:
   -그닥(그다지) 범상찮다(범상치 않다) 들춰업다(둘러업다)
   -입물개 개없고 아심찮게도 목짓 펀뜻 사양기
   ③ 기타: 앞엣사람 옆엣녀석 먼젓사람 천릿길 뱃손님 뒷번
   그리고 나서(그러고 나서) 그리고는(그러고는)

6. 이 책의 외래어 표기는 국립국어연구원의 '외래어 표기법'에 따라 바꾸었다. 단, 작품의 제목이나 중요한 어휘로 등장하는 경우에는 원본을 그대로 살렸다.
   예) ① 맘모스(매머드) 셰느(센) 뎃쌍(데생) ② 레지('종업원'으로 순화)

7. 이 책에 쓰인 문장부호의 경우 단편, 논문, 예술 작품(영화, 그림, 음악)은 「 」으로, 단행본 및 잡지, 시리즈 명 등은 『 』으로 표시하였다. 대화나 직접 인용은 큰따옴표(" ")와 줄표(—)로, 강조나 간접 인용의 경우 작은따옴표(' ')로 묶었다.

차례

1

'무지개 클럽' 하면, P여고 학생들 사이에선 언제부턴가 제법 얼굴이 알려질 만큼 알려진 아이들의 서클로 정평이 나 있다. 뿐만 아니라 이 '무지개 클럽'은 어떤 학교, 어떤 애들의 모임이나 으레 다 그러기를 바라듯, 클럽의 자랑거리로 삼고 있는 일들이 한결같이 남다르다는 점에서도 또한 친구들의 부러움을 한데 모으고 있는 것이다.

무엇보다 우선 이 클럽의 회원들이 학교 안에서는 모두 쟁쟁하게 이름이 알려진 유지급 인물들이라는 것부터가 그런 자랑거리의 하나였다. 이름이 알려진 것도 무슨 말썽 같은 것을 자주 피우거나 공연히 왈가닥으로 소문이 나서 그렇게 된 것은 물론 아니었다. 공부들을 특히 잘해서도 아니었다. 공부는 남에게 지지 않을 만큼만 적당히적당히 했다. 한데도 이들이 모두 학교 안에서 유지급 인재가 된 것은 그들의 빼어난 특기 때문이었다. 클럽 이름이 '무지개'인 것처럼 이 클럽은 회원 수도 그 무지개의 색깔 수를 따라 꼭 일곱 명뿐이었다. 그런데 바로 이 일곱 명의 무지개 멤버야말로 P여고에선 가장 자랑스런 재주꾼들의 얼굴을 모두 망라했다 해도 무방할 정도인 것이다.

거기에는 덕숙이처럼 장안에서도 가장 인기가 높은 P여고의 농구팀을 이끌어가는 아가씨도 있었고, 지숙이처럼 어디서 무슨 문예작품 현상대회 같은 것만 있으면 꼭꼭 장원을 차지해오는 꼬마 여류도 있었다. 미영이처럼 중학교 때 벌써 개인 무대를 몇 번 가져본 소녀 무용수가 있는가 하면 경옥이처럼 연극만 하자면 그저 시험이고 뭐고 밥을 굶는 아가씨도 있었다. '무지개 클럽'의 다른 멤버들인 영주, 선자, 혜진이도 물론 다 마찬가지였다. 그들도 모두가 그림에서, 노래에서 그리고 교내 사진반 같은 데서 이름이 쟁쟁한 멤버들이었다. 그러니까 P여고에선 그렇게 남달리 뛰어난 특기를 가진 아이들, 이를테면 P여고의 교보적인 인재들이 모두 한데 모인 것이 바로 이 '무지개 클럽'인 셈이었다. 그것은 참으로 자랑거리가 아닐 수 없었다.

그러나 '무지개 클럽'에서 자랑거리로 삼을 수 있는 일은 물론 그 한 가지뿐만도 아니었다. 두번째 자랑거리로 삼을 만한 일이 또 한 가지 있는 것이다.

그것은 어쩌면 아주 당연한 것 같기도 하지만 이 클럽의 아가씨들 사이는 다른 어느 모임에서보다도 더욱 명랑하고 의가 좋다는 것이 바로 그것이었다. 친구들끼리서 좀더 유쾌하고 명랑하게 지내보자고 서클을 만든 것이라면, 어느 모임에서나 다 회원들 사이가 친절하고 사랑스러울 것은 두말할 나위도 없는 일이다. 하지만 반드시 그렇지는 않다. 아무리 같은 서클의 회원 사이라도 때로는 그 회원들끼리도 서로 시기하고 다투게 되는 일이 전혀 없는 것만은 아니다. 아니 어떤 경우엔 그렇게 서로 상대방을 시기하고 다투기를 계속하다 오히려 전보다도 더 사이가 서먹서먹해져서 영영 앙숙이 되어버리는 수도 있다. 사람이란 사이가 가까워지면 질수록 장점보다는 결점을 더 많이 드러내 보이게 마련인데, 그 결점을 서로 용서하고 충고해주기보다는 먼저 상대방을 추궁하고 비난하려 들기가 쉽기 때문이다. 그리고 상대방이 자기의 비난을 곱게 받아들이지 않고 거꾸로 이쪽의 결점을 들추고 나서기라도 하면 그때부터는 정말 서로 화가 나서 상대방을 시기하고, 그러다 보면 끝내는 서로가 싫증이 나버리고 말기 때문이다. 그래서 아무리 친한 친구들 사이에서라도, 아니 친하면 친할수록 더욱더 넓은 아량과 인내가 없이는 자칫 그런 불행한 일이 벌어지곤 하는 것이다.

그런데 '무지개 클럽' 아가씨들 사이에선 도대체 그런 일이 한 번도 없는 것이다. 회원들 사이에서 누구를 서로 비난하거나 상대방을 꺾어 이기려고 다투는 일이란 클럽이 생긴 후로는 아직 한 번도 없었다. 언제나 서로 즐겁고 명랑하기만 했다. 그렇게 즐겁게 구경도 다녔고, 일요일 같은 때는 함께 산을 오르기도 했다. 시험 때가 되면 공부도 함께 했고, 시험이 끝나 방학이 오면 여행까지도 함께 다녔다. 어떤 때는 친구의 부모님이나 오빠들 생일까지도 함께 축하해주러 다녔다.

한마디로 '무지개 클럽'은 그렇게 사이들이 좋았던 것이다. 그리고 그것 역시도 '무지개 클럽' 아가씨들로선 자랑스런 점이 아닐 수 없었다.

그럼 이제 마지막으로 이 '무지개 클럽'의 자랑거리를 한 가지만 더 들어보기로 하자. 하지만 이 마지막 자랑거리란 사실 어떤 모임의 멤버들이 스스로 그것을 자기들의 장점이라고 내세울 수 있을지 어떨지가 좀 의심스러운 것이기도 하다. 그러나 이제 어차피 말이 시작된 참이니 그것까지 마저 이야기를 해도 나쁘지는 않을 것 같다. 왜냐하면 우리는 앞으로 이 '무지개 클럽' 아가씨들 중의 누구에게 어떤 비밀이 움트기 시작하고 있는지, 그리고 누구의 마음이 무슨 이유로 해서 어떻게 슬퍼지고 있는지 이 무지개 클럽 안에서 일어난 한 조그만 사건에 대하여 하나하나 진상을 알아내가야 하니까 말이다.

'무지개 클럽'의 마지막 자랑거리란 이런 것이다. 가령 어떤 학교 어떤 학년에서 이렇다 하는 아이들이 한데 모여 서클을 만들고, 그리고 그 회원들끼리는 남달리 의가 좋은 사이가 되고 있다면 그 서클이나 서클의 멤버들은 아마 십중팔구 다른 친구들의 시새움을 받게 되는 것이 보통이다. 이를테면 '무지개 클럽' 같은 것이 그런 경우다. 한데 '무지개 클럽'은 바로 그 결성 내력이나 경우만 비슷할 뿐, 전혀 친구들의 시새움 같은 것을 사고 있지 않은 것이 또 하나의 장점인 것이다. 클럽 전체로든 멤버 개개인으로든 어느 경우나 다 마찬가지였다. 아무도 클럽 바깥 친구들로부터라도 욕을 먹거나 시새움을 당하는 일이 없었다.

사실 서클을 만들다 보면, '무지개 클럽' 아가씨들만큼 다른 친구들의 질투를 사지 않기란 결코 쉬운 일일 수가 없었다. 하지만 무지개 아가씨들은 용하게도 그것을 잘 처리해나가고 있었던 것이다. 가만히 앉아서 그렇게 되어진 것은 물론 아니었다. 회원 각자의 개인적인 인기와 성품이 친구들을 그렇게 만들었다고도 할 수 있으리라. 하지만 회원들의 개인적인 인기나 성품만으로도 아직 그렇게는 될 수 없었다. 그것은 오히려 회원들 각자가 기울인 그만한 주의와 노력의 결과라고 하는 편이 더 옳은 말이었다.

'무지개 클럽'은 원래 교내 활동을 목적으로 한 공적인 모임이 아니라, 친구들끼리라도 좀더 학창 시절을 즐겁게 보내면서 우정이나 곱게 가꾸자는 뜻으로 모인, 이를테면 순전한 친목 서클이었다. 그래서 이 아가씨들은 학교 안에서까지 꼭 자기들끼리만 만나 극성을 피워댈 필요는 없었다. 학교에서는 각자 자기의 일에 바빠서 어울릴 틈도 없었지만 어쩌다 틈이 나더라도 그런 시간에는 대개 다른 친구들과 어울리기를 더 좋아했다. 일부러 그러려고 애를 쓰기도 했다. 클럽 애들과는 대개 방과 후에 학교 바깥에서만 만났다. 시험공부를 함께 하거나 구경을 다니는 것도 모두 학교 바깥에서뿐이었다. 학교 안에서는 되도록 클럽 의식을 피하면서, 다른 친구들의 비위가 상하지 않도록 서로 간단한 소식만을 주고받았다. 심지어 무지개 아가씨들은 그 색깔을 따라 각자 별명을 하나씩 지어 가지고 있었는데, 저희들끼리 모인 자리에서는 서로 그 별명만 가지고 통하는 버릇이 있으면서도 학교에서는 그 별명조차 함부로 불러대는 일이 없을 정도였다.

그러니 다른 친구들이 도대체 무지개 아가씨들을 시새울 구석이 없는 것이다. 시새움은커녕 어떤 아이들은 숫제 누구누구가 '무지개 클럽'인지 그리고 학교 안에 그런 모임이 있는지 없는지조차도 종종 모르고 있는 수가 생기는 형편이었다. 모두가 회원 각자의 재치와 노력 덕분이었다. 그리고 바로 그 점이 '무지개 클럽'으로서는 또 하나 커다란 자랑거리가 되지 않을 수 없었다.

'무지개 클럽'이란 그러니까 결국 그런 재치꾼들의 가장 재치 있는 모임인 셈이었다. 그리고 지금까지는 줄곧 그처럼 즐겁고 행복스런 일들만 계속되어온 것이 바로 이 '무지개 클럽'의 자랑거리이자 내력이기도 한 것이다.

그런데 사람의 일이란 언제나 그렇게 즐겁고 행복스런 일들만 무한정 계속되고 있을 수는 없는 것. 때로는 따분하고 난처한 사정이 생기기도 하고, 때로는 안타깝고 슬픈 일을 만나야 하기도 하는 것이 사람의 일인 것이다. 그리고 그런 일들 가운데는 우리가 금세 어떤 실마리를 찾아 문제를 쉽사리 해결 지어버릴 수 있는 것도 있고, 또 더러는 우리들의 재치나 노력만으로는 좀처럼 그렇게 되어질 수가 없는 일도 있는 것이다. 해결이 쉬운 문제는 우리들의 삶에 오히려 어떤 생기를 주게 되지만 그렇지 않은 것들은 우리를 또 절망시키기도 한다.

이런 인간사의 법칙은 '무지개 클럽'에 대해서도 결코 예외가 될 수는 없었던 것이다. 지금까지 그토록 즐겁기만 하던 클럽 안에 새 학기를 맞으면서 갑자기 한 가지 문제가 생기기 시작한 것이다. 아니 아직은 뭐 별로 대단한 걱정거리가 될 일은 아니었다.

어쩌면 클럽 아가씨들의 지혜와 노력으로 금방 문제를 해결해버

릴 수 있을 듯싶기도 했다. 하지만 아직은 아무것도 정확한 말을
할 수는 없는 일이었다. 그 일로 해서 '무지개 클럽'이 보다 더 귀
중한 즐거움을 얻게 될는지, 또는 이번에야말로 정말 한번 씁쓸한
맛을 견디게 될는지에 대해서는 아직 아무도 확실한 말을 할 수가
없었다. 이제 겨우 문제가 시작되고 있기 때문이었다.

　어느 날 방과 후였다. 수업을 끝낸 학생들이 한창 재잘재잘 교
문을 빠져나가고 있는데 '무지개 클럽'의 리더 격인 덕숙이 웬일인
지 그 교문에 서서 아이들을 하나씩 불러 모으고 있었다.
　"경옥이 너 나 좀 보구 가. 할 얘기가 있어. 혜진이도 이리 오구."
　여느 때는 좀처럼 그런 일이 없는 덕숙이었다. 웬만한 클럽 일은
휴식 시간 같은 때 미리 반을 찾아다니며 귀띔해놓거나, 그럴 틈이
없으면 아주 다음 날을 기다리는 것이 보통이었다. 교문까지 지켜
서서 클럽 애들을 불러 모으는 일이란 여간 급한 사정이 아니고는
있어본 일이 없었다. 한데 이날은 덕숙이 그렇게 아무 예고도 없이
불쑥 교문을 지키고 서서 애들을 불러 모으고 있는 것이다.
　"애, 무슨 일 때문이니, 갑자기? 니네 집에서 누구 생일잔치라
도 차렸니?"
　먼저 덜미를 잡혀 나온 혜진이 들이 궁금해해도 덕숙은 사정을
얼른 말해주지 않았다.
　"가만있어. 오늘은 그런 일이 아니란 말야."
　퉁명스럽게 옥박질러버리고는 쏟아져 나오는 학생들 속에서 계
속 클럽 애들만 골라내고 있었다.

그러던 덕숙이 비로소 사정을 말하기 시작한 것은 학생들이 이제 거의 다 교문을 빠져나가고, 클럽 애들도 다섯이나 그녀의 주위로 모여 서게 되었을 때였다. 그러니까 이제 아이들은 꼭 한 사람을 제외하고는 덕숙이까지 여섯 사람이 모여진 셈이었다. 덕숙은 그제서야 곁에 둘러선 아이들을 한차례 죽 둘러보며 입을 열기 시작하는 것이었다.

"역시 우리 막내둥이 아가씨는 먼저 교문을 새 나가버렸구먼. 미영이 년 말야."

남자처럼 고개를 끄덕끄덕하고 나서는,

"그런데 혹시 니네들 가운데 요즘 미영이 년이 좀 이상하다고 생각된 적이 없었니?"

한 사람 한 사람 다시 얼굴들을 살피고 지나갔다.

"왜 미영이가 어때서? 걔한테 무슨 사고가 붙었니?"

영주가 대답은 않고 거꾸로 물었다.

"그 애 혼자만 이렇게 일찍 도망쳐버린 걸 보면 뭔가 좀 수상하잖아?"

"하지만 그럴 수도 있지 뭐. 우리가 지금 이렇게 모인 건 미리 약속을 한 일이 아니잖아?"

영주의 말은 그림을 그리듯 언제나 차분차분했다.

"아니야. 약속은 하지 않았지만 난 그 앨 방과 후에 꼭 좀 만나려 했었거든. 미영이 년도 내가 그런다는 걸 알고 있었지 뭐야. 한데도 년은 뺑소닐 쳐버렸지 않아. 내가 만나고 싶어 하는 줄 알고선 이렇게 더 잽싸게 달아난 거야."

가만히 두 사람의 말을 듣고만 있던 경옥이 여기서 갑자기 심각한 연극 조가 되어 참견을 하고 들었다.

"그렇담 좀 이상하군. 하지만 왜 그랬을까. 무슨 속상할 일이 있었던 것도 아니잖아?"

그러자 덕숙이 혼잣말처럼 다시 중얼거렸다.

"걔한테 무슨 속상할 일이 있어……"

"그럼 넌 오늘 무슨 일로 미영일 따로 만나려고 했지?"

"글쎄 그게 요즘 꼭 무슨 비밀 같은 걸 혼자 감추고 있는 것만 같았거든."

"비밀이라고? 미영이한테?"

비밀이란 말에 경옥은 새삼스럽게 놀라지는 듯 눈을 커다랗게 뜬다. 왜냐하면 이 '무지개 클럽' 안에서는 누구에게도 아직 어떤 비밀 같은 것이 용서된 일은 없었기 때문이었다. 클럽 안에서는 아무리 조그만 일이라도 서로 상대방의 비밀을 눈감아주지 못하는 풍습이 있었다. 아무도 서로 비밀을 지닐 수가 없었다. 그리고 누구나 혼자서만 비밀을 지니고 있으려고 하지도 않았다. 무슨 일이 생기면 반드시 클럽 안에서 함께 이야기하고 의견들을 모았다. 그런데 미영이 년이 무슨 비밀을 숨기고 있는 것 같다니. 만약에 그런 일이 사실이라면 그건 '무지개 클럽'으로서는 정말 커다란 사건이 아닐 수 없었다.

그러나 미영과는 1학년 때부터 늘 반이 같아온 덕숙은 점점 더 예감이 확실해져가고 있는 눈치다.

"글쎄, 년이 무슨 꿍꿍이를 숨기고 있는진 나도 아직 알 수가 없지. 하지만 틀림없어. 고년에겐 요즘 틀림없이 무슨 비밀이 생기고 있는 거야. 공연히 말을 살살 피하고 어느 땐 제법 우울한 얼굴까지 짓곤 하거든. 니네들은 잘 모르겠지만, 난 한 반이니까 자주 미영이 년의 그런 표정을 볼 수 있었어. 그렇게 우울하고 속이 상한 듯한 표정이란 몰래 혼자 무슨 비밀 같은 걸 감추려다 보면 그렇게 되는 거 아냐?"

"그래 넌 지금 우리들이 이렇게 모여서 무얼 하자는 거니?"

"몰라서 물어? 년을 한번 집으로 쫓아가보자는 거 아냐. 글쎄 난 지금까지도 몇 번씩이나 년의 낌새를 알아내보려고 했지만, 그때마다 번번이 미역국이었거든. 지금도 여기까지 년을 붙잡으러 쫓아 나왔지만 말짱 허사지 뭐야. 그래 네년들을 대신 이렇게 끌어모은 거지. 집엘 가보면 뭐 좀 눈치를 알 수 있을 게 아냐?"

덕숙이 '무지개 클럽'을 모아 세운 것은 그러니까 결국 미영을 뜸떠보러 함께 집엘 가보자는 것이었다. 미영의 거동이 요즘 그만큼 수상쩍어지고 있다는 것이었다.

"그렇담 뭐 계속 여기서만 이러고 있을 건 없지 않아. 기왕 집엘 가보기로 작정했으면 빨리 나서서 차부터 타는 거지. 남은 얘기가 있으면 차 속에서 하기로 하고 말야."

성미가 좀 깐깐한 지숙이 드디어 일행을 앞서며 교문을 나가기 시작했다. 사정이 대강 짐작되고도 남기 때문이었다. 그러자 다른 친구들도 이젠 그 지숙을 따라 우 교문을 나섰다. 그리고는 미영이네를 향해 신당동행 버스 속으로 우루루 함께 문을 돌진해 들어갔다.

그러나 한번 그렇게 버스 속으로 몸을 비집고 들어가 박힌 덕숙이네들은, 이제 더 이상 미영에 대해서는 하고 싶은 이야기가 없는 듯 조용히 입들을 다물고만 있었다. 차 속이 비좁아서 말을 계속할 수도 없었지만, 거기서부터는 제각기 혼자서만 미영을 좀 생각해보고 싶어졌기 때문이었다.

—고 계집애에게 정말 무슨 사고가 붙은 것일까. 어쩜 요즘 고년에겐 무슨 비밀이 생기고 있을지도 모른다구? 도대체 그 비밀이란 어떤 비밀?

목을 가늘게 꼬고 서서 모두들 그런 생각들에만 골똘해 있었다. 멍하니 차창을 내다보고 있는 눈동자 속에는 한결같이 궁금증이 가득했다.

—하지만 고 계집애에게 정말 무슨 비밀이 생긴 것이라면, 어째서 년은 우리한테까지 그런 걸 숨기고 있어야 했지? 우리들 사이에 그런 일이라곤 없었는데, 도대체 그게 얼마나 대단스런 비밀이길래?

제법 가슴까지 설레어오면서 이상스런 호기심이 솟기도 했다. 그러다 보니 자연 미영에 대한 일들을 이리저리 다시 생각해보게 되었다.

미영—채미영 하면, 이 무지개 멤버들 중에서도 누구 못지않게 학교 안에서 이름이 잘 알려진 소녀 무용수 바로 그 아가씨였다. 그런데 미영이 그렇게 일찍부터 친구들의 인기를 모으게 된 데는 다만 그녀가 몇 번 교외 콩쿨 같은 데서 수위 입상을 하고 일찍부터 개인 무대까지 한두 번 가질 수 있었던 남다른 재질에서만은 물론 아니었다. 미영은 워낙 성품이 조용하고 마음씨까지 착하기로 클럽 안팎에 온통 소문이 나 있는 아가씨였다. 얼굴이나 몸맵시부터가 그랬다. 무용을 하는 계집애니까 몸맵시는 말할 것도 없었고 금세 울음이라도 터뜨려버릴 것 같은 눈을 가진 얼굴이 유난히 착해 보이기만 하는 그런 아가씨였다. 하얀 귓밥이 깜찍스럽기로도 유명한 아가씨였다. 그런 미영은 누가 혹시 그녀를 골려주려 덤비기라도 하면,

"얘, 그러지 마. 그럼 넌 나쁜 애야."

초등학교 학생처럼 금세 눈물이 글썽해지며 겨우 그렇게 항변할 뿐이었다. 혹시 클럽 안에서 무슨 일을 결정하기 위해 의견을 물어올 때도,

"니네들 맘대로 해. 니네들이 좋으면 나도 좋지 않겠니."

고집이라곤 씨알머리도 찾아볼 수 없는 얼굴로 순진스럽게 웃고만 있는 것이었다.

그래서 친구들 사이에선 유독 그런 미영을 아껴주지 않을 수가 없었던 것이다. 클럽 안에서는 더더구나 그랬다. 클럽 안에서는 또 그럴 수밖에 없었다. 왜냐하면 '무지개 클럽'의 일곱 아가씨들 중에서는 생일로 따져서 미영이 가장 막내가 되는 셈이었고, 그 생일의 순서를 따라 제각기 하나씩 차지한 무지개 색깔도 그녀에겐 바로 그 막내를 뜻하는 보라색 차례가 되고 있었기 때문이었다. 그래서 그 보라색의 '보' 자를 넣어 만든 미영의 별명도 클럽 안에서는 '보영'이 되고 있었던 것이다.

그러나 미영이 그렇게 늘 조용하고 착하기만 하다고 해서 그것
이 언제나 그녀를 나약하고 어리광스럽게 보이게 하고 있다고만은
말할 수 없다. 미영은 언제나 그렇게 조용하고 착하기만 했지만
친구들은 그런 미영이 어떤 때는 누구보다도 갑자기 어른스럽게
느껴질 때가 종종 있었던 것이다. 미영이 비지땀을 흘리며 작품에
열중하고 있을 때, 그리고 그녀가 가끔 "니네들 좋을 대로 하렴.
니네들이 좋으면 나도 좋지 않니" 그런 소리를 하면서 가만가만
미소를 짓고 있을 때, 친구들은 문득 그녀의 표정에서 엄청나게
어른스러운 것을 느낄 때가 많았던 것이다. 특히나 미영이 어떻게
그처럼 조용한 성격이 되고 말았는지, 미영 자신의 설명을 들은
일이 있는 사람은 더욱더 자주 그런 느낌을 받게 되곤 했다. 언젠
가 한 친구가 어떻게 해서 그녀가 처음 무용을 시작하게 되었는지
를 물었더니, 미영은 그때 농담 반 진담 반으로 이런 대답을 했던
것이다.

"그건 내가 어렸을 때 너무 뼈가 약했기 때문이야."

미영은 어렸을 때 너무 뼈가 약해서 걸핏하면 골절상을 자주 당
하곤 했다고 했다. 마루에서 넘어져도 팔뼈가 부러지고, 침대에서
미끄러지기만 해도 영락없이 다리뼈 어느 곳이 꺾어져 나가고……
그래서 미영은 일 년이면 3분의 1 이상을 학교에도 나가지 못하고
병원에만 누워 지내야 했다. 병원을 나와서도 물론 또 뼈가 부러
질까 봐 조심조심 주의를 해야 했다. 놀러는커녕 어머니는 문 바
깥도 잘 나다니질 못하게 했다. 미영은 집 안에서 동화책 같은 것
이나 읽으며 허구한 날을 혼자서만 쓸쓸히 지냈다. 몸을 조심스럽

게 가지려다 보니 성미까지도 함께 조용조용해졌다. 한데도 뼈는 또 어디선가 계속 부러져 나가기만 했다.

"자라다 보니 그런 일이 차츰 줄어들기는 했지. 그래도 안심이 되지는 않았어. 그래서 결국은 무용을 시작한 거야. 가벼운 뼈 운동도 좀 시키구…… 자세나 동작을 늘 유연하게 갖도록 되어야 했거든. 물론 그건 우리 엄마가 어떤 사람의 권유를 듣고 진짜 무용이 그런 건 줄 알고 시키신 일이지만 말야."

조금은 그럴듯하기도 하고 조금은 엉터리 같기도 한 이야기였다. 그러나 친구들은 그때 그런 이야기를 듣고 나서 미영이 어떻게 무용을 시작했든, 그런 것보다는 그녀의 성격이 어떻게 해서 그처럼 조용하고 착해져버렸는지 그 내력에 더욱 놀라움을 금치 못했던 것이다. 그리고 그때부터는 그 미영의 거동이나 표정이 더욱더 자주 어른스럽게만 느껴지기 시작했던 것이다. 한데도 '무지개 클럽' 아가씨들이 그 미영을 꼭꼭 막내둥이로만 아껴주고 싶어 하는 것은, 사실 자신들의 그런 느낌은 모두 무시해버린 채, 철저하게 생일순만을 지키려고 했기 때문이었다.

하여튼 미영은 그런 아가씨였다.

그 미영에게 지금 어떤 비밀이 생기고 있단다. 확실히 사건이었다.

─도대체 그게 어떤 비밀일까.

덕숙이네들은 결국 차 속에서 그렇게 한결같이 미영의 일만 생각하다가 어느새 목적지까지 와서 차를 내리고 있었다. 그리고 차를 내린 아가씨들은 이제 훨씬 더 깊어진 궁금증과 호기심으로 눈

망울까지 제법 초롱초롱 빛나고 있었다.

―이제 곧 미영이 년을 만나보면 모든 게 밝혀지겠지.

덕숙이네들이 그렇게 한창 떼를 지어 신당동 쪽으로 몰려가고 있을 때, 미영은 그보다도 훨씬 더 먼저 집으로 돌아와 있었다.

미영은 오늘도 학교에서부터 이상하게 허전한 기분이 채워지질 않았고, 그런 기분 때문에 수업 시간에는 쓸데없는 공상 속에서 주의를 모을 수가 없었다. 며칠째 계속되고 있는 같은 기분이었다. 덕숙이까지도 이미 자신의 그런 기분을 눈치채고 있는 형편이었다. 미영이 쪽에서 덕숙이 자기의 기미를 수상쩍어하고 있다는 것쯤은 벌써 짐작을 하고 있는 터인 것이다. 덕숙이 이 며칠 동안 별스럽게 자기만을 한번 따로 만나고 싶어 한다는 것을 알고 있었기 때문이었다. 오늘도 그 덕숙에게서는 수업만 끝나면 제꺽 그녀를 붙잡아 세울 기미가 여러 번 엿보이곤 했던 것이다.

하지만 미영은 실상 그렇게 마음 한구석이 늘 허전해 있으면서도 아직까지 어째서 그토록 마음속이 스산스러운지 그 이유에 대해서는 깜깜 짐작을 못하고 있는 것이다. 덕숙을 만나지 않으려고 한 것도 사실은 바로 그 때문이었다. 덕숙을 만나봐야 그런 자신에 대해 별로 설명할 말이 없었다. 이쪽에서 할 말이 없으면 위로나 충고 같은 것을 받을 수도 물론 없었다. 쑥스럽게 추궁을 당하기보다는 일찍 뺑소닐 치는 편이 차라리 나을 듯싶었다.

이를테면 미영은 자신의 기분에 대해 그처럼 이유를 알 수가 없는 것이다. 공연히 마음이 붕 떠서 헛공상만 계속되고, 어떤 때는 마구 가슴까지 두근거리며 이상스런 초조감이 몸을 조여오곤 할 뿐, 도대체 그럴 만한 이유 같은 건 찾아낼 도리가 없었다. 그리고 미영은 오늘도 그 알 수 없는 기분 속에서 일찍 집으로 돌아오고 말았다.

집으로 돌아와서까지도 미영은 그런 기분이 쉽사리 걷히질 않고 있었다. 학교에서는 막연히 집에라도 가면 마음이 좀 가라앉을 듯싶기도 하지만, 집에서는 또 집에서대로 여전히 마음 한구석이 텅 비어 있곤 하는 것이다. 아니 미영이 학교에서 돌아와 혼자 조용히 자기 방에 앉아 있기라도 할 때면, 그런 허전한 기분은 학교에서보다 더 그녀를 견딜 수 없게 만들어버리곤 하는 것이다.

하지만 집에도 물론 학교에서처럼 미영을 허전스럽게 할 일이라곤 없었다. 생활도 유족했고 자식이라곤 미영이 하나밖에 두지 못한 부모님의 사랑도 부족한 편은 아니었다. 오히려 어머니 쪽은 이 무남독녀에 대한 관심이 지나쳐 학교에 출입이 너무 잦은 게 불평스러울 지경이었다. 단 한 가지 그 점만을 제외하고 나면 어머니 역시 미영에겐 이 세상 누구보다도 자상스럽고 인자하기만 한 분인 것이다. 그리고 그 어머니가 학교 출입이 꽤 잦은 것도 그것이 늘 미영의 무용 수업이나 발표회 따위와 상관된 때였고 보면 별로 짜증스러워할 수도 없는 처지인 것이다. 집에서도 도대체 불만스러울 일이라곤 없었다.

다만 한 가지 마음이 조금 쓰여지는 일이 있기는 했다. 그것은 다름 아닌 바로 지훈[宋芝勳]의 존재였다. 지훈은 신학기가 시작되면서부터 미영이네 집으로 와서 지내고 있는 이모님의 아들——

그러니까 미영이하고는 서로 이종사촌 간이 되는 C대학교 1학년 학생이었다. 한데 그 지훈의 존재가 가끔 미영을 짜증스럽게 하고 있는 것이다.

지훈은 원래 지방 도시인 K읍에서 중학교와 고등학교를 모두 졸업한, 이를테면 알짜 시골내기였다. 미영의 이모부가 원래 K읍에서 태어났고, 또 아직도 그곳에서 가업을 이어받고 있었기 때문이었다. 하지만 그 이모부라는 분은 실상 미영이네와는 친척이라고 할 수도 없고 아니라고도 할 수 없는 이상한 관계였다. 미영의 이모님 되는 분이 불행히도 일찍 세상을 떠나버려서 그분은 옛날에 벌써 다른 여자와 재혼을 하고 있었기 때문이었다. 그 새어머니의 밑에서 남처럼 자라고 있던 지훈이 얼마 전에 불쑥 미영이네 집을 찾아왔던 것이다. 대학 진학을 하기 위해 시험을 치르러 온 것이었다.

지훈이 미영이네 집에 머물게 된 것은 그러니까 지훈이 그렇게 잠시 시험길에 인사를 여쭈러 온 것을 미영 어머니가 아주 집안에다 주저앉혀버린 때문이었다. 지훈 쪽으로는 미영이네가 진짜 이모부 댁이니까 그만 신세쯤 못 질 것도 없지만, 미영 어머니로서는 특히 동기간이 없는 미영에게 오빠 노릇을 좀 해달라는 뜻에서였다.

그런데 그 지훈이 오빠 노릇은커녕 미영을 자주 짜증스럽게만 하고 있는 것이다. 무엇보다 성미가 너무 투박하고 고집스러웠다. 사실 미영은 처음 지훈이 집으로 와서 그녀와 함께 오누이로 지내게 된다는 것을 알았을 때 그 지훈에 대해서 얼마나 많은 기대와 호기심을 지니게 되었는지 모른다. 미영으로서는 워낙 오빠란 사람을 처음 가져보게 된 데다가—그런 셈이었다—그것도 어릴 때의 모습 같은 건 구경조차 해본 일이 없는 지훈을 갑자기 오빠로 맞아들이고 보니 그렇게 되지 않을 수가 없었다. 누이동생으로서의 오빠에 대한 기대와, 그러면서도 아직 쉽사리 오빠 소리가 나오지 않는 데면데면한 기분이 합해져서 지훈에 대해서는 무엇 하나 호기심을 일으키게 하지 않는 것이 없었다. 생김새나 말씨가 시골 사람답게 띄엄띄엄 굵은 것도 처음에는 무턱대고 그럴듯해 보이기만 했고, 그 생김새나 말씨처럼 성미가 투박한 것도 큰 매력거리로만 여겨졌다.

그런데 그 지훈이 날이 지날수록 미영에겐 참을 수가 없게 되고만 것이다. 투박스럽기가 정도를 넘고 있었다. 성미까지 영 고집불통이었다. 도대체 멋이라고는 손톱만큼도 찾아볼 수가 없는 위인이었다. 언제나 성이 나 있는 사람처럼 무뚝뚝하고 말이 없었다. 특별히 무슨 취미가 있는 것 같지도 않았다. 취미라고 한다면 그저 언제나 그렇게 무뚝뚝한 표정을 하고 앉아서 소설책 따위를 읽는 것뿐이었다. 한데도 지훈은 새로 무슨 취미 같은 걸 가져보려고 하지도 않았다. 오히려 그의 무뚝뚝한 거동이 자랑스럽기나 한 듯 점점 정도가 심해져갈 뿐이었다. 숫제 미영이 같은 건 처음부터 잘 거들떠보려고도 하지 않았다. 거들떠보려고는커녕 어떻게 보면 터무니없이 그녀를 멸시하고 미워하는 듯싶기까지 했다.

"지훈 오빠, 제 방에 가요. 무용 땜에 좋은 곡들을 녹음해다 놓

은 게 있으니까, 저랑 함께 들으면서 음악 같은 데도 좀 취미를 가
져봐요."

어쩌다 미영이 그렇게 권해보기라도 하면 지훈은,

"미영이나 혼자 가서 들으렴. 난 그런 취미 안 가져도 좋아."

영락없이 그런 식으로 무안을 주어버리거나, 좀더 심한 경우가
되면,

"그렇게 멍청하게 지낼 시간이 있으면 미영이야말로 정말 책을
좀 읽어두지그래. 지금 한창 독서욕이 왕성할 땐데 미영인 뭐 소
설책 같은 거 읽어본 거 있어?"

그런 식이었다. 오빠 노릇은커녕 오히려 미영이 쪽에서 짜증이
나 견딜 수 없을 지경이었다. 심지어는 그런 지훈이 안타깝고 원
망스러워질 때도 있었다.

하지만 따지고 보면 그 지훈도 그저 그뿐이었다. 미영의 마음속
까지 허전하게 할 진짜 이유는 될 수가 없었다. 하기야 미영의 마
음속이 그처럼 허전해지기 시작한 게 바로 그 지훈이 오고 난 다음
부터라고 한다면, 전혀 그렇게만 장담할 수 없는 일인지는 모른다.
그러나 적어도 미영으로서는 아직 그렇게는 생각을 하지 않고 있
었다. 지훈은 아직 그럴 여지도 없는 존재로만 여겨지고 있었던
것이다. 그리고 지훈이 그렇게 여겨지고 있으니 집안에서도 미영
의 심정을 산란스럽게 할 일은 도대체 생각조차 해볼 수가 없는 것
이다.

한데도 미영은 집에서까지 영 마음을 주저앉힐 수가 없는 것이
다. 어떻게 기분을 좀 가다듬어보려고 소설책이라도 손에 잡아보

젊은 날의 이별 25

면 그건 또 미영을 더욱더 짜증스럽게 할 뿐이었고, 그래서 다시 조용한 테이프를 걸어놓고 그 선율에 기분을 의지해보려 하면 이번엔 이상한 초조감 같은 것이 숨결까지 마구 쥐어 눌러오고 하는 것이었다. 손에 잡힌 소설책이 하필 지드의 『전원 교향악』이었고, 미영이 걸어놓은 테이프도 지훈이 유독 싫어하는 차이콥스키의 「백조의 호수」였기 때문이었다. 『전원 교향악』은 언젠가 지훈이 미영을 보고,

"책을 읽으라고 책을. 아마 미영인 지금 지드의 『전원 교향악』 정도가 알맞을 거야."

그러면서 부득부득 책을 뽑아다 준 것이 그 『전원 교향악』이었고, 「백조의 호수」는 또 그때 미영이 정말 한번 지훈을 설득해보려고 애써 자기의 테이프 가운데서 골라낸 곡이 바로 그것이었다. 한데 두 사람은 그때 서로의 권유를 전혀 솔직하게 받아들이려 하질 않았었다. 어찌 된 일인지 미영은 지훈 앞에서 끝끝내 소설책 따위에는 흥미가 없는 척해 보이고 있었고, 지훈은 지훈대로 미영의 「백조의 호수」를 견딜 수 없어 하고 있었던 것이다. 지훈의 권유대로 소설책을 읽는 것이 미영으로서는 꼭 그의 고집에 굴복을 해가는 일처럼 생각되었고 그래서 미영은 오히려 자기의 테이프로 지훈을 굴복시켜야겠다고 작정을 세우게 되었던 것이다. 그러니까 『전원 교향악』이나 「백조의 호수」는 어느 쪽이나 그런 싸움과 관련이 있는 것이었다. 마음이 편할 수가 없는 것들이었다. 하기야 미영 쪽으로 말하면 지훈이 없는 데서는 가끔 그가 놓고 간 책을 조금씩 읽어보기도 했고, 또 요즘 와선 그 이야기에 상당히 깊은 감

동까지 받고 있는 터이기는 했다. 하지만 그러면 그럴수록 그 이야기라는 것은 또 미영의 마음속을 더욱더 혼란스럽게만 하고 있는 터였다.

지훈이 전혀 관심을 보이지 않고 있는 테이프를 듣고 있을 때도 물론 그런 식이었다.

그래서 미영은 결국 이러지도 저러지도 못한 채 혼자 잔뜩 속이 상해 있는 참이었다.

덕숙이네들이 미영을 찾아 들이닥친 것은 바로 미영이 그렇게 속이 한참 상해 있을 때였다. 느닷없이 대문 쪽이 와자지껄해서 내다보니 덕숙이 들이 그 대문을 들어서고 있었다. 벌써부터 학교에서 돌아와 있던 지훈이 먼저 나가 대문을 따준 것이었다. 여전히 한 손엔 소설책 같은 것을 집어 든 지훈이 친구들에게 미영을 손짓해 보이고는 자기 방으로 건너가고 있었다.

그런데 애초부터 용건이 좀 막연했던 아가씨들은 지훈을 보자마자 우선 그 지훈에게부터 관심이 끌리고 있는 모양이었다. 미영을 따라 방으로 들어선 경옥이 숨도 돌릴 사이 없이 호기심을 털어놓는 것이었다.

"얘, 지금 그 남자 누구니?"

그러나 미영은 그런 경옥의 태도에도 뭔가 좀 망설여지는 것이 있는지,

"누구 말이니?"

뻔한 소리를 공연히 한 번 더 되풀이 묻고 있었다.

"누군 누구야? 지금 우리들 대문을 따준 사람 말이지."

"응, 그 사람 우리 오빠야. 사촌 오빠."

그제서야 미영이 말뜻을 겨우 알아들었다는 듯 혼연스럽게 대구를 해버린다. 그러나 이번엔 먼저 자리를 잡아 앉으려던 선자가 다시 질문을 가로막고 나선다.

"뭐, 오빠? 네게 무슨 오빠가 있었어?"

"왜 나라구 오빠를 가져선 안 된다는 법이 있니?"

"글쎄, 넌 여태까진 오빠가 없었잖아? 어디다 그런 사람을 숨겨놓고 있다는 소문도 없었구 말야."

"그야 지금까진 늘 시골에만 있었으니까 그렇지 뭐. 게다가 그냥 사촌도 아니고 이종사촌 간인데 그런 사람을 오빠라고 자랑할 수가 있었겠니?"

"그럼 니네 집엔 언제부터 와 있었는데?"

이번엔 다시 덕숙이 끼어든다. 덕숙의 어조는 이제 심문 조에 가까웠다.

"지난 새 학기부터…… 오빤 이번 봄에 대학엘 붙었거든."

"그럼 넌 좀 아무래도 수상하잖아? 벌써 한 달이 넘었는데 어째서 그런 사실을 혼자서만 앙큼스럽게 숨기고 있었지?"

"미안해. 그렇지만 우리 오빤 워낙 산돼지야. 맨날 숨을 식식거리며 책이나 읽으려고 하지 재미가 통 없는 사람이거든. 소개할 용기가 안 났어."

"점점이로구나. 너 정말 그러기야?"

"뭘?"

"이거 참 아무래도 안 되겠는데…… 글쎄 산돼진지 집돼진지는 만나봐야 알지 않아? 우리가 끌어내다 소갤 받아야 하니?"

결국 덕숙이 들의 추궁은 지훈을 냉큼 소개받자는 것이었다. 당연한 요구였다. 왜냐하면 지금까지 무지개 아가씨들은 자기네 또래의 친척 남자들은 누구 한 사람 빠짐없이 서로 그렇게 소개를 해주고 또 소개를 받고 있었으니까 말이다.

한데 미영은 아직도 마음이 선뜻 내키지 않는 듯 계속 미적거리고만 있었다.

"요 계집애가 정말?"

덕숙이 별안간 미영을 할퀴려 드는 시늉을 해보였을 때에야 미영은 겨우 방을 나갔을 정도였다.

그런데 미영이 그렇게 마지못한 듯 방문을 나가고 나자 이상한 것은 덕숙이 들이 이번엔 또 한결같이 갑자기 입들을 다물어버린 것이었다. 그녀들은 정말 미영에게서 무슨 수상쩍은 조짐이라도 발견해낸 듯 그녀가 방을 나가자 일제히 입을 다물어버린 채 서로 비밀스런 눈길들만 말없이 주고받고 있는 것이었다.

미영은 그런 친구들의 기색도 모른 채 잠시 후 지훈을 불쑥 방안으로 끌고 들어와서는,

"소개하겠어. 우리 오빠야. 재미없는 분이지만 앞으로 많이 보채주도록들 해줘."

허겁지겁 소개말을 늘어놓으면서 공연히 혼자 얼굴을 붉히고 있었다.

"그리고 이쪽은 저의 학교 친구들─무지개라고 같은 클럽 패들

이에요. 오빠 소개받고 싶대요."

역시 좀 황망스런 어조로 친구들을 한꺼번에 소개했다. 그러나 별안간 여러 아가씨들 앞으로 끌려 나온 지훈은 그렇게 보아 그런지 또 여간 어리둥절한 표정이 아니었다. 여전히 소설책 한 권을 손에 들고 있는 지훈은 미영의 소개를 받고 나서도 나무꾼에게 잡혀 온 낮올빼미처럼 한동안 그 커다란 눈만 껌벅거리고 서 있었다. 미영이 미리 귀띔도 주지 않고 다짜고짜 팔을 끌어낸 모양이었다. 그래 그 모양을 보다 못한 덕숙은 불쑥,

"저 빨숙이라고 해요. 우리 클럽에 또 오빨 한 분 모시게 되어 여간 기쁘지 않아요."

점잖게 먼저 치레를 하고 나섰다. 지훈은 그 바람에 더욱더 당황하는 기색이었다.

"아, 그러세요. 전 송지훈이라고…… 미영이 오빠 되는 사람입니다."

엉겁결에 대꾸를 하고 나섰으나, 그게 오히려 더 쑥스럽고 부자연스럽기만 한 거동새였다. 한데 거기다 또 지숙을 필두로 다른 아가씨들까지 제각기 자기소개를 하고 나서는 것이었다.

"전 파숙이에요. 저도 기뻐요."

"전 주옥이구요."

"전 노자라고 해요. 우리 클럽에선 오락부장이지요."

"전 초주라고 기억해주시면 감사하겠습니다."

"전 남진이에요."

그런 자기소개가 계속되고 있는 동안 회중에선 여기저기 웃음소

리가 쿡쿡 새어 나오고 있었다. 지훈은 점점 더 어리둥절해지는 얼굴이었다. 웃음소리가 계속 쿡쿡거리고 있는 것을 보자 비로소 그는 뭔가 좀 수상쩍은 생각이 들기는 했는지,

"아니 무슨 이름들이 모두 그렇습니까. 빨숙 씨, 파숙 씨, 노자 씨…… 마치 무슨 못된 유행가 가락에나 나오는 이름들처럼 말입 니다. 그게 모두 진짜 이름입니까?"

순진스럽게 묻고 있었다. 그러자 아가씨들은 이번엔 정말로 한 꺼번에 와르르 웃음을 터뜨려버리고 말았다. 지훈은 아직도 영문 을 잘 모른 채, 그러나 그 웃음소리에 비로소 조금 안심이 된다는 듯 덩달아 미소를 짓고 있었다.

그러나 지숙은 아직도 그 지훈을 그만 놓아주려고 하질 않았다.

지숙은 재빨리 웃음을 거두고 나서는 다시 정색을 한 얼굴로 지 훈을 향해 짓궂게 몰아세우고 있었다.

"어머! 그런 실례가 어디 있어요? 숙녀들 이름을 가지고 못된 유 행가 가락에 나오는 것들 같다니요. 이건 정말 너무하셨는데요."

"……"

지훈은 그 소리에 정말 실례라도 저지른 듯 다시 찔끔해지고 말 았다. 그러자 보다 못한 미영이 결국 지숙을 가로막고 나섰다.

"오빠, 빨주노초파남보라는 거 아세요?"

그러나 지훈은 이제 정말 주눅이라도 들어버린 사람처럼 미영의 말에도 대답을 잃고 있었다.

"빨주노초파남보…… 오빠도 초등학교 때 많이 외우셨을 게 아 녜요. 무지개 색깔……"

지훈은 그제서야 겨우 퉁명스럽게 고개를 끄덕여 보인다.

"아까 이름들은 모두 그 색깔을 따서 붙인 우리 별명이에요. 우리는 각자 이름 끄트머리 자 위에다 차례대로 자기 몫의 무지개 색깔을 붙여 부르는 별명을 하나씩 가지고 있거든요. 얘 이름은 덕숙이지만 그 덕 자 대신 빨 자를 넣어서 빨숙이, 하는 식으로 말예요. 그리고 우리는 클럽 애들만 있을 땐 대개 그 별명만 쓰기로 되어 있어요."

"그러니까 미영인 저희 클럽에선 보영이가 되지요. 얘 생일이 맨 막내여서 보라색 차지가 되었거든요."

덕숙이 비로소 정색을 하며 덧붙였다. 지훈은 이제 어서 자리를 빠져나가고 싶은 표정뿐이었다.

"그럼 보영이! 이제 난 그만 물러가도 될까?"

겨우 이름의 내력을 알아들은 듯 멋쩍게 웃어 보이고 나서는 몸을 불쑥 방문 쪽으로 돌이켜버렸다.

"거드름이 대단스런 오빠구나, 얘."

지훈이 그렇게 문을 나가버리는 것을 보고 있다가 누군가가 그 지훈의 멀어지는 발자국 소리를 향해 낮게 중얼거렸다. 그러나 미영은 그것이 마치 자기의 허물이나 되는 듯 지레 힐난을 하고 나선다.

"그래봐야 어수룩한 촌뜨기의 거드름이지 뭐."

"하지만 난 바로 니네 오빠의 그런 어수룩한 시골티가 맘에 들었어. 앞으로 그 정신 길이 살려줬으면 좋겠는걸. 알다시피 이 몸은 그런 덴 곧잘 반해버리는 버릇이 있으니까 말야."

덕숙이 사내처럼 껄껄대고 있었다.

"계집애! 얜 못하는 소리가 없다니까."

미영이 또 얼굴을 붉히며 그런 덕숙을 조그맣게 나무란다. 덕숙은 그 미영에겐 조금도 괘념을 않으려는 눈치였다.

"그야 누구든지 자기 오빠보다도 남의 오빠가 더 좋아지는 건 당연한 일이 아니니?"

그러나 이날 무지개 아가씨들은 미영의 거동에 대해 그 이상 특히 수상쩍다고 할 만한 점은 한 가지도 더 찾아내질 못하고 말았다. 지훈의 이야기에서 학교의 이야기로 그리고 학교 이야기에서 다시 각자 집안 이야기로 두루 화제를 바꿔나갔으나 미영에겐 아무래도 별다른 기색이 나타나질 않았다. 함께 그녀의 테이프를 들으면서 또는 차를 끓이기도 하고 군것질 심부름을 드나들면서도 미영은 계속 그 사람 좋은 미소를 입가에 잃지 않고 있었다.

"얘, 너 요즘 자꾸 학교에서 일찍 도망을 치곤 하는데 어디 아픈 데라도 있니? 봄바람이 부드러워졌는데 가슴속 같은 데라도 말야."

짓궂게 추궁을 하고 들어오자 미영은,

"얜…… 학교에선 할 일이 없으니까 그냥 집으로 직행한 것뿐인데 아프긴 내가 왜 아프니?"

오히려 묻는 쪽이 수상스럽다는 듯 시치밀 떼버리곤 했다. 그것은 해가 다 저문 다음 아가씨들이 그녀의 방을 나설 때까지도 물론 마찬가지였다. 그래서 덕숙이 들은 미영의 집을 나오고 나자 처음에 자기들이 지녔던 호기심이나 기대 같은 것은 거의 다 머릿속에서 지워져버리고 없을 지경이었다.

"얘. 고년 요즘『전원 교향악』같은 소설책을 읽고 있는 모양이던데, 거기서 무슨 전염병을 옮은 게 아냐? 제르트뤼드, 제르트뤼드! 하고 제법 낙서까지 깔겨져 있던데 말야……"

"아냐, 년이 자꾸 오빠에 대해 비난조가 되고 싶어 하는 걸 보면 사실은 미영이 년이 그 오빠라는 작자에게 잔뜩 반해 있는 건지도 몰라. 원체 동기간이 없는 애들은 먼 친척에서라도 오빠 비슷한 게 생기면 곧잘 반해버리려는 수가 있거든. 만약 그게 사실이라면 미영인 워낙 앙큼스런 계집애라 표현이 거꾸로 돼 나올 가망이 크잖아? 글쎄 아까 빨숙이 지네 오빨 좋아하겠다니까 년이 괜히 얼굴을 다 붉히지 않아?"

잠시 그런 추측들을 주고받긴 했으나 그것도 별로 깊은 관심에서 나온 말들은 아니었다.

아니 어쩌면 이들은 벌써 미영의 거동이나 표정에 대해서는 거의 아무 걱정도 할 필요가 없다고까지 생각하기 시작한 것 같았다. 더군다나 자기들이 집을 나온 다음에 미영이 얼마나 기분을 꺼림칙해하고 있었는지, 또 미영이 그 때문에 더욱 기분이 혼란스러워져서 저녁도 먹지 않고 계속 테이프만 걸어놓고 앉아 있어야 했던 사실 따위는 물론 상상조차 해볼 수가 없었던 것이다.

아가씨들은 이제 그처럼 미영의 일은 간단히 안심을 해버렸던 것이다.

그리고는 유쾌하게 재잘거리며 각기 집으로들 흩어져갔다.

그러나 다음 날.

미영이 학교에서 저지른 뜻밖의 행동을 보게 되자 무지개 아가씨들은 다시 한 번 깜짝 놀라지 않을 수 없었다.

이튿날 미영이 학교에서 저지른 행동이란 다름이 아니었다.

미영은 이날도 물론, 그녀가 이 얼마 동안 늘 그랬던 것처럼, 약간은 우울하고 또 약간은 짜증스런 듯한 표정을 하고 앉아서 계속 혼자서만 자기 자리를 지키고 있었다. 친구들의 잡담에도 잘 끼려 하지 않았고 웬만한 일에는 섣불리 관심을 가지려 하지도 않았다. 수업 시간이나 휴식 시간이나 늘 혼자서 그렇게 자기 상념에만 빠져 있었다.

그런 미영이 이날 오후 느닷없이 한 가지 말썽을 일으키고 말았다. 그것은 바로 이날의 마지막 수업인 음악 시간에 일어난 일이었는데 그 자초지종을 말하면 이렇다.

P여고는 원래 시내 어느 학교에도 못지않은 강당 규모의 연주실을 가지고 있었다. 그래서 학생들은 언제나 음악 시간이 되면 한 학년이 몽땅 이 연주실로 몰려와서 한꺼번에 수업을 받게 되어 있었는데, 그것은 또 연속 두 시간 수업을 받게 되어 있는 이 음악 시간이 시간표에서부터 그렇게 대규모 합반이 되도록 미리 정해져 있었기 때문이었다. 그리고 그렇기 때문에 이 음악 시간은 자연 반마다 뿔뿔이 흩어져 있는 무지개 아가씨들이 모두 한 교실에서 수업을 받게 되는 유일한 기회이기도 했었다.

이날도 바로 그런 음악 시간이었다.

"에— 언제나 난 여러분에게 되풀이 강조하는 바이지만 여러분은 절대로 유행가 같은 것에 귀를 기울여서는 안 됩니다. 왜 클래식 같은 좋은 음악이 있는데 여러분이 그런 천박한 유행가 나부랭이에 싸구려로 여러분의 영혼을 팔아넘겨서야 되겠습니까. 그것은 절대로 용납될 수가 없는 일입니다. 쉽게 말해서 유행가란……"

수업은 언제나처럼 곱슬머리 남자 선생님의 클래식 옹호론으로부터 시작하여, 바야흐로 지금 막 그 변설이 한창 무르익어가고 있는 참이었다.

"……쉽게 말해서 유행가란 전혀 우리들의 영혼이 깃들어 있지 못한 음악이란 말입니다. 그것은 지극히 단순하고 원시적인 감정이나 기분밖에 없는 음악이에요. 아니 진정한 뜻에서는 그런 걸 음악이라고 할 수도 없는 것이지요. 하지만 클래식 음악에서는 영혼의 속삭임과 숨결…… 또는 인간의 운명이나 투쟁과 같은 그런 치열한 것들을 우리들은 얼마든지 경험할 수가 있어요……"

바로 그 곱슬머리 음악 선생님의 클래식 옹호론이 문제의 발단이었다. 다름 아니라 이 곱슬머리 씨의 음악 시간은 으레 처음 한 시간이 그런 기초적인 음악 이론이었고, 나중 한 시간은 실제로 유명한 클래식 곡들을 감상하게 되어 있었는데, 그 첫번 이론 시간을 곱슬머리 씨는 예외 없이 장황하기 그지없는 클래식 옹호론으로 중언부언 수업을 시종해버리곤 했던 것이다. 그것도 시간마다 어떻게 좀 이야기가 바뀌거나 달라지는 일이 없이, 마치 심한 건망증에라도 걸린 사람처럼 언제나 시치미를 뚝 떼고는 늠름하게 같은 말만 되풀이하곤 하는 것이었다. 유행가는 천박스런 기분밖에 없는 저급 음악이고, 클래식은 높은 인간의 영혼이 깃들어 있는 고급 음악이다. 그러므로 너희들은 모름지기 주위에서 유행가를 추방하고 오로지 클래식 음악하고만 친해져야 한다…… 언제나 그런 요지의 말씀이었다. 뿐만 아니라 이 곱슬머리 씨는 자신의 그런 설교에 더욱 큰 설득력을 발휘하기 위하여, 클래식 음악과 유행가를 종종 어떤 음식물 같은 데다 비유하는 논리의 비약까지도 서슴지 않을 때가 많았다. 어떤 식이냐 하면 유행가는 짜장면이나 우동 같은 음식이고, 클래식은 돈가스나 카레라이스 같은 음식이라는 것이다. 이날도 물론 그 곱슬머리 씨의 클래식 옹호론이 짜장면이나 돈가스까지 번져나갈 것은 당연한 순서였다.

"에에, 그러니까 유행가라는 것은 우리들이 일상 먹고 사는 음식물로 말하면 기껏해야 짜장면이나 우동 정도의 음악이라 할 수 있는 것이고, 클래식은 카레라이스나 돈가스 같은 훨씬 급이 다른 고급 음악이라는 거예요. 맛있는 음식이라곤 생전 구경도 못해보고 잘해야 된장국물이나 끓여 먹고 살던 촌놈들은 짜장면이나 우동만 먹어봐도, 아, 이 세상에 이렇게 맛있는 게 있었나, 하고 눈이 동그래지겠지요. 하지만 이런 촌놈들은 도대체 돈가스나 카레라이스의 기가 막힌 맛은 알지도 못할뿐더러 또 먹어봐야 놀라지도 않아요. 우선 그 진짜 맛을 알 수가 없거든요. 하지만 돈가스나 카레라이스를 먹을 줄 아는 사람은 그 맛을 짜장면에 비교합니다. 결국 돈가스를 먹을 줄 모르는 사람만 손해를 보게 되는 거지요. 클래식 음악도 마찬가집니다. 우리는 유행가 따위를 듣고 짜장면을 처음 먹어보고 놀라는 촌놈처럼 남의 웃음거리가 되거나 손해를 보아서는 안 되겠어요. 클래식 음악을 알고 그것을 듣고 즐길

줄 알아야 된다는 말입니다. 클래식 음악은 짜장면보다 몇 곱절이
나 더 맛이 있는, 돈가스의 맛이 있는 음악이니까요……"

곱슬머리 씨는 마치 그런 비유가 아무리 여러 번 되풀이되어도
결코 지나침이 없다는 듯 이날따라 유독 주먹까지 불끈불끈 쥐어
보이며 마구 열을 올려대고 있었다.

그런데 이날 미영의 일로 해서 그처럼 열렬한 곱슬머리 씨의 돈
가스 지상주의야말로 그의 클래식 옹호론 가운데서도 가장 치명적
인 허물거리가 되고 만 것이다. 왜냐하면 그때 곱슬머리 씨는 여
기서 잠시 흥분을 가라앉히고 싶은 듯 천천히 숨을 고르며 말을
끊고 있었는데, 그 순간 누군가가 뒤에서 불쑥 이렇게 소리쳐버렸
던 것이다.

"그렇담 선생님. 팝송이나 재즈 음악 같은 것은 무슨 맛이 나나
요?"

이날따라 유독 곱슬머리 씨가 열이 심해지고 있는 데 대한 어떤
아가씨의 익살이 분명했다. 여기저기서 쿡쿡 웃음소리가 터져 나
오기 시작했다. 그리고 한번 그렇게 웃음소리가 터져 나오기 시작
하자, 지금까지는 정말 너무도 엄숙한 곱슬머리 씨의 위세에 눌려
있던 연주실의 분위기가 순식간에 무너져 나가고 말았다.

"팝송 맛이 어떠냐구? 그야 뭐 짬뽕이나 잡탕밥 맛이지, 미련하
게 그것두 아직 몰라?"

"아니야. 그건 샌드위치 맛이야."

여기저기서 계속 그런 익살이 튀어나오고 웃음소리도 점점 더
켜져가기만 했다. 그런 익살이나 웃음소리 가운데는 무지개 멤버

들의 그것이 더욱 극성스러웠을 것은 말할 나위도 없었다. 곱슬머리 씨도 이젠 더 말을 이어나갈 수가 없는 모양이었다. 그러나 학생들을 향해 어딘지 좀 멋쩍고 난처한 미소를 머금은 채 한동안 소란이 가라앉기만 기다리고 있었다. 소란이 가라앉고 나면 남은 이야기를 계속하려는 듯, 또는 재즈 음악이나 팝송의 맛이 진짜로 그 잡탕밥이나 샌드위치에 해당할 것인지 아닌지를 따져보고 있기라도 하는 듯이 말이다.

한데 바로 그때였다. 곱슬머리 씨가 한참 그렇게 멋쩍은 미소만 짓고 서서 어물어물 소란이 가라앉기를 기다리고 있는데 느닷없이 미영이 자리를 발딱 일어서는 것이었다. 미영은 여기서도 물론 다른 무지개 멤버들하고는 달리, 자기 반 친구들 사이에 말없이 혼자 떨어져 앉아 있었는데, 느닷없이 그녀가 웃지도 않고 자리를 발딱 일어선 것이다. 그리고 자리를 일어서자마자 그녀는 정색을 한 목소리로 이렇게 묻고 있는 것이었다.

"하지만 선생님께선 여태까지 짜장면하고 돈가스밖에 통 다른 건 잡숴보시질 못한 게 아니세요? 이를테면 햄버그스테이크나 비프가스 같은 거라도 말씀이에요."

너무나 당돌하고 건방진 질문이었다. 평소에는 전혀 그런 당돌한 언동을 볼 수 없었던 미영이라 친구들은 놀랄 수밖에 없었다. 게다가 미영은 그런 소리를 다른 아이들처럼 숨어 앉아서도 아니고 자리까지 일어서서 대담하게 들이대버리는 것이 아닌가.

하지만 학생들은 아직도 설마 하는 눈치들이었다. 미영이 어째서 갑자기 그런 소리를 묻고 있는지 별다른 생각은 가질 수가 없었다. 그저 웃음 끝에 곱슬머리 씨를 더 골려주려는 소리려니 여기고 킥킥 웃음들만 삼키고 있었다. 적어도 곱슬머리 씨가 짜장면하고 돈가스밖엔 다른 걸 먹어본 일이 없으리라는 미영의 말은, 그 뜻이 너무도 명백했기 때문이었다. 다른 무지개 아가씨들도 물론 그런 식이었다. 그녀들도 설마 미영의 행동에 장난 이상의 뜻이 있으랴 싶어 야릇한 호기심으로 곱슬머리 씨의 표정만 살피고 있었던 것은 다른 미영의 친구들과 조금도 다를 바가 없었다.

그러나 미영은 도대체 장난 같은 표정이 아니었다. 그녀의 얼굴에는 웃음기가 없었다. 이상하리만큼 창백해진 그녀의 얼굴에는 뜻밖에도 어떤 분노의 빛마저 서려 있었다. 목소리가 떨리고 있는 것은 말할 것도 없었다. 어찌 된 일인지 알 수가 없었다. 너무나 갑작스런 미영의 태도에는 곱슬머리 씨마저 어리둥절해지고 만 듯 아무 대꾸를 못하고 있었다. 그러자 미영이 혼자서 다시 말을 이어갔다.

"거 보세요. 선생님께선 분명 짜장면하고 돈가스밖엔 맛을 모르고 계신 게 틀림없어요. 그러시니까 맨날 클래식 음악을 돈가스에밖에 비유하지 못하시지요. 하지만 선생님께서도 햄버그스테이크나 비프가스 같은 걸 한번 잡숴보시면, 이 세상에 돈가스보다도 더욱 맛있는 요리가 있다는 걸 아시게 될 거예요. 그런데 그 돈가스보다 더 맛있는 햄버그스테이크의 맛이 저희들에게는 바로 지금 말씀드린 팝송이나 재즈의 맛이거든요. 그러니까 저희들은 역시 클래식보다도 팝송이나 재즈하고 더욱 친해질 수밖에 없었던 거예요. 저희들은 물론 그 햄버그스테이크의 맛이 돈가스보다 몇 배나

더 맛있다는 걸 알고 있으니까 말씀예요. 선생님께서도 맛을 좀 보세요. 그러시면 아마 선생님께서도 틀림없이 저희들처럼 재즈나 팝송을 더 좋아하게 되실 테니까요. 뭣하시면 저희들이 선생님께 한턱 대접을 해드려도 좋구요."

결국 미영의 이야기는 곱슬머리 씨더러 이제 그만 짜장면이나 돈가스 타령은 집어치우라는 소리였다. 그것은 꼭 햄버그스테이크가 돈가스보다 더 맛이 있다는 것도 아니었고, 짜장면보다 돈가스가 더 맛있다는 말도 아니었다. 팝송 같은 것을 클래식보다 더 고급이라거나 좋아하고 있다는 뜻도 결코 아니었다. 그것은 미영이 마지막에 가서,

"도대체 선생님께선 어떻게 늘 짜장면이 나물국이나 된장찌개보다 더 맛있는 음식이라고 말씀하실 수가 있어요? 선생님께선 정말 나물국 맛을 제대로 알고 계시기나 하세요?"

하고 대들던 것을 보아도 분명하게 짐작할 수 있는 일이었다.

하지만 미영이 무엇을 말하고 싶었든, 그리고 무엇에 흥분이 되어 갑자기 그런 반발을 하고 나섰든 하여튼 그것은 사건일 수밖에 없었다. 친구들은 비로소 그녀의 행동이 장난이 아니라는 것을 깨닫게 되었다. 더욱이 무지개 아가씨들은 그러는 미영을 어떻게 제지하지도 못하고 안타깝게 가슴들만 조이고 있었다. 하지만 이때 그런 소리를 지껄여대면서 진짜로 넋을 빼앗긴 것은 다른 사람 아닌 바로 그 미영 자신인 것 같았다. 미영은 말을 하다가 갑자기 정신이 들며 곱슬머리가 무서워지기 시작했던 것일까, 아니면 미영은 그렇게 혼자서 열심히 지껄여대다가 제풀에 끓어오른 흥분을

정말 더 이상 참을 수가 없게 되어버린 것인지도 모른다. 결국 그녀는 말을 채 끝내지도 못하고 제풀에 그만 눈물이 글썽하면서 책상 위에 풀썩 얼굴을 가리고 주저앉아버렸던 것이다. 다만 이때까지도 아무 표정을 드러내지 않은 것은 도대체 이렇다 저렇다 말 한마디 없이 지우다 남은 듯한 미소를 가면처럼 끝까지 입에 담고 있는 그 곱슬머리 씨 한 사람뿐이었다.

그는 미영이 뭐라고 지껄여대든, 그리고 그녀가 나중에는 제풀에 울음보까지 터뜨리며 자리를 주저앉든 말든 자기로서는 조금도 놀라거나 화를 낼 일이 없다는 듯, 한 번도 표정을 바꾸지 않은 채 조용히 미영을 건너다보고만 있었던 것이다. 그러니까 사건도 자연 그 무관심해 보일 정도로 너그러운 곱슬머리 씨의 아량으로 일단 그쯤에서 끝이 날 수밖엔 없었던 것이다.

하지만 이날 일은 아무래도 뒤가 조용할 수는 없는 사건이었다. 누구보다도 우선 그 곱슬머리 씨가 끝끝내 이날 일을 모른 체해줄 리가 없었다. 미영은 실상 그녀의 무용 수업 때문에 평소부터도 그 곱슬머리 씨와는 직접 간접으로 인연이 깊은 처지였다. 반발을 하고 나선 사람이 하필 그 미영이라는 점에서도 곱슬머리 씨의 기분이 더욱 언짢아졌을 건 당연한 이치였다. 아닌 게 아니라 곱슬머리 씨는 교무실로 돌아가자 끝까지 입을 다물고 있을 수가 없었던 모양이었다.

종례 시간이 되자 담임 선생님은 교실 문을 들어서기가 무섭게 미영부터 찾고 있었다. 역시 예상대로였다. 하지만 그것은 이미 그렇게 분명히 예상할 수가 있는 일이었으므로 그때쯤에서는 미영도 벌써 그녀의 자리에는 남아 있지 않았다. 미영은 음악 시간이 끝나자마자 교실로 달려와서, 미처 친구들이 돌아오기 전에 혼자 책가방을 싸 들고 교문을 미리 빠져나가버렸던 것이다. 덕분에 애꿎은 덕숙이 교무실로 담임 선생님을 따라가야 했다. 교무실에서는 역시 그 곱슬머리 음악 선생님이 미영을 기다리고 있었다. 그러나 미영 대신 덕숙이 담임 선생님을 따라 들어오자 곱슬머리 씨는 아직 뭔가 쑥스러운 것이 남아 있는 듯 면구스런 미소만 짓고 있었다.

"도대체 어떻게 된 일야? 미영이 그놈이 오늘 몹시 고약한 말썽을 부렸다지?"

나이가 좀 젊은 담임 선생님이 먼저 자리로 앉으며 덕숙에게 물었다.

"그 녀석 요즘 뭐가 잘못된 일이 있는 것 같던가? 너희들끼리는 늘 함께 지내는 사이니까 뭔가 좀 짐작되는 일이 있는가 말이야?"

담임 선생님도 미영의 행동을 대뜸 어떤 미영 자신의 감정 탓으로 단정하고 있는 투였다. 용케도 덕숙의 생각과 일치하는 점이 있었다. 그러나 덕숙으로서도 그 이상은 무슨 뾰족한 대답이 있을 리 없었다.

"글쎄요. 오늘 일은 저희들도 전혀 짐작해볼 수가 없는 일이었어요."

어물어물 대답을 피해보려고 했다.

"하지만 너희들끼리는 그래도 뭔가 짚이는 일이 있을 게 아냐. 말해봐. 혹시 미영이 그놈 요즘 무슨 비밀 같은 거라도 몰래 숨기고 있는 거 아냐?"

곱슬머리 씨는 여전히 빙글빙글 힘없이 미소만 짓고 있는데, 담임 선생님이 꼬치꼬치 파고든다. 덕숙도 공연히 기가 죽을 필요는 없었다.

"글쎄요. 걔에게 혹시 무슨 비밀이 생긴 건지도 모르긴 하지만요, 그게 비밀이라면 어떻게 제가 그 속까지 다 알겠어요?"

사실이었다. 미영에게 요즘 정말로 무슨 비밀이 생기고 있는 건 사실이었다. 그것은 요즘 그녀의 표정이나 행동으로 보아 거의 틀림이 없는 사실이었다. 바로 어제 일만 해도 무지개 친구들은 그런 생각으로 미영을 집까지 찾아가보지 않았던가. 다행인지 불행인지 어제는 미영을 만나서도 별로 수상한 점을 발견할 수가 없었지만 오늘 미영이 다시 그런 엉뚱한 신경질을 부려대는 걸 보면 아무래도 요즘 그녀에겐 무슨 비밀이 생기고 있는 게 틀림없을 것만 같았다. 하지만 그게 바로 비밀이라는 것인 이상 어떻게 덕숙이 그것을 알 수가 있단 말인가. 아니 그 비밀에 대해서는 묻고 있는 선생님보다 오히려 덕숙이 쪽이 더 못 견디게 궁금스러워해온 터가 아닌가.

"자식 — 아주 시치밀 뗀다구 누가 모를 줄 알아? 하지만 정 그렇게 얘기하기가 싫다면 그만둬도 좋아. 그 대신 이건 너희들이 책임을 져야 돼. 수업 중에 함부로 선생님께 대든 건 절대 용서받을 수가 없는 행동이지만 말야, 이번엔 처음이니까 눈 딱 감고 한 번만 기회를 줄 테니 다시는 그런 일이 없도록 친구들끼리 잘 알아서 타일러주란 말야."

선생님도 결국은 별수가 없는 모양이었다. 말을 끝내고 나서는 담임 선생님이 껄껄 웃고 말았다. 미상불 그 이상은 어떻게 따질 수도 없는 일이라고 생각한 모양이었다.

"알겠습니다. 저희들이 책임을 지죠".

"대답 한번 시원해서 좋다. 하지만 또 무슨 일이 생기거나 자신이 없어지면 늦기 전에 내게 보고를 해야 한다?"

"물론입니다."

"그럼 가봐."

덕숙은 교무실을 물러 나왔다. 교문께에는 아직도 무지개 멤버들이 옹기종기 덕숙을 기다리고 있었다.

"어떻게 되었니? 선생님께서 몹시 화를 내고 계시지?"

"미영이 고년 무사할 것 같애?"

덕숙을 보자 아가씨들은 저마다 한마디씩 물어왔다. 그러나 덕숙의 대답은 여간 퉁명스럽지가 않다.

"말함 뭘해? 내가 나서서 고년 혼벼락을 좀 내주시라고 했지. 하지만 지금 뭐 그게 문제겠니. 고년을 잡아먹든 살리든 그거야 선생님들 일이고 우린 그보다도 년의 그 꿍꿍이가 문제 아냐?"

"그래, 빨숙이 말이 맞았어. 고년 아무래도 요즘 무슨 꿍꿍이가 있는 거야. 어젠 우리가 잘못 봤어."

경옥이 재빨리 동의를 하고 나섰다.

"어떻게 하지?"

덕숙은 여전히 근심스럽다.

"뭘 말야?"

"오늘 또 년을 쫓아가봐?"

"그건 안 돼. 어쨌든 년은 오늘 속이 몹시 상해 있을 게 뻔한데 말야. 그런 땐 곁에서 신경을 건드리는 게 오히려 해롭거든. 하루쯤 기다려봐. 그랬다가 마음이 좀 가라앉으면 슬금슬금 조져보는 게 좋지 않아?"

이번에는 지숙이 좀더 조심스런 의견을 말했다. 다른 아가씨들도 대개 지숙의 의견에 고개를 끄덕였다. 마음 같아선 당장이라도 쫓아가서 자초지종을 캐내보면 좋겠지만, 아무래도 그건 좀 무리일 것 같다는 것이었다.

"그럼 내일까진 좀 가만히 놔두고 형세를 기다려봐?"

드디어 덕숙이 결정을 내렸다.

"하기야 내일쯤 가보면 미영이 년도 가부간 무슨 기미가 나타나긴 할 테니까 말야."

덕숙이네들이 그렇게 교문에서 미영의 일을 걱정하고 있는 동안 미영은 그럼 이날 자신이 저지른 일에 대해 어떤 생각을 하고 있었던가.

미영은 그러니까 그 무지개 친구들이 교문 근처에서 사태의 수습책을 의논하고 있을 때쯤 해서는 벌써 신당동행 버스 속에 몸을 실어버리고 있었다. 그리고 그 미영 역시도 이날 자기가 저지른 행동에 대해서는 누구 못지않게 이리저리 반성을 해보지 않을 수가 없었다. 하지만 덕숙이네들의 예상과는 달리 미영 자신도 이날 일만은 아직 아무래도 납득이 잘 가질 않고 있었다. 잘하고 잘못하고를 따지기 전에 어째서 갑자기 그렇게 흥분을 하고 말았는지 이유조차도 알 수가 없었다. 하기야 미영은 요즈음 까닭도 없이 늘 마음속이 허전하고, 게다가 심한 짜증과 안타까운 초조감까지 겹쳐 못내 그런 자신을 답답해하던 터이기는 했다. 뿐만 아니라 어제는 또 클럽 친구들이 집을 찾아온 것까지도 터무니없이 화가 나서 견딜 수가 없었고 그 친구들이 이것저것 자기 일을 캐묻고 까불어댔을 때는 꼭 자기를 비웃거나 놀려대는 것만 같아 어쩔 줄을 모를 지경이었던 것이다. 그러다가 친구들이 돌아가고 나서는 또 못 보일 일이라도 보이고 만 것처럼 밤까지 내내 기분이 꺼림칙했던 것도 사실이었다. 하지만 도대체 그런 일이 오늘 일의 이유가 될 수 있을까. 아무래도 그런 것 같지가 않았다. 그랬을 수가 없었다. 이유를 알 수 없었다. 다만 아직도 어슴푸레한 느낌이 남아 있는 것은, 곱슬머리 선생님이 계속 그 나물국과 촌놈 소리를 되풀이하고 있을 때, 그녀는 이날따라 그 말이 유독 귀에 거슬렸고, 드디어는 더 이상 참을 수가 없어져서 자신도 모르게 불쑥 자리를 일어서버렸던 그때의 희미한 기분뿐이었다. 어찌 된 일인지 이날은 그 곱슬머리 씨의 말씀이 모두 미영 자기를 두고 하는 말이나 된 것처럼 줄곧 심한 모욕감 같은 것이 느껴져 참을 수가 없어져버렸던 것이다.

다시 선생님을 볼 일이나 친구들을 만날 일이 걱정스럽기만 했다. 당장 다음 날 학교를 나갈 일부터가 걱정이었다.

—선생님께 뭐라고 사과를 드린다? 그리고 애들에게는 그 못난 짓을 뭐라고 변명해야 하는가?

이런저런 근심만 계속하다 미영은 결국 신당동 정류소에서 힘없이 차를 내렸다.

그런데 미영이 그렇게 힘없이 집까지 돌아와보니 집에는 또 뜻밖의 광경이 그녀를 기다리고 있었다. 미영이 대문을 들어서려다 보니 주인도 없는 그녀의 방에서는 뜻밖에도 「백조의 호수」의 선율이 조용히 흘러나오고 있었다. 그리고 갑자기 이상한 예감이 들어 미영이 불쑥 그 방문을 열어젖혔을 때 거기에는 정말 뜻밖에도 송지훈, 미영 앞에서는 그처럼 관심조차 보이지 않던 지훈이 우스울 만큼 엄숙한 표정을 하고 앉아 녹음테이프에 귀를 잔뜩 곤두세우고 있지 않은가.

지훈이 혼자 조용히 「백조의 호수」에 귀를 기울이고 있는 모습은 확실히 미영을 놀라게 하고도 남을 일이었다. 미영은 잠시 넋이 빠진 듯 지훈을 바라보고만 있었다. 지훈도 물론 미영의 출현에 적잖게 당황을 한 기색이었다. 불시에 당한 일이라 그는 미처 표정을 가장할 여유도 없는 듯했다. 미영은 전에 한두 번 집 안에서 속옷 차림을 지훈에게 들킨 일이 있었는데, 이때의 지훈은 마치 그런 미영을 마주쳤을 때처럼 어정쩡하고 난처한 표정을 하고 있었다. 허락도 없이 남의 물건에 손대고 있는 변명은 처음부터 생각 밖이었다.

지훈은 그저 그렇게 어정쩡한 눈길로 미영을 마주 바라볼 뿐이었다.

그러나 지훈의 그런 표정은 잠깐 동안뿐이었다. 그는 이내 얼굴이 뻘게지며, 느닷없이 자기 쪽에서 먼저 화를 내버리고 말았다.

"뭐 함부로 기척도 없이 문을 열고 있어! 뻔히 안에 사람이 있는 줄 알면서, 그만한 조심쯤 해줘야지 않아!"

버럭 미영을 비난하고 들었다. 그러나 미영은 그 역시 지훈이 아직 당황하고 있기 때문이라고 생각할 수밖에 없었다. 이젠 어느 정도 사정을 짐작할 수가 있었기 때문이었다. 지훈의 심경도 이해가 갔다. 미영은 차츰 여유가 생기고 있었다.

"하지만 전 지훈 오빠야말로 정말 점잖지가 못한 분 같은걸요."

슬슬 장난기를 섞어 대꾸했다. 그러나 지훈은 미영의 속을 알 길이 없었다. 점점 더 어쩔 줄을 모르고 덤벼들었다.

"뭐라고? 내가 점잖질 못하다고? 내가 점잖지 못한 게 뭐야."

"생각해보심 모르시겠어요?"

"날더러 생각을 해보라? 훈계를 하고 있는 건가?"

"훈계라니요, 천만의 말씀을! 전 그냥 조금만 생각을 해보시라고 했을 뿐인걸요."

"하지만 생각을 해봐도 모르겠다면?"

"그럴 리가 없어요. 지훈 오빠 지금 주인도 없는 숙녀의 방엘 들어와 계시지 않았어요? 그리고 허락도 없이 남의 물건에 손을 대구 계셨구 말씀이에요."

"그야 그랬지. 오, 그래서 미영인 그게 점잖지가 못하다 이거로구만!"

"그럼 지훈 오빠 그게 점잖은 신사의 행동이라고 생각하세요?"

"난 신사가 아니니까. 미영이처럼 교양이나 염치가 눈곱만큼도 없는 막촌놈이란 말야. 점잖은 것인지 아닌지 그런 걸 가려 생각할 리가 없지."

지훈은 더럭더럭 억지를 쓰고 있었다. 그러자 미영도 이젠 화가 치밀기 시작했다. 너무도 뻔한 일을 가지고 부득부득 억지만 쓰고 있는 지훈이 얄밉고 원망스러웠다. 지훈이 스스로를 아무것도 모르는 막촌놈이라고 매도하고 나섰을 때는 문득 학교에서의 울분까지 다시 터져 나오려 했다. 사실 미영이 처음 자기 방에서 지훈을 보고 놀란 것은 지훈에 대한 어떤 평소의 선입견이나 그 선입견에서 온 단순한 호기심 때문에서만은 아니었다. 미영은 지훈이 「백조의 호수」에 귀를 기울이고 있는 것을 보자 대뜸 어떤 감동스런 느낌부터 먼저 들어버리고 있었던 것이다. 미영이 어리둥절하고 놀란 것은 바로 그런 자신의 감동 때문이었다. 까닭 없이 지훈이 고마워졌다. 학교에서부터 잔뜩 부글거리고 있던 울분 같은 것도 그 순간은 후련하게 풀려나가는 것만 같았다. 곱슬머리 음악 선생님께 대든 것도 마치 그 지훈을 위해서였던 듯한 생각이 들 지경이었다.

그런데도 지훈은 지금 터무니없이 억지만 쓰고 있는 것이다.

"좋아요. 그렇담 할 수 없지요. 지훈 오빠 자신이 스스로를 막촌놈이라고 생각하시는데 제가 아니라고 우길 필요는 없을 테니까요. 하지만 그런 지훈 오빠를 위해서는 동경이나 존경을 바치려고 하지도 않을 거예요."

미영은 독이 올라서 쏘아댔다. 하지만 지훈은 여전히 같은 태도였다.

"동경이나 존경을 바라자고 일부러 그리 말한 것은 아니니까."

"하지만 지훈 오빠 너무 비겁해요. 너무 용기가 없단 말씀이에요."

"내가 비겁하다구? 하긴 그럴지도 모르지. 난 자신이 막촌놈이라는 사실 하나도 변명할 용기가 없으니까."

"그건 더구나 지훈 오빠의 위선이구요."

"위선, 어째서 그걸 위선이라고 하지?"

"위선이 아님 그럼 뭐예요? 누이동생 방이니까 그냥 들어왔노라고 오빠 왜 그렇게 말씀하시지 못하세요? 그리고 사실은, 「백조의 호수」를 좋아하고 계시다고 왜 솔직히 말씀하지 못하세요. 그래서 「백조의 호수」를 좀 듣고 싶어 방에 들어왔노라고 말씀예요. 모두다 지훈 오빠가 비겁한 탓이 아니고 뭐예요!"

미영은 사정없이 지훈을 힐난해 들어가고 있었다. 그제서야 지훈도 할 말이 없는 듯 입을 다물어버렸다. 그러나 지훈은 그냥 그렇게 입을 다물고 있는 것만은 아니었다. 그는 미영에게 힐난을 당하고 있는 동안 얼굴빛이 이상스럽게 갑자기 험상궂게 변해가고 있었다. 금세 미영을 잡아먹어버리기라도 할 듯 난폭스러워 보이기도 했고, 어찌 보면 또 미영과는 아무 상관도 없이, 그저 자기 혼자서 말 못할 고통 같은 것을 견뎌내고 있는 것처럼 보이기도 했다. 그러나 미영은 이미 그런 지훈의 얼굴빛까지 염두에 둘 이유가 없었다. 입이 터진 김에 하고 싶은 소리를 모두 지껄여버리지 않고는 견딜 수가 없었다.

"정말 비겁해지기가 싫으시담 말씀을 해보세요. 왜 지훈 오빠제게 그런 위선적인 태도를 취해야 하시는지를 말씀예요. 도대체 지훈 오빠 무엇 때문에 제 앞에선 노래 같은 건 흥미도 관심도 없는 척만 하시죠? 그러시곤 이런 식으로 몰래 테이프를 들으려 하시죠? 제가 좋아하기 때문인가요? 그러는 제가 보기 싫어 일부러 그러는 척하는 거예요? 어째서 그러시는 거지요?"

미영의 눈에는 어느새 자신도 모르게 눈물이 맺히고 있었다. 그러나 지훈은 여전히 꿀 먹은 벙어리였다. 고통스런 얼굴 표정만 점점 더 무섭게 일그러져가고 있었다. 그러다가 마침내는 더 이상 미영의 힐난을 견디고 있을 수가 없어진 듯 와락 문을 박차고 방을 나가버렸다.

지훈이 사라진 방 안은 아직도 끝나지 않은 녹음테이프의 선율이 혼자 맥없이 퍼져나가고 있었다.

그런 일이 있고 나서 며칠이 지났다. 미영에게 있어서는 그 며칠간이 어느 때보다도 쑥스럽고 난처한 나날이었음은 두말할 나위가 없다. 학교에서도 그랬고 집에서도 물론 마찬가지였다. 학교에서는 다행히 담임 선생님이나 곱슬머리가 모두 그날 일을 모른 체해준 덕분에 별다른 일이 생기지는 않았다. 하지만 미영은 그것으로 온통 마음이 편해져버릴 수는 물론 없었다. 쑥스럽고 난처하기는 매한가지였다. 새삼스럽게 변명을 하고 나서기도 뭣했다. 그러기는 오히려 더 쑥스럽고 난처한 일이었다. 학교에서는 그날 일로 신경을 오래 괴롭히지 않는 것이 상책이었다. 미영 자신도 그날 일은 그저 순간적인 장난기에서 나온 행동이었던 것처럼 대수롭지 않게 여겨 넘기자고 했다. 그리고 그녀는 그런 식으로 정말 조금씩은 마음이 편해져가고 있었다.

문제는 집에 있을 때였다. 집에서는 학교에서처럼 그렇게 사정이 수월하질 못했던 것이다. 그날 일이 있은 후로 지훈은 도대체 미영에겐 한마디도 말을 걸어오려고 하질 않았다. 말을 걸어오기는커녕 제대로 한번 미영을 쳐다보려고도 않는 형편이었다.

다시는 미영의 테이프에 관심을 보이려 하지 않은 것은 물론이고 표정까지 늘 그날 그대로였다. 언제나 얼굴을 고통스럽게 찡그리고만 다녔다. 어쩌다 미영과 눈이라도 마주치면 화가 난 사람처럼 슬그머니 시선을 피해버리곤 했다. 그러니까 미영도 자연 그런 지훈 앞에선 좋은 얼굴을 할 수가 없었다. 미영의 얼굴에서도 똑같이 얼음 가루가 휘날리고 있었다. 집안 어른들까지 그러는 두 사람을 보고는,

"허허, 느이들 언제 둘이 다툰 일이라도 있니? 웬일로 요즘은 그렇게 서로 얼굴들이 샐쭉해서 지내지?"

"미영이 년이 워낙 성미가 못돼먹어서 그런 모양인데, 하더라도 모처럼 만난 오누이끼리니까 사이좋게 지내지들 않구서."

속 모를 말씀들을 하게끔 되어버렸다. 난처하고 쑥스러운 나날이 되지 않을 수 없었다. 그날의 일보다도 그 이후로 점점 더 미묘해져가고 있는 두 사람의 태도 때문이었다. 그러나 지훈은 누가 뭐래도 미영에겐 여전히 양보를 해올 기색을 보이질 않았다. 날이 갈수록 얼굴빛이 더욱 싸늘하게 굳어져가고 있었다. 나중에는 숫제 미영이 외에 다른 집안 식구들에게조차 말을 건네는 일이 드물어져가고 있었다. 그럴수록 미영으로서도 지훈이 더욱 얄밉고 원

망스러웠다. 도대체 지훈의 속마음을 알 수가 없었다.

그러던 어느 날이었다. 지훈은 이번에야말로 정말 알 수 없는 고집을 부리고 나섰다. 그 고집은 물론 미영의 아버지나 어머니에 대해서였다. 어찌 된 일인지 지훈은 이제 그만 미영네 집을 나가야겠다는 것이었다. 미영네를 나가서 혼자 따로 하숙을 정하겠다는 것이었다.

"왜 여기선 어디 불편한 데라도 있어 그러니? 설사 불편한 데가 있더라도 서로 참고 이헬 해나가야지 따로 하숙을 하다니."

"미영이 년이 속을 몹시 상해준 것 아냐? 요즘 둘 사이가 아무래도 좀 시무룩해 있는 것 같더니 말야. 하지만 철이 없어서 그런 앨 가지고 뭘 그러니. 오빠 되는 네가 점잖게 타일러 이끌어주지 않구서……"

집안 어른들이 만류해도 소용이 없었다. 분명한 이유도 말하지 않은 채 부득부득 자기 고집만 내세웠다. 이유라는 게 다만 이런저런 방법으로 다양하게 서울 생활을 경험해보고, 그 경험 속에서 자신의 의지와 능력을 가꾸어나가고 싶다는 것뿐이었다. 그런 경험이라면 굳이 집을 나갈 필요까지야 없지 않느냐는 것이었지만, 그래도 지훈은 고집을 거두려 하지 않았다. 그리고 끝끝내 그 고집을 거두지 않은 채, 지훈은 어느 날 정말로 미영네를 나가버리고 말았다.

참으로 알 수가 없는 일이었다.

하지만 지훈이 무슨 이유 때문에 미영네를 떠나고 싶어졌든, 이제 그가 그렇게 집을 나가버린 것은 어쨌든 사실이었다. 그리고 지훈이 이미 집을 나가버린 이상 미영은 언제까지나 그 이유만을 궁금해하고 있을 수는 없었다. 솔직히 말해서 미영은 지훈이 그렇게 집을 나가고 만 이유를 전혀 짐작하지 못하고 있었던 것만은 아니었다. 어슴푸레하나마 미영은 지훈이 집을 나간 것은 어쩌면 자기 때문일 거라고 생각을 하고 있었다.

지훈이 몹시도 자기를 미워하고 있었기 때문이었다. 무슨 이유에선지 지훈은 처음부터 자기에게 관심조차 잘 보이려고 하질 않았다. 견딜 수 없는 무관심 속에 어떤 경멸감까지 지니고 있는 듯싶었다. 자기 앞에선 까닭 없이 싫은 얼굴을 하기 일쑤였고, 심지어는 묘한 증오감마저 드러내 보일 때가 있었다. 지훈은 처음부터 미영을 그렇게 미워하고 있었다.

그 미움증이 그날의 테이프 사건 후부터는 더욱 심해져가고 있었다. 지훈은 결국 그러다가 집을 나가버린 것이었다. 미영 자기가 미워서였다. 미영은 다만 지훈이 어째서 그처럼 자기를 미워해야 했는지 그것을 아직 깨달을 수가 없을 뿐이었다.

그러나 그것은 이제 어쨌든 상관이 없는 일이었다. 그보다도 미영에게는 이제 지훈이 정말로 집을 나가버리고 없다는 사실이 더욱 중요했다. 그리고 지훈이 집을 나가버린 데서 오는 어떤 허탈감 같은 것이 보다 더 절실한 느낌으로 그녀에게 다가오고 있었다. 이상하리만큼 기분이 허전했다.

집 안이 온통 텅텅 비어버린 것 같았다. 그렇게 투박하고 불편스럽던, 그리고 그렇게 얄밉기만 하던 지훈의 눈길이 곁에서 아주 싹 사라져버리자 미영은 이번에야말로 정말 모든 일이 싱겁고 맥이 풀린 듯싶기만 했다. 학교에서나 집에서나 도대체 신이 나는 일이 없었다. 까닭 없이 자주 긴장이 되곤 하던 버릇도 이제 부질없어 보이기만 했다. 그 버릇은 마치 미영 자신이 언제나 지훈의 존재 때문에 그랬던 것처럼 생각되기도 했다.

그러나 이젠 지훈이 없었다. 반드시 지훈 때문이랄 수는 없지만, 이젠 방과 후가 초조하게 기다려지지도 않았다. 학교에서나 집에서나 모든 것이 허전하고 짜증스럽기만 했다.

그런 허전한 기분은 물론 지훈이 아직 집에 있을 때보다도 더 한층 절망적이었다. 이젠 숫제 허전스런 느낌 자체까지 허전스러웠다.

거기에선 예전처럼 어떤 긴장감 같은 것도 맛볼 수가 없었다. 그래서 미영은 그런 허전한 기분을 쫓기 위해 테이프도 듣고 지훈이 그냥 남겨두고 간 소설책들을 뒤적여보기도 했다. 특히 『전원교향악』에 대해서는 어떤 은밀한 추억 같은 것을 음미해보듯 처음부터 책을 다시 읽어나갔다. 눈먼 소녀 제르트뤼드는 목사가 처음 그녀를 집으로 데리고 왔을 때는 혼도 뭣도 없는 하나의 산 살덩이에 불과한 존재였다. 이가 바글바글 끓어대고 있었고 말을 하지도 듣지도 못했다. 그런데 그 제르트뤼드가 목사의 인내와 사랑 속에서 이젠 차츰 영혼의 눈을 떠가고 있었다. 조금씩조금씩 말소리도 알아듣고, 나중에는 스스로의 의사를 표현하게까지 되어 있었다. 그리고 무엇보다도 그녀는 이젠 그런 의식을 통해서 인간에 대한 따뜻한 애정 같은 것을 깨닫기 시작하고 있었다. 그래서 그녀는 인간과 이 세상에 대한 아름다운 환상 속에서 더없는 행복을 느끼고 있었다.

그러나 그뿐이었다. 그 이상은 더 읽어 내려가고 싶지가 않았다. 제르트뤼드는 방금 무엇인가 굉장한 것에 눈을 뜨기 시작한 것 같았지만, 사실 미영으로서는 아직 그게 무엇인지를 확실히 알수가 없었다. 아니 그것이 비록 무엇인지를 안다고 해도 지금의 미영으로서는 그것의 의미를 확실히 깨닫거나 실감할 수가 없는 것 같았다.

결국 책을 읽는 일로도 허전한 기분을 아주 씻어낼 수가 없었다. 테이프를 듣는 것도 물론 마찬가지였다.

—지훈 오빠가 가끔 놀러라도 와주었으면.

그러기라도 한다면 얼마쯤 기분이 풀릴 것 같기도 했다. 그러나 지훈은 한번 집을 나간 후로는 한 번도 얼굴을 다시 내민 일이 없었다. 전화조차 걸어오지 않았다.

"지훈이 녀석, 뭐가 틀리긴 몹시 틀린 모양이구먼그래. 집을 나가고 나선 아직 한 번도 소식이 없었지?"

아버지까지 그런 푸념을 하실 지경이었다.

"글쎄요. 하지만 틀릴 일은 무슨 틀릴 일이 있겠어요. 어미 없이 자란 아이가 되어 워낙 성미가 무심한 탓이겠지요."

매사에 관심이 자상하신 어머니는 그렇게 지훈을 변명하고 계셨지만, 그러나 그 어머니도 아버지가 계시지 않을 때는,

"망할 녀석 같으니라구, 어떻게 지내고 있는지 소식이라도 종종 전해주면 좋지 않아."

궁금스런 마음을 감추지 못하셨다. 그러시다가는 슬그머니 지훈

의 새 주소를 내주시며,

"미영이 네가 언제 한번 오라비 집을 찾아가보고 오련? 녀석이 무슨 꼴을 하고 지내는지 궁금해서 견딜 수가 없구나."

미영의 의사를 물어오시기도 했다. 미영도 그런 어머니의 뜻에는 별로 반대를 하고 싶지 않았다. 지훈의 일이 궁금하고 그래서 한번쯤 집으로 그를 찾아가보고 싶은 생각은 어머니보다도 미영 쪽이 더 간절해 있었다. 가려고만 하면 못 가볼 곳도 아니었다. 지훈이 무슨 이유로 집을 나가게 되었든 그리고 어째서 지훈이 그토록 자기를 미워하게 되었든 지훈과 자신은 역시 오누이 사이였다. 비록 이종사촌 간이기는 하지만 누이동생이 오라비 집을 못 찾아갈 이유가 없었다. 그리고 지훈이 설마 밖에서까지 그렇게 자기를 소원해할 리는 없다고 생각했다.

하지만 미영은 역시 자기 쪽에서 먼저 지훈을 찾아갈 수는 없었다. 자존심도 자존심이지만, 그 일은 어쩐지 상상만 해도 먼저 화가 나버리곤 했다. 아무래도 자기가 먼저 지훈을 찾아가기는 싫었다.

미영에게 그런 식으로 허전하고 짜증스럽기만 한 날들이 한 주일쯤 지나고 난 다음이었다. 어느 날 미영에겐 뜻밖의 일이 한 가지 일어나고 말았다. 예상치도 않은 장소에서 예상치도 않은 방법으로 지훈을 만나게 된 것이었다.

그러니까 그것은 미영이 그렇게 지훈을 만나게 된 바로 전날의 일이었다. 수업이 끝나고 나자 덕숙이 또 교문 앞에서 무지개 아가씨들을 불러 모으고 있었다.

"얘, 내일이 일요일인데 너희들은 이 화창한 봄을 집 안에서만 썩고 나서도 지옥엘 안 갈 자신이 있니?"

아이들이 모두 모이고 나서 덕숙이 설명한 소집 목적은 바로 그 즐거운 일요일을 의논해보자는 것이었다. 하지만 의논이란 형식뿐이고, 덕숙은 이미 모든 계획을 미리 마련해놓은 듯 하나하나 자기 예정을 말해나가고 있었다. 행선지는 비원―비원을 들어가서 사진이라도 좀 찍고 오자는 것이었다. 그리고 회비는 각자의 입장료 외에 점심값으로 2천 원 이상씩을 지참하라고 했다. 시간도 오전 11시까지 돈화문 앞에 모이기로 정해졌다. 애들은 모두가 대찬성이었다. 미영도 물론 찬성이었다.

한데 미영은 바로 그다음이 문제였다. 덕숙은 모든 예정을 말하고 나서 특히 미영에게만은 뜻밖에 난처한 일을 한 가지 주문해왔던 것이다.

"그리고 미영인 특히 잊어선 안 될 일이 있어. 뭐냐 하면 에에……넌 내일 혼자서 비원엘 나와선 안 된단 말야. 알았어? 니네 사촌 오빠―그 오빠를 함께 데리고 나와야 해."

숙녀들끼리는 좀 싱거울 테니까 보호자 겸해서 지훈을 데리고 나오라는 것이었다.

"아마 느이들도 찬성이겠지?"

"찬성이구말구."

덕숙의 다짐에 아이들까지 모두 신이 나서 좋아했다.

미영은 난처했다. 하지만 거절할 수도 없는 일이었다. 덕숙이네들은 이미 지훈이 미영의 집을 나가고 없다는 사실을 알고 있었다.

전에도 한 번 같은 주문을 받은 일이 있어서 미영은 사정을 모두 말해준 적이 있었다. 그러니까 덕숙의 말은 결국 미영더러 지훈의 집을 찾아가서 데리고 나오라는 뜻이었다. 지훈이 말을 들어주든 말든 핑계 삼아 집을 한번 찾아가보고 싶기는 했다.

하지만 미영은 차마 그러기는 싫었다. 그룹 데이트의 상대로 지훈 한 사람을 끌어내게 된다는 것도 썩 내키지가 않은 일이었다.

하지만 덕숙의 말을 금세 거절해버릴 수도 없는 처지였다. 어물어물 응낙을 해놓고 나서 나중에 다시 생각을 해보는 수밖에 없었다. 정 마음에 내키지 않으면, 선약이 있다거나, 다른 사정 때문에 부탁을 들어줄 수 없다더라고 해도 상관이 없을 듯싶었다.

그런데 미영은 그렇게 승낙을 해놓고 돌아와 밤새도록 생각을 해봤으나 역시 마음이 잘 내켜오질 않았다. 처음 생각대로 거짓말을 하는 수밖에 없다고 생각했다. 그래 미영은 이튿날 아침 미리 구실을 정해가지고 혼자 느지막이 돈화문 앞을 나갔다. 물론 지훈에게는 들러볼 생각조차 하지 않은 채였다. 하지만 그녀는 지훈에게 들러 나온 것처럼 보이기 위해 일부러 약속 시간까지 훨씬 늦고 있었다.

미영이 비원 앞에 도착했을 때는 11시 30분이 거의 가까워오고 있었다. 그 바람에 무지개 아가씨들은 모두 미영보다 먼저 와서 그녀를 기다리고 있었다.

한데 이게 도대체 어떻게 된 일이었을까. 그 아가씨들 사이에는 뜻밖에도 미영이 데리고 나오기로 되어 있던 지훈이 한데 어울려서 있는 것이다. 데리고 나오기로 약속만 했지, 그의 집은 근처에도 가보지 않았던 그 지훈이 말이다.

미영은 어리둥절해지지 않을 수 없었다. 혹시 다른 사람을 지훈으로 잘못 착각하고 있는 것이나 아닌지 눈을 다시 떠보기도 했다. 그러나 아무리 다시 봐도 그것은 분명 지훈이 틀림없었다.

그것도 지훈이 우연히 길을 지나다 아가씨들과 만나 있는 그런 품이 아니었다. 그는 처음부터 고궁 소풍을 위해 아가씨들을 만나고 서 있는 게 틀림이 없어 보였다.

미영은 놀랍고 당황스러워 한동안은 입도 열지 못한 채 지훈을 바라보고만 있었다.

"미영이 넌 도대체 어떻게 되어먹은 계집애니. 지금이 몇 신 줄이나 알구 인제사 어슬렁어슬렁 기어 나오시는 거야?"

미영이 영문을 몰라 어쩔 줄을 모르고 있으니까 덕숙이 다짜고짜로 나무라려 들었다. 그러자 다른 아가씨들도 한마디씩 일제히 덕숙을 거들고 나섰다.

"니네 오빤 벌써 한 시간 전부터 우릴 기다리고 계셨단다."

"오빠 나오시랄 땐 함께 안내를 해오든지 할 거지 이게 뭐니. 콩만 한 계집애가 건방지게 어른을 한참씩 기다리게 하구."

"우리끼리만 니네 오빨 납치해버릴까 했어. 어때, 그래도 우릴 원망할 순 없었겠지?"

그러나 그 말들이 모두 미영을 비난하거나 무안을 주고 싶은 뜻에서인 것은 물론 아니었다. 아가씨들은 말을 하면서도 모두 장난스런 웃음기를 눈동자 속에 감추고 있었다. 말투 속에도 허물없는 농기들이 섞이고 있었다. 미영을 나무라고 있다기보다는 지훈의 참견을 유도해내고 싶어 하는 눈치들이었다.

그러나 친구들이 어떤 심사에서 그런 소리를 지껄여대고 있든 미영으로서는 더욱 어리둥절해질 수밖에 없었다. 듣고 보니 오늘 일에는 아무래도 무슨 꿍꿍이가 숨어 있는 것 같았다. 오늘 일로 는 집 근처에도 가보지 않은 지훈이 혼자서 미리 나타나 있는 것 으로 보아 어떤 수상쩍은 음모가 이루어지고 있다는 사실은 이미 의심할 여지도 없는 일이었다.

—날더러 지훈 오빠 데리고 나오라 해놓고는 누군가 따로 귀띔 을 해준 모양이지. 그러지 않고는 지훈 오빠가 어떻게 알고 여기 를……

그러나 또 한 가지 알 수가 없는 것은 친구들의 말이었다. 계집 아이들 말로는 지훈이 이곳까지 나온 것은 분명히 미영의 연락을 받고서인 것처럼 되어 있었다. 미영더러 지훈을 먼저 내보내놓고 자기는 늑장을 부리고 있다고 야단들이었다. 도대체 영문을 알 수 없었다. 무슨 꿍꿍이가 숨겨 있는 것은 분명했지만 그것이 누구 때문에 어떻게 꾸며져가고 있는지는 짐작할 수가 없었다.

"시간이 꽤 늦는군. 좀더 일찍 나오지 않구."

처음부터 줄곧 어색한 표정만 짓고 있던 지훈이 비로소 덤덤한 한마디를 던지며 조심스럽게 미영을 건너다보았다.

미영은 그러는 지훈의 태도 역시 얼핏 이해를 할 수가 없었다. 지훈은 아가씨들에게 둘러싸여서도 그 특유의 뚱한 분위기와 어딘 지 늘 화를 내고 있는 듯한 시선이 언제나와 마찬가지였다. 게다가 그는 이날따라 유독 거동이 쑥스러운 듯 표정이 잔뜩 굳어져 있었다. 그러다가 이래서는 안 되겠다고 생각했던지 애써 태연스럽게 목소리를 가장하여 건네온 것이 그 첫마디였다. 미영은 그러는 지훈을 보자 더욱더 수상쩍은 생각만 들었다. 지훈은 마치 미영자기의 연락을 받고 나오기라도 한 듯 또는 미영과 자기 사이에는 모든 것이 이미 약속되어 있었기라도 한 듯, 천연스런 말투가 아닌가.

—혹시 지훈 오빠도 나와 함께 요것들의 트릭에 빠져든 것이 아닐까……

그럴 가능성이 충분했다. 지훈이 일부러 미영과 이미 이야기가 있었던 듯이 말하고 있는 데도 그럴 만한 이유가 있을 것만 같았다.

—그렇다면 내 쪽에서도 서툴게 굴어서는 안 되지.

미영은 마음을 단단히 고쳐먹었다. 애들이 먼저 추궁해오지 않는 한 간밤에 지훈에게 권해보지 않은 사실은 일단 입을 다물고 있기로 했다. 입을 다물고서 조심조심 수수께끼를 풀어나가기로 했다.

"지훈 오빠가 너무 빨리 나오셨으니까 내가 시간이 늦은 거지요, 뭐."

표정을 바꾸면서 응석 조로 적당히 대답을 얼버무렸다. 듣기에 따라서는 지훈에게 이미 연락을 취했거나, 그의 집을 들러 나오느라고 시간이 늦어진 것처럼 생각될 수도 있는 대답이었다.

"……"

미영의 대꾸에 지훈도 더 이상 추궁을 해오지 않았다. 무슨 생각이 들었는지 그는 혼자 가만히 미소만 흘리고 서 있었다. 그러자 이젠 애들이 입장을 서둘러대기 시작했다.

"애, 언제까지 여기 이러고만 서 있을 거니? 돈화문 구경만 하구 돌아가긴 좀 뭣하지 않아?"

"이젠 슬슬 들어가봐야지, 미영이 년이 자기 오빨 너무 일찍 모시고 나온 바람에 무안해져서 이러고들 있었지 뭐야."

제각기 한마디씩 지껄여대며 궐문 쪽으로 발길을 옮기기 시작했다. 입장권은 덕숙이 미리 여덟 장을 사놓고 있었기 때문에 일행은 또다시 문밖에서 지체할 필요가 없었다. 재잘재잘 지껄이고 깔깔대며 곧바로 비원 경내로 들어갔다. 아가씨들은 이제 미영이 지훈을 데려 나오지 않으려 했다는 사실 같은 것은 추호도 의심하고 있는 눈치가 아니었다. 그들은 모두가 미영이 지훈을 권해 데리고 나온 것처럼 당연스럽게 생각하고 있는 듯했다. 아무도 미영의 마음속은 눈치를 채고 있는 것 같지 않았다. 그저 유쾌하게 떠들고 깔깔거리고 까불어댈 뿐이었다.

"아아, 이 화창한 봄날의 투명한 햇빛, 초록색 아지랑이, 간지럽도록 부드러운 바람결……"

경옥이 연극의 대사를 외우듯 커다란 목소리로 주워대자,

"호호…… 제법이야."

"경옥인 원래가 신파꾼이니까 할 수 없지 않니."

"그렇담, 지숙이도 양보할 수가 없겠는걸. 원래 호들갑을 떨어야 할 일은 지숙이 년에게 맡겼어야지 않아."

악의 없이 지숙을 충동질하는 축도 있었다. 그러자 지숙은 자기

가 정말 시인이라도 된 듯,

"암 그렇구말구. 여부가 있나."

우습도록 거드름을 피우고 나서는 목청을 의젓하게 가다듬는다.

"아아, 이 아프도록 화창한 봄날의 향연. 투명한 햇빛과 초록색 아지랑이와 부드러운 바람결과 그 모든 것들의 아픔이여! 그 아픔을 견디지 못해 바람이 나버린 병아리 숙녀님들의 화창한 웃음소리. 또 그 웃음소리의 아픔…… 어때? 술술 읊어대도 이 정도면 베껴둘 만한 시가 되었지?"

"아아, 이 아프도록 왕성한 봄날의 식욕, 투명한 사이다와 초록색 드롭프스와 부드러운 카스테라와 그 모든 것들에 대한 원망스런 식욕이여. 그 식욕을 견디지 못해 허기가 나버린 이 실속파 숙녀님의 허기진 웃음소리. 또 그 웃음소리의 아픔…… 어때? 술술 주워대도 이만하면 내 심중을 짐작할 만하지?"

느닷없이 선자가 정색한 얼굴로 지숙을 흉내 내고 나서는 바람에 일동은 모두 웃음바다가 되어버렸다. 그러는 중에도 혜진은 사진기를 들고 이리저리 빨간 철쭉꽃 무더기를 쫓아다니며 기념 촬영 준비를 서두느라 야단이다. 까닭 없이 분망하고 수선스럽고 그리고 즐거운 아가씨들이다. 그런 아가씨들 사이에서 지훈만 민망스럽도록 어색한 표정으로 이리 끌리고 저리 끌리며 난처해하고 있을 뿐이었다.

명색 봄놀이라는 것을 끝내고 무지개 아가씨들이 다시 비원을 나선 것은 아직도 오후 해가 한참은 더 남아 있을 때였다. 떠들 만

큼 떠들고 구경할 만큼 구경하고, 그리고 사진도 찍을 만큼 찍고
나니 아가씨들은 겨우 직성이 풀린 모양이었다. 한결같이 피곤한
얼굴로 이젠 정말 어디 가서 점심이나 먹고 보자는 것이었다. 그
리고 점심을 먹고 나니 이젠 정말로 할 일들이 다 끝나버린 듯 시
들한 표정들이었다.

하지만 새삼스레 신이 날 일도 없으면서 아가씨들은 그렇게 심
드렁한 대로 누구 한 사람 아직 비원을 나가자고 제의하고 나서는
사람은 없었다. 뭔가 아쉬운 구석이 남아 있는 듯 어름어름 서로
눈치들만 살피고 있었다.

"이제 그만 돌아가지. 구경할 것도 더 없고."

제일 먼저 선뜻 말을 꺼내버린 것은 역시 지훈일 수밖에 없었다.
지훈은 아직도 어정어정 아가씨들을 따라다니기가 고역인 모양이
었다. 때로는 농담도 주고받고 쾌활한 웃음을 웃어젖히기도 하면
서 그는 모처럼 휴일을 아가씨들과 한껏 즐겁게 어울려보고 싶은
모양이었으나 그래도 아직 어딘가는 쑥스럽고 어색한 기색이 사라
지질 않고 있었다. 그런 식으로 혼자서 일곱 아가씨들을 호위하고
다니자니 쉬 피곤해지고 고역처럼 느껴지지 않을 수 없었다.

게다가 한번 소풍을 끝내자고 말을 꺼내놓은 지훈은 기왕 생각
을 정한 김에 기어코 자기 뜻을 실현하고 말겠다는 듯 새로운 구실
까지 늘어놓았던 것이다.

"일요일이긴 하지만 난 좀 일찍 나가서 해야 할 일도 있고 해
서……"

그래서 일행은 결국 일찌감치 비원을 나와버리고 만 것이었다.

그렇게 해서 비원을 나와 다시 한차례 수다스런 인사를 끝내고 미영이 막 일행과 헤어져 나오려고 할 때였다.

"미영인 나하고 같이 가야지."

전에 없이 상냥스런 목소리로 지훈이 미영과 짝을 짓고 나섰다.

"아침엔 시간이 틀려서 따로따로였지만 여기선 혼자 보낼 수가 없는걸."

언제나 뚱하게 화가 나 있는 것처럼 굴던 그가 하루 사이에 그렇게 갑자기 달라질 수가 있나 싶을 지경이었다. 하지만 지훈이 그렇게 말하면서 미영을 이끌고 나선 것은 어쨌든 사실이었다.

그는 아직도 서성서성 흩어지지 않고 있는 아가씨들 사이를 벗어나와 미영을 앞서고 있었다. 미영도 물론 그 지훈을 따라나섰다. 미영 역시 오늘 일에 대해서는 지훈과 관련하여 궁금한 것이 많았기 때문이었다. 지훈이 무엇 때문에 그처럼 갑자기 싹싹해지고 있든, 그리고 그가 오늘 일에 대해 어떤 수상쩍은 기미를 눈치채고 있든—아마 분명히 그런 것을 눈치채고 있으리라—미영으로서는 그 지훈에게서 아침부터의 수수께끼를 풀어내버리고 싶었던 것이다. 한데 실상은 지훈 역시도 미영과 똑같은 생각으로 굳이 그녀와의 동행을 청하고 나섰던 것일까. 일행과의 거리가 얼마쯤 생기고 나자 지훈은 갑자기 미영을 돌아다보며 이렇게 물어오는 것이었다.

"도대체 어떻게 된 심판이지?"

"뭐가 어떻게 된 심판이에요?"

미영은 처음 무슨 영문인지를 몰라 그렇게 되묻기까지 했다. 한데 지훈의 말은 바로 미영이 그에게 해답을 묻고 싶었던 것과 같은 수수께끼에 관한 것이 아닌가.

"오늘 일 말야. 어떻게 해서 이런 식으로 날 끌어내다 골탕을 먹이려 했느냐 말야."

이상하게도 미영이 물어야 할 말을 지훈 쪽에서 먼저 묻고 있는 것이었다. 게다가 아까는 아가씨들 앞에서 좋은 얼굴로 헤어지기 위해 일부러 상냥해질 수밖에 없었다는 듯, 이젠 평소의 그 뚱한 표정으로 다시 되돌아가 있었다. 아니 어떤 식으로 골탕을 먹이려 했다느니 어쨌느니 하는 말투하며 갑자기 꽁꽁 얼어붙어버린 얼굴 표정으로 보아 그냥 평소의 그가 아니라 이번엔 정말 화를 내고 있는 것 같기도 했다.

미영은 어이가 없었다. 슬그머니 화가 나기 시작했다.

"지훈 오빠 골탕 먹이려 했다니요? 누가 오빠 거기까지 나오게 했게요."

맞받아 쏘아대기 시작했다.

"그럼 미영인 오늘 나를 거기로 끌어내게 한 데 상관이 없단 말야?"

"상관이구 뭐구 난 모르는 일이에요."

"그으래?"

"그래요. 오빤 도대체 누구한테 이곳으로 불려 나와가지구선 나한테 이 신경질이에요?"

"……"

"대답해보세요. 나야말로 정말 오빠보다 먼저 그걸 묻고 싶었던 것이라니까요. 오빠 도대체 오늘 아침 어떻게 해서 거길 나오게 되었지요?"

미영은 계속해서 지훈을 추궁해 들어갔다. 지훈은 좀처럼 대꾸를 하지 않았다. 입을 꼭 다문 채 무엇인가 혼자서만 생각에 골똘해 있었다. 한동안은 미영이 곁에서 따라오고 있는 것도 잊어버린 듯 정신없이 길을 걸어가고 있었다. 그러더니 이윽고 무슨 생각이 번쩍 머리를 스쳐오는 듯,

"알았어!"

단호한 목소리로 한마디를 내뱉고 나서 그 단호한 목소리와는 도저히 어울릴 수 없는 미소를 지어 보인다.

"내 처음부터 모든 걸 홀딱 믿어버린 건 아니었지만, 이젠 사정이 확실해졌어. 아무래도 좀 수상한 구석이 있지 않나 싶더라니까."

"뭐 어떻게 수상쩍고 그게 또 어떻게 확실해졌다는 거예요?"

지훈이 뭔가 자신만만해지는 눈치가 보이자 미영은 더욱 궁금해졌다. 그러나 지훈은 이제 더 이상 미영을 궁금하게 하지 않았다. 뜻밖일 만큼 선선히 사정을 털어놓기 시작했다.

"사실은 이랬던 거야. 며칠 전에 갑자기 집으로 이상한 엽서가 한 장 날아들어 왔지 않아. 미영이 클럽 친구 중에 그 덕숙이란 아가씨로부터 말야. 긴급히 좀 상의를 해야 할 일이 있으니 아무 날 아무 데서 잠시 나를 만나봤으면 좋겠다는 내용이었지. 의논할 일이란 물론 그 아가씨 한 사람의 일이 아니라 미영도 포함해서 '무지개 클럽' 전체가 관계되는 일이라는 것이었어."

무슨 일인가 싶어 지정된 시간에 지정된 장소로 나가보니, 그곳에는 과연 덕숙이 미리부터 지훈을 기다리고 있더라는 것이다. 덕숙이 이야긴즉 다음 일요일날 클럽 아이들이 함께 비원 소풍을 나가기로 되어 있는데, 보호자 겸 일일 숙녀 연습의 상대자로 지훈을 선택했으니 아예 그날은 다른 약속 가질 생각 말고 즐겁게 하루를 봉사할 각오나 하고 있으라고.

　그리고 이 일을 위해서는 이미 클럽 아이들이 모두 뜻을 한데 모았으며, 특히 미영의 체면을 보아서라도 모처럼 부탁을 저버리는 일이 있어서는 안 된다고 반 명령조로 지훈을 설득하려 들더라고. 그러면서 덕숙은 지훈이 나와야 할 장소와 시간까지 미리 일러주면서, 미영이 다시 다짐을 받으러 오게 될지도 모르지만 만약 그런 일이 없더라도 그 시각에 그 장소로 틀림없이 나와주어야 한다고 재삼 부탁을 하고 나서야 지훈을 놓아주더라는 것이었다.

　"그런데 미영인 오늘 아침까지도 나에게 연락이 없더군. 하기야 난 미영이 꼭 내게 연락을 해오리라고 믿고 있었던 건 아니지만 말야. 하지만 어쨌든 약속을 한 일이니까, 오늘 아침 나는 그 약속을 지키러 나갔었지. 그런데 다행스럽게도 미영의 친구들은 그 뒤로 내가 다시 미영에게서 연락을 받은 줄 알고 있더군. 내버려뒀지. 뭔가 좀 이상하다고 생각하면서도 말야. 그런데 나중에 보니 미영이까지 제법 그런 식으로 일을 속여 넘기려 하고 있는 것 같지 않아……."

　말을 마치고 나서 지훈은 이상하게 생각되지 않을 수 있었겠느냐는 듯 의미 있는 미소를 지어 보였다. 그러나 그 미소는 다른 한편으론 이제 모든 것을 짐작할 수 있다는 뜻도 함께 포함되어 있는 그런 웃음이었다.

아닌 게 아니라 미영도 이젠 사정이 어느만큼 분명해진 느낌이었다. 하나하나 마음속에서 수수께끼가 풀려나가고 있었다.

그러니까 이날 소풍은 모든 것이 덕숙의 사전 계획에 의한 것이었다. 덕숙은 모든 일을 미리 꾸며놓고 나서 자기의 계획 속으로 클럽을 끌고 들어간 것이었다. 전날 오후 교문에서 아이들을 모아 놓고 소풍놀이를 제의한 것이나, 미영에게 지훈을 끌고 나오라고 한 일들이 모두 그랬다. 미영의 연락도 없이 불쑥 지훈이 나타나 있었던 것도 다 그 때문이었다. 하기야 지훈 쪽에선 일이 그렇게 순서를 뒤바꿔 진행되어온 사실까지는 확실히 알고 있질 못하는지도 모르지만 하여튼 그 모든 것이 덕숙의 사전 계획에 의해 그렇게 된 것만은 틀림이 없는 사실이었다.

다만 그 덕숙이 어째서 하필 지훈을 상대로 그런 일을 꾸미게 되었는지, 그리고 미영더러는 어째서 굳이 또 지훈을 맡아달라고 새삼스런 부탁을 하고 싶어졌는지 그것만이 아직 확실해지지 않고 있는 셈이었다. 하지만 미영은 이제 거기까지도 전혀 상상이 미치지 않은 것은 아니었다.

미영은 무심스럽기만 하던 덕숙의 행동에 자기도 모르게 어떤 질투 같은 것이 느껴지고 있었다. 그것은 미영이 어렴풋이나마 그 덕숙의 속셈을 짐작하고 있다는 증거였다. 미영은 나중 지훈에게 이런 소리까지 묻고 들게 되었다.

"그러니까 지훈 오빤 결국 그날 있었던 제 친구와의 약속 때문에 오늘 아침 옳다구나 하고 비원을 나오셨군요?"

분명히 질투가 어린 어조였다. 그러나 지훈은 이제 완전히 여유가 생긴 듯했다.

"그야 약속은 그 아가씨하고 했지만 오늘 소풍엔 미영이도 틀림없이 나와줄 줄 알았으니까. 그리고 어쨌든 그 덕분에 우린 오늘 오랜만에 이렇게 서로 얼굴을 보게 되었지 않아."

전에 없이 미영을 부드럽게 달래려 들었다.

"하지만 오빤 오늘 일로 골탕을 먹었다면서요. 그리고 내가 오빠에게 연락을 해주리라 믿고 있지도 않았다고 하셨지 않아요. 왜 그렇게 생각하셨지요?"

"그야 미영인 언제나 내가 자기를 미워한다고 생각하고 있으니까, 그렇게 미운 사람을 보러 올 리가 없다고 생각했거든. 그리고, 나로 말하면 그런 미영을 만나는 일이 골탕감이 아닐 수 없지. 왜냐하면 미영이 생각대로 난 정말 그렇게 미영을 미워하고 있을는지도 모르지 않아?"

말을 끝내고 나서 지훈은 또 한 번 그 알 듯 모를 듯한 미소를 빙긋이 입가로 흘리고 있었다.

"내일 학교에서 만나 얘기할까 생각했지만, 이런 찝찝한 소리는 한시라도 일찍 털어놔버리는 게 시원할 것 같아서 찾아왔어."

미영이 지훈과 헤어지고 나서 집에 도착한 것은 돈화문 앞을 출발한 지 한 시간쯤 지난 다음이었다. 한데 미영이 집을 들어서고 보니 그녀의 방 안에선 뜻밖의 인물이 그녀를 기다리고 있었다.

어느 틈에 길을 앞서 왔는지 덕숙이 먼저 와 있다가 미영을 맞으러 나왔다. 오늘 안으로 꼭 해버리고 싶은 말이 있어서 애들과 헤어지고 난 다음 곧 미영에게로 달려왔다는 것이었다.

"하루라도 이런 얘길 미뤄두고 있으면 속이 꺼림칙해서 말야……"

그러나 덕숙은 그렇게 말하면서도 웬일인지 표정이 그녀답지 않게 시무룩해 있었다.

"무슨 일인데 그래? 피곤할 텐데, 무슨 일이길래 이렇게 집까지?"

미영은 덕숙을 보자 대뜸 또 이 애가 무슨 일을 꾸미려고 이러나 의심부터 들기 시작했다. 그러나 섣불리 좋지 않은 기색을 내보일 수는 없었다.

"무슨 말인지 얘기부터 해봐."

좋은 얼굴을 지니려고 애쓰며 궁금한 이야기부터 재촉했다. 그러나 덕숙은 그럴수록 더 기가 죽어가고만 있었다.

"오늘 일 말이야, 오늘 일, 너도 벌써 짐작을 하고 있겠지만……"

자꾸만 말을 망설이며 이야기를 얼른 털어놓지 못하고 있었다.

"오늘 일? 오늘 일이 어떻게 되었는데?"

미영은 시치밀 떼며 질문을 계속했다. 하기야 미영은 벌써 뭔가 덕숙의 속셈을 짐작은 하고 있었다. 틀림없이 덕숙은 오늘 일에 대한 자기의 사전 계획을 고백하려는 것이리라. 그러나 미영은 자기 쪽에서 미리 그것을 아는 체해주기는 싫었다.

"사실은 말야!"

그제서야 덕숙은 할 수 없다는 듯 이야기를 털어놓기 시작했다. 하지만 그녀의 이야기는 역시 미영이 예상한 대로였다. 지훈에게서 이미 들은 이야기, 그리고 미영 자신의 추리 속에서 분명한 해답이 얻어질 수 있었던 그런 것이었다.

"……이상하게 들릴는지 모르지만 우린 미영이 네가 정말 오빠하고 사이가 좋아지길 바랐던 거야. 너와 오빠와의 사이가 좋지 않다는 것은 이미 우리들 사이에선 모두 알려진 일이거든. 그래서 두 사람을 위해 내가 오늘 일을 꾸몄던 거야. 한데 오늘 두 사람의 거동을 보고 나선 후회하게 되었지 뭐야. 공연한 짓을 한 것 같았거든. 나만 쑥스러워졌단 말야."

덕숙은 말을 끝내고 나서 진짜 쑥스러운 듯 풀기 없이 웃었다. 그러나 미영은 그 덕숙이 아직도 미심쩍기만 했다. 그녀는 지금 자기가 연극을 꾸민 동기가 모두 미영을 위해서였다고 말하고 있었다. 그러나 미영은 그렇게 간단히 믿어버릴 수가 없었다. 정말일까. 정말로 덕숙이 두 사람을 위해 그런 연극을 꾸민 것일까. 가령 사실이 그렇다고 해도 덕숙은 어째서 두 사람 일에 그처럼 관심이 많은 것일까. 아무래도 쉽사리 납득할 수 없는 것이 많았다.

그러나 미영은 거기까지 덕숙을 추궁할 수 없다고 생각했다. 그것은 덕숙을 위해서나 미영 자신을 위해서나 아무 쓸데도 없는 짓만 같았기 때문이었다. 아니 그것은 어쩌면 두 사람 중에 한 사람에겐 느닷없이 어떤 아픔 같은 것을 안겨다 줄지도 모른다는 위험스런 생각마저 들고 있었기 때문이었다.

"왜 내가 오늘 오빠에게 너무 냉랭하게 군 것 같아서 말야?"

일부러 농담기를 섞으려고 했다. 그러나 덕숙은 여전히 어조가 진지해 있기만 했다.

"아니야. 너희들은 절대로 미워하고 있질 않았어. 얼른 보면 그렇게 속을 사람도 있지. 하지만 그건 정말 미워서가 아니라 두 사람이 너무 좋아져버릴까 봐 겁을 먹고 일부러 그런 척하려는 것뿐이야. 오늘 아침도 넌 분명히 오빠네 집을 들르지 않고 나왔던 거야. 오빨 데리고 나올 작정이 아니었어. 난 그걸 처음부터 눈치채고 있었어. 한데도 두 사람은 미리 약속이나 한 듯 감쪽같이 우리들을 속여 넘겨버렸지 않아? 그건 눈이나 가슴으로 말을 주고받을 줄 아는 사람끼리나 할 수 있는 일이거든."

지껄이고 있는 덕숙의 눈길에는 어떤 열기마저 어리고 있었다.

2

꽃잎이 지고 나자 계절은 봄이 가는 줄도 모르게 문득 여름으로
들어서버리고 있었다.

여름은 봄 아지랑이처럼 아른아른한 꿈의 그림자가 사라져버린
계절이다. 까닭 없이 가슴이 두근거려지는 계절이 아니다. 그렇다
고 가을처럼 그리운 추억이 깃드는 회상의 계절도 아니다. 여름은
꿈이나 추억으로서가 아니라 지금 거기서 모든 것이 이루어지고
무르익고 있는 현장의 계절이다.

지숙은 그 여름을 한껏 성장을 차리고 난 여인과 같다고 말했다.
그것도 요란한 화장술이나 유행을 좇는 여인이 아니라 치마폭이
긴 한복으로 우아하게 몸을 감싼 여인이라 했다. 그림을 그리는
영주는 그 여름을 또 이렇게도 말했다.

"여름이 긴 치맛자락으로 몸을 감싸버린 여인이라구? 천만에,
여름이야말로 치맛자락은커녕 진짜 실오라기 하나도 걸치지 않은

풍만한 여인의 나체 같은 거야. 여름을 하나의 계절로만 생각해봐. 여름처럼 대담한 자기표현이 이루어지고 있는 계절이 또 있어? 계절의 의상으로 말하면 차라리 봄 쪽이 박사로 몸을 감싼 여인의 요염한 자태 같은 것이지. 하지만 여름은 모든 것을 훌훌 벗어버리고 대담한 나체로 풍덩 자신의 계절 속으로 뛰어들고 있어. 보라구……"

지숙은 긴 치마로 우아하게 몸을 감싼 여인 같다고 했고, 영주는 실오라기 하나 걸치지 않은 여인의 풍만한 나체 같다고 했다. 표현이 정반대였다. 그러나 두 사람은 표현이 다를 뿐 결국은 같은 여름을 말하고 있었다.

그것은 이 여름이라는 계절의 대담한 자기표현성 그것이었다.

이제 바야흐로 그 여름이 온 것이다.

그 여름이 되면서부터는 미영에게서도 이제 모든 것이 좀더 명백해지고 있는 것 같았다.

미영은 한동안 '눈이나 가슴으로 말을 주고받을 줄 아는 사람끼리'라고 한 덕숙의 말을 잊지 못하고 있었다. 지훈과 자기는 정말로 그 눈과 가슴으로 말을 주고받는 '사람끼리'가 되어 있는가를 생각해보았다. 사실인 것 같았다. 지훈과 자기는 오빠와 누이동생 사이였다. 그러면서도 두 사람은 괜히 서로 자기의 말을 주저하고 있었다. 그렇게 입으로는 말해지지 못한 것들이 눈이나 가슴으로는 이야기가 곧잘 전해져오는 것 같았다. 지훈과 자기 사이에선 그런 식으로 벌써 꽤 많은 이야기를 나누어오고 있었던 것 같기도 했다.

그것이 어떤 이야기들이었는가를 생각해보았다. 그러나 그것만은 아직 확실치가 않았다. 왜 그런 식으로 눈과 가슴으로만 말을 주고받아야 했는지도 잘 생각이 나지 않았다. 다만 확실한 것은 지훈과 자기 사이에 어떤 이야기들이 주고받아왔든, 그것은 분명히 오빠와 누이동생 사이에서 주고받을 수 있는 그리고 주고받아도 좋은 그런 성질의 말이었을 거라는 것뿐이었다. 하지만 미영으로서는 이제 그것만으로도 처음보다는 느낌이 훨씬 명백해지고 있었다. 자기는 누이동생으로서 지훈을 생각하고 있었다. 그리고 지훈에게도 좀더 멋있는 오빠 노릇을 시키고 싶었다. 그것은 자랑스럽고 떳떳한 일이었다. 누이동생으로서 오빠의 관심을 끌어 잡고 싶어 하는 것이 떳떳지 못할 것이 아무것도 없다고 생각했다.

여름으로 들어서면서부터 미영에게서 확실해지고 있는 것은 그 지훈에 대한 자신의 느낌뿐만도 아니었다. 이젠 그 지훈에 대한 덕숙의 속마음도 거의 확실하게 눈치를 채고 있었다. 덕숙은 벌써부터도 지훈과 가까워지고 싶어 하는 눈치가 분명했다. 그녀가 처음 지훈을 소개받았을 때도 그런 농담을 했었지만, 그보다도 그 비원 소풍이 있었던 날 미영은 그것을 너무도 분명하게 알아차릴 수 있었다. 그날 저녁 덕숙은 지훈과 미영을 위해 연극을 꾸민 것처럼 말했고, 나중에는 '눈과 가슴으로 말을 할 줄 아는' 사람들에게 공연히 자기만 쓸데없는 짓을 했노라고 후회하고 있었지만, 그러나 미영은 그런 덕숙의 말이 속마음과는 조금씩 다른 데가 있다는 것을 알고 있었다. 미영은 그녀가 터무니없이 열을 내고 있을 때, 그리고 어떤 때는 공연히 기가 죽어 쓸쓸한 얼굴을 짓고 있을 때 그것을 느낄 수 있었다.

덕숙은 지훈과 가까워지고 싶어 하고 있었다. 물론 그날 이후로는 덕숙이 또 지훈의 일로 미영에게 말을 걸어온 적은 없었다. 특별히 미영을 서먹해하거나 반대로 친숙을 가장해오지도 않았다. 그녀는 언제나와 마찬가지로 명랑성이나 대범성을 잃지 않고 있었다. 하지만 미영은 그런 덕숙에게도 역시 속마음으로 그녀가 지훈과 가까워지고 싶어 한다는 것을 지나쳐버릴 수는 없었다. 슬그머니 혼자 질투를 느끼게 될 때까지 있었다. 누이동생으로서인 자기의 그것을 제외하고는 어떤 식으로나 지훈과 다른 사람이 가까워지는 것을 용납하기 싫었다. 덕숙에 대해서도 물론 마찬가지였다. 지훈에 대해서는 절대로 덕숙의 관심을 용납하기가 싫었다.

지훈이나 지훈의 주변에 대한 미영의 느낌은 이제 모든 것이 그처럼 훨씬 명백해지고 있었다. 한데도 미영은 이 여름 여전히 지훈 앞에선 자기의 생각을 내보여주지 못하고 있었다. 아직도 모든 이야기를 눈과 가슴으로만 주고받았다. 아니 이젠 그런 방법조차도 전과 같이 쉽지 않았다. 지훈이 미영네를 전보다 더 멀리하고 지냈기 때문이었다. 어느 땐가는 지훈의 소식이 한 달이나 깜깜하게 막혀버린 적도 있었다.

그러니까 미영에겐 이 여름이 아직도 그런 식으로 시원찮은 계절이 되고 있는 셈이 된다. 그리고 또 그 여름은 그런 식으로 어느덧 방학 철로 슬그머니 접어들어버리고 있었다.

하지만 여름은 역시 대담하고 시원스런 계절이었다. 그리고 사람들까지도 그 여름처럼 대담하고 시원스러워지게 하는 계절이었다.

어느 날 미영에겐 뜻밖의 편지가 한 장 배달되었다. 지훈으로부터였다. 아직도 방학이 한 주일이나 너머 남아 있었지만, 지훈은 벌써 기말시험이 끝나 있었다. 지훈은 시험이 끝나자마자 곧장 여름방학으로 들어가게 되어 있었다. 지훈은 그 시험이 끝나자마자 소식도 없이 훌쩍 혼자 서울을 떠나버린 모양이었다. 편지는 지훈이 강원도 산골의 어느 여행길 도중에서 적어 보낸 것이었다.

보고 싶어지는 미영에게

편지 받고 놀라겠지. 내가 벌써 서울을 떠나버리고 없었다는 사실을 미영은 여태도 모르고 있었을 게고, 또 미영에겐 그간 한 번도 다감해져볼 수 없었던 내가 오늘은 별나게 이런 글을 다 써 보내고 있으니까 말야. 의외로 생각되겠지.

하긴 워낙 처음 일이 되어 그런지 나 역시도 미영에겐 펜을 들기가 이만저만 어려운 일이 아니었어. 공연히 쑥스럽고 멋쩍은 생각들이 앞서버려서 말야. 하지만 결국은 이렇게 글을 시작해버리고 말았어.

그럴 일이 있었거든. 사실을 말하자면 난 벌써 며칠 전부터 미영에게 글을 쓰고 싶어져 있었던 거야. 떠나올 때는 별로 느끼지 못했는데 이렇게 혼자 낯모르는 땅을 돌아다니다 보니 자꾸만 미영의 얼굴이 떠올라버리곤 하거든. 신작로를 달리는 시골 버스의 창문에는 언제나 미영의 얼굴이 흐르고 있었어. 산봉우리 끝에 꽃피어 노는 먼 여름 구름 위에서도 나는 언제나 미영의 얼굴을 보곤 했지. 고된 산길을 도보로 걸어 넘을 때나, 땀과 먼지에 찌든 하루의 피로를 초롱초롱한 별빛과 밤벌레 울음소리로 씻어내고 있을 때도 나는 늘 미영의 상념으로 머리가 가득해져 있곤 했어. 미영에게 글을 쓰고 싶어졌지. 마치 나는 미영에게 멋진 편지를 써 보내기 위해 일부러 이번 여행을 떠나온 것처럼 말야. 왜냐하면 나는 언제나 미영의 곁에서는 나의 기분대로 될 수가 없었고, 오히려 늘 그 반대의 얼굴만 하고 있는 바보였거든. 한데 이렇게 미영을 멀리 떠나와 있으니 나도 이제 조금쯤은 용감해질 수가 있는 것 같았단 말야. 게다가 곁에 있는 것은 언제나 잊어버리기 쉽고, 멀리 있는 것은 거꾸로 그립기만 하는 것이 인간사 아니겠어.

하지만 나는 오히려 그런 나 자신 때문에 여태 편지를 쓰지 않고 있었어. 편지를 쓰고 싶은 생각이 너무 간절했기 때문에 거꾸로 그 편지를 쓸 수가 없었던 거야. 이렇게 말하면 미영은 날 이해할 수가 없을지 모르지만 난 한사코 미영에게 편지를 쓰지 않으려고 참아온 거야.

한데 오늘은 더 이상 견딜 수가 없는 일이 생기고 말았어. 오늘 낮 내가 금광촌 구경을 하고 산길을 내려올 때였어. 나의 여행 행선지 근방에는 마침 금을 캐는 광산이 있어 낮에 나는 일부러 그 금광 구경을 올라갔다 오는 길이었거든. 나는 너무도 험한 산길을 걷다 보니 그만 다리가 피곤하여 어떤 소나무 그늘 아래서 몸을 잠시 쉬고 있었던 거야. 그런데 산바람이 너무 시원해서 그랬던지 나는 그만 거기서 잠이 들어버렸거든. 얼마를 잤는지, 잠결에서 문득 이상한 음악 소리를 듣고 눈을 떴을 때는 소나무 그늘이 벌써 나를 비켜버리고 있었어. 나는 따가운 오후의 여름 볕 아래서 눈이 떠진 거야. 잠결에 들려온 이상한 음악 소리 때문에 말이야. 하지만 그렇게 잠에서 깨어나보니 나의 귓전에선 아직도 어디선가 먼 음악 소리가 흐르고 있질 않겠어. 분명히 「백조의 호수」의 그 아름답고 가녀린 선율이 말야. 나는 잠시 동안 내가 아직도 잠결에서 깨어나질 못하고 있는가 싶었어. 하지만 멀고 아름다운 선율은 여전히 계속되고 있었지. 주위를 둘러봐도 푸름 일색으로 뒤덮인 산골뿐인데 말야. 근처에 인가가 있을 리는 없었고 더군다나 사람의 그림자를 찾아볼 수도 없었거든. 그러니까 그 음악 소리는 하늘 어디에서나 아직도 잠이 다 깨지 않은 나의 머릿속 어디에서나 흘러나오고 있는 것 같았지. 하지만 그 음악 소리가 물론 그런 건 아니었어. 잠시 후에 음악 소리가 흘러나오고 있는 곳을 찾아보니 국방색 옷차림을 한 군인 몇 사람이 트랜지스터라디오를 켜 들고 골짜기를 지나가고 있었던 거야. 군인들은 근처 어느 부대에서 정찰 임무를 띠고 산을 지나가는 모양이었는데, 유니폼 색깔이 녹음에 묻혀 그 사람들을 얼른 찾아낼 수가 없었던 거야. 그러니까 내가 녹음 속에서 간신히 그 군인들을 찾아냈을 때는, 군인들과 나와의 거리만큼이나 음악 소리도 꽤 멀어져가고 있는 때였어. 하지만 나는 아직도 그 멀어져가는 음악 소리를 놓치지 않으려고 「백조의 호수」를 들을 줄 아는 그 멋쟁이 군인들을 계속해서 눈으로 따라가고 있었지. 아니 나는 그 군인들의 모습이 가물가물 녹음 사이로 사라져버리고 난 다음까지도 아직 한동안이나 더 그 아름다운 곡조를 귀에 듣고 있는 것 같았어. 이윽고 그 꿈결처럼 아득한 트랜지스터의 선율마저 더위에 지친 녹음 너머로 사라지고 골짜기엔 하염없는 고요만 넘쳐흐르기 시작했을 때, 그리고 이번에야말로 정말 새로운 잠에서 깨어난 듯 정신이 들기 시작했을 때, 그때 나는 무엇을 생각했을까. 그리고 누구를 생각했을까. 아쉽고 허전한 기분 속에서 나는 미영의 「백조의 호수」야말로 정말 아름다운 음악이라고 생각했지. 그리고 오늘은 기어코 미영에게 편지를 쓰기로 작정을 하고 말았던 거야.

「백조의 호수」는 아름다운 음악이다. 내가 이런 말을 하면 미영은 아마 놀라지 않을 수 없겠지. 하지만 나는 오늘 이처럼 깊은 감동을 가지고 그것을 듣고 있었어. 미영은 물론 「백조의 호수」를 속속들이 알고 있고 백조처럼 아름답게 춤추고 있었겠지. 그러나 미영은 나처럼 아름답고 그리운 감동으로 그것을 들은 일이 있는가, 그리고 그 꿈결 같은 선율에 맞춰 하얗게 춤추고 있는 미영 자신의 모습을 나처럼 아름답고 그립게 상상해본 일이 있는가…… 나는 미영에게 그런 편지를 쓰고 싶었던 거야.

자, 그럼 이제 이걸로 내가 오늘 미영에게 이 편지를 쓰게 된 내력은 그만 끝을 내도록 하지.

하지만 그 이야기로 편지를 쓰게 된 경위를 설명하고 나니, 이젠 막상 더할 말이 없어진 것 같구나. 기왕 글을 쓰게 된 이상은 좀더 멋진 편지가 되어야 할 텐데 그 이야기를 빼고는 영 멋있는 말이 생각나질 않는단 말야. 하기야 이것만으로도 이미 내가 오늘 미영에게 하고 싶었던 말은 거의 다 해버리고 만 셈이 되고 있긴 하지만 말야. 어쨌든 오늘은 그 「백조의 호수」로 이야기를 끝내는 수밖에 다른 도리가 없을 것 같아. 싱겁지만 여기서 그만 안녕을 해야겠어.

앞으로의 여행 계획은 설악산으로 해서 7월 말쯤에 강릉으로 나갔다가, 거기서 다시 동해안을 따라 내려갈 작정이니까. 다음 이야기는 그간에 또 편지를 쓸 수 있을 거야.

혹시 마음이 내키거든 미영도 이 오빠 위해 엽서를 한 장 보내주면, 반갑게 받아 읽겠어. 강릉을 지날 때 그곳 우체국을 들러보도록 할까. 미영이 설마 이 오빠 실망시키진 않겠지.

그럼 다음 소식까지 안녕.

7월 ×일

홍천에서 지훈

지훈의 편지는 그렇게 끝나고 있었다. 꽤나 사연이 긴 편지였다. 하지만 사연이 긴 것으로 해서는 내용다운 내용이 없는 편지였다. 처음부터 끝까지가 온통 편지를 쓰게 된 경위의 설명이었다.

하지만 미영은 모든 것을 분명히 읽어낼 수 있었다. 지훈이 하고 싶은 말은 편지를 쓰게 된 동기나 그 경위 가운데 이미 충분한 설명이 이루어지고 있었다. 그리고 지훈이 편지를 쓰고 있는 처지나 분위기가 모든 것을 미영에게 역력히 말해주고 있었다. 지훈은 그 자신의 말대로 아닌 게 아니라 조금쯤은 자기의 기분에 정직해질 수 있는 용기를 얻고 있는 것 같았다. 그리고 그런 용기를 얻게 된 것 역시 미영을 멀리 떠나 있기 때문이라는 것도 그 자신의 말대로인 것 같았다. 그는 심지어 자기가 여행을 떠난 것까지도 미영에게 그런 편지를 쓰기 위해 일부러 그랬던 것 같다고 했다. 미영은 지훈이 어째서 그런 식으로 여행을 떠나갔고, 그리고 거기서 비로소 어떤 용기를 얻게 되었다고 말하고 있는지, 그의 기분을 너무나 잘 알 수 있을 것 같았다. 왜 지훈이 「백조의 호수」를 그처럼 아름답게, 감동을 가지고 듣고 있었다고 말하는지, 그 이야기로 지훈이 무슨 말을 하고 싶어 하는지도 미영은 분명히 알아들을 수 있었다. 지훈의 머릿속에 지워지지 않는 연필로 그려진 미영은 지훈의 글 속에서 그의 머릿속에 숨겨진 자기의 모습을 보고 있었다. 그리고 미영은 자기의 관심 속에 숨겨져온 지훈보다도 지훈의 그 속에 숨겨져 있는 자신의 모습이 훨씬 더 구체적이고 선명한 모습을 이루고 있는 것처럼 생각되었다. 그것은 미영을 상당히 긴장시켰다. 그러나 미영은 그런 긴장이 싫어질 리 없었다.

미영은 답장을 썼다.

지훈 오빠의 편지는 잘 받아보았어요. 무척 반가운 편지였어요. 그리고 멋있는 편지였어요. 지훈 오빠 멋있는 편지가 되지 못해 걱정이라셨지만, 저에게 멋진 글을 쓰시기 위해 일부러 먼 여행을 떠나온 것 같으시다는 말 얼마나 멋있는 말이에요. 「백조의 호수」 이야기도 저를 아주 즐겁게 해주었어요. 지훈 오빠가 「백조의 호수」를 그처럼 감동 깊게 들어주셨다니 저는 더욱 감동이 되고 말았어요. 눈물이 날 만큼 기쁘고, 오빠가 까닭 없이 고마워지기까지 하는군요.

하지만 오빠의 글 가운데서 제가 가장 멋지다고 생각한 말은, 곁에 있는 것은 언제나 잊어버리기 쉽고, 멀리 있는 것은 그립기만 하는 것이 인간사 같으시다는 오빠의 그 한마디였어요. 왜냐하면 저도 지금 오빠가 멀리 있기 때문에 더욱더 오빠가 그리워지는 것 같은 생각이 들고 있거든요. 그리고 오빠와 같이 저도 이렇게 멀리 떨어져 있기 때문에 다시는 보지 않게 되어버린 사람처럼 오빠에게 마음 놓고 글을 쓸 수 있는 용기를 얻게도 되었구요.

하지만 오늘 전 지훈 오빠를 위해 무슨 이야기를 써야 할까요. 막상 글을 쓰려고 하니 저 역시도 오빠처럼 영 멋있는 이야기가 생각나질 않는군요. 아니 그보다는 오빠와 저는 왜 늘 이런 식으로만 이야기를 해야 하는지, 이렇게 멀리 떨어져 있을 때나 간신히 정직한 말을 할 수 있게 되는지 그것부터 먼저 화가 나버리고 있어요. 도대체 왜 그래야 할까요.

전 조금은 이유를 알고 있어요. 가까이 있으면 우린 뭔가 서로 두려움을 느끼기 때문이에요. 지훈 오빠가 저의 「백조의 호수」를 들어주신 것처럼 저도 지훈 오빠의 『전원 교향악』을 거의 다 읽었거든요. 소설의 의미를 대강 이해할 수 있게 되었어요. 제르트뤼드는 이제 내부의 혼돈이 끝나기 시작했어요. 그녀의 깜깜한 영혼 속엔 이제 조금씩 빛줄기가 스며들기 시작했어요. 그리고 지금까지 목사님으로부터 그녀가 받아들이고 있던 것이 무엇이었는지도 의미가 확실해졌어요. 그런데 그녀는 이 모든 것이 확실해지자 웬일인지 차츰 두려움을 느끼기 시작하더군요. 목사님을 두려워하고 빛에 싸인 세상을 두려워하고, 그래서 나중에는 그 모든 것을 보다 확실히 볼 수 있는 자기의 눈이 떠지는 것을 두려워하고…… 자기의 눈이 떠지고 그 눈으로 세상을 바라보게 되자마자 모든 것이 한꺼번에 무섭도록 추악한 것으로 변해버릴까를 두려워하고 있었어요. 다만 저는 그 이야기에서 왜 그녀가 그런 두려움을 느끼게 되는지를 알 수가 없었어요.

한데 전 지금 지훈 오빠에 대해 바로 제가 그런 두려움을 느끼고 있는 것처럼 생각되고 있어요. 전 오빠를 좋아하고 있어요. 우린 오누이 간이니까요. 제가 오빠를 아주 미워하고 있는 것처럼 생각해온 것도 결코 오빠를 미워해서가 아니라는 걸 전 요즘 분명하게 깨닫고 있어요. 하지만 그런 것이 확실해지면 질수록 전 어쩐지 자꾸 두려움이 생기고 있어요. 그것은 아마 오빠도 마찬가질 거예요. 오빠 역시 어떤 험상궂은 얼굴을 해 보이든, 그것은 저를 두려워하고 계셨고, 저를 두려워하고 있는 오빠 자신을 두려워하고 계셨던 때문이에요. 그리고 이렇게 저를 멀리 떠나간 다음에야 정직한 말씀을 하실 수 있는 걸 보면 그건 더욱더 분명한 사실이 되었어요.

우리들이 서로 이렇게밖에 이야기를 할 수 없는 것은 바로 그 두려움 때문이에요. 하지만 어째서 전 그런 두려움이 생기고 있는지 그걸 이해할 수 없는 거예요. 누이동생이 오빠를 좋아하고 오빠가 누이동생을 생각하는 것은 눈먼 제르트뤼드가 밝은 세상을 보고 싶어 하는 것만큼이나 당연한 일이지요. 그런 당연한 일에서 우린 왜 터무니없는 두려움을 느끼게 될까요. 그래서 이런 식으로밖에 이야기를 할 수가 없는 것일까요.

오빠가 대답을 해보세요. 이것을 지훈 오빠의 적적한 여행길에 숙제로 드리겠어요.

그럼 저도 오늘은 그 대답을 숙제로 드리면서 이 글을 끝내겠어요.

혼자 다니시는 여행길에 몸조심하세요.

7월 ×일

서울의 누이 미영 올림

시험도 시작되어 있고 해서 생각 닿는 대로 대강대강 사연을 끝 맺었다. 맘 같아선 좀더 생각을 정리해서, 지훈의 말대로 이쪽에 서도 멋진 글을 쓰고 싶었지만, 시험 때문에 그럴 수가 없었다.

그러나 글을 다 쓰고 나자 미영은 그만큼이라도 속맘을 털어놓 은 것이 여간 즐겁지 않았다. 하고 싶은 말도 웬만큼은 다 해버린 것 같았다. 기분이 한결 가벼웠다.

—이제 또 답장이 오겠지. 지훈 오빠 나의 물음에 어떤 대답을 보내줄까.

하기야 미영은 지훈이 어떤 대답을 해올 것인가에 대해서도 어 느 정도는 이미 예감을 가지고 있었다. 그 예감의 내용은 지훈에 대한 어떤 기대와도 같은 것이었다. 그리고 미영도 지훈의 편지에 대해서 또다시 어떤 막연한 두려움 같은 것을 느끼고 있었다.

그래서 그녀는 미리부터 자꾸 자기의 두려움을 내세우고 있었는 지도 모른다.

그러나 미영은 그런 두려움을 느끼고 있었기 때문에, 그리고 지 훈이 대답해올 말에 대한 자기 예감을 지니고 있었기 때문에 더욱 더 노골적으로 지훈을 추궁해 들어가버렸던 것이다.

여름이라는 계절이 미영을 그렇게 대담스러워지게 하고 있는 것 같기도 했다. 더욱이나 지훈이 당장 미영 곁으로 돌아올 수 없는 먼 곳으로 가 있다는 사실이 미영을 그렇게 만들고 있었다.

하지만 일은 이제 어쨌든 쏘아진 화살이었다. 남은 일은 지훈의 대답을 기다리는 것뿐이었다. 차라리 마음이 차분해졌다.

덕분에 기말시험도 무사히 치러 넘길 수가 있었다.

그러던 어느 날이었다.

그러니까 그것은 미영이 여름방학식을 끝내고 돌아온 바로 그날이었다.

지훈으로부터 드디어 두번째 편지가 왔다.

계획보다 일찍 강릉을 들렀는지 미영이 보낸 답장을 이미 받아보고 쓴 편지였다.

한데 이 두번째 편지야말로 미영을 정말 정신이 아찔하게 만들어버리고 말았다.

그리운 미영에게

지훈의 두번째 편지는 이렇게 시작되고 있었다.

그립다는 말 한마디가 어떻게 이처럼 어려운지 모르겠구나. 하지만 난 결국 그렇게 말하기로 마음을 정하고 말았단다.

그리운 미영아. 나는 오늘 강릉에 도착하여 미영의 편지를 반갑게 받아 읽었어. 그러나 반가운 것은 반가운 것, 글을 읽고 나니 나는 지난번 내가 미영에게 그런 편지를 보냈던 사실에 대해 새삼 무

거운 죄책감 같은 걸 금할 수가 없구나. 나는 왜 미영에게 그런 못
난 소리들을 해 보내고 말았는가. 지금까지처럼 그저 무던히 혼자
마음속에서 삭여버리지를 못했는가. 그러면서도 정작 하고 싶은 소
리를 꺼내보지도 못하고 이리저리 망설임만 계속하고 있었는가. 더
군다나 우리는 왜 지금까지 서로 자신의 관심을 두려워해오고만 있
었는가, 그리고 터무니없이 증오스런 표정들을 가장하고 있다가 이
렇게 서로 멀리 떨어져 있을 때나 겨우 그런 식으로 정직한 말을 할
수 있게 되는가, 그것들에 대한 해답을 내게 추궁해왔을 때는 지난
번 나의 행동이 더욱더 후회스러워지지 않을 수 없었다.

　하지만 이젠 솔직하게 말해버려야겠어. 사실을 말하자면 나는 아
직도 그런 것을 모두 말해버리기 위해 이 여행을 떠나온 것 같은 기
분이며, 그것을 말해버리지 않고는 언제까지나 다시 미영이 있는
서울로는 돌아갈 수가 없는 느낌이거든. 그리고 그렇게 질문을 던
져오고 있는 미영이도 다만 그것을 말할 수가 없을 뿐, 느낌으로는
어떤 분명한 해답을 가지고 있는 것처럼 보이고 있으니까 말야. 미
영이 자꾸 나와 미영은 '오누이' 사이라는 걸 되풀이 강조하고 있는
것이 바로 그 증거지. 미영이 나에 대한 관심을 늘 '오누이' 사이라
는 말로 변명해두지 않고는 견딜 수 없는 두려움, 그 두려움 속에
이미 미영이 구하고 있는 해답은 마련되어 있는 거란 말야. 그리고
미영도 분명히 마음속으로는 그것을 느끼고 있을 거야.

　좀더 정확하게 말하겠어. 우리들의 느낌이 이처럼 분명해진 이상,
이제 그것을 말하는 것은 어쨌든 오빠인 나의 몫이어야 하며 그것을
비겁하게 다시 어물거려 넘기려는 것보다는, 그러한 우리들의 느낌

을 정직하게 시인하고 나서, 그것이 우리들에게 얼마만큼 순수하고 떳떳할 수 있는 일인가를, 그리고 만약 그것이 절대로 용납될 수 없는 일이라면, 우리는 고통스럽더라도 그것을 보다 빨리 그리고 현명하게 극복해낼 수 있는 방법을 생각해내야 할 테니까 말야.

하니까 사실은 아주 명백한 거야.

우리들은 미영의 말대로 정말 '오누이' 사이지. 한데도 우리는 언제부턴가 서로 오빠와 누이동생 이상이 되고 싶어 했고, 자신도 모르게 서로가 그렇게 되어주기를 바라왔던 거야. 그 때문에 미영은 늘 그 오누이란 말로 자신의 처지를 새로이 명념하려고 노력해왔고 터무니없는 착각에서 벗어나고자 스스로 괴로운 질책을 계속해온 거란 말야. 아니, 미영에게까지 그랬다고는 말하지 않기로 하겠어. 나의 생각만 말하지. 바로 내가 미영에겐 오빠 이상일 수 있기를 바라왔던 것이고, 또 미영에게도 나에게 누이동생 이상의 존재가 되어주기를 바라고 있었던 거란 말야. 그러나 이젠 솔직하게 고백하지 않을 수가 없어졌어. 잠 오지 않는 수많은 밤들에게 그리고 오로지 그 하나의 해답을 얻기 위해 이처럼 끝없이 멀어져가는 고행의 발자국들에게 천고의 진리를 안은 나무들과 하늘을 흐르는 구름 조각들에게 물어도 그것은 언제나 분명한 사실이었거든. 사실이 분명할 뿐 아니라 난 어느새 미영이 나의 누이동생이라는 사실이 불편스럽게 느껴지기까지 했어.

아마 난 지금까지 누이동생이 무엇인지조차 모르고 너무도 혼자서만 지내왔기 때문일 거야. 미영을 만나고 나서 난 너무도 많은 것을 한꺼번에 기대하고 있었거든. 난 미영에게 무엇을 어디까지 기대해도 좋은지를 모르고 있었던 거란 말야. 한데다가 난 미영을 보고는 이상한 열등감 같은 것에 사로잡혀버린 막촌놈이었지. 미영에 대한 기대에 부풀어 있었으면서도 그것을 어떻게 미영에게서 구해 낼 수 있는 것인지는 알지 못하고 있었어. 고작해야 성난 얼굴이나 짓고 공연히 무뚝뚝한 말씨를 휘둘러서 미영의 비위를 건드려놓은 것이 나의 방법의 전부였어. 그러나 미영은 그처럼 소심하고도 간절한 나의 어법을 이해할 리가 없었지. 사정은 점점 더 나빠져갈 수밖에 없었어.

나는 조금씩조금씩 미영의 오빠를 떠나기 시작했지. 그러다가 나중엔 결국 이런 여행까지 떠나왔고, 또 쑥스런 고백을 행하지 않을 수 없게 되어버린 거야.

하지만 지금 내가 이런 말로 나를 설명하는 것은, 그러니까 결국 나는 어쩔 수가 없었다거나, 앞으로도 그렇게 될 수밖에 없다는 변명을 위해서는 물론 아니야. 일단은 나의 생각을 정직하게 시인하고 나서—만약 미영도 나와 마찬가지라면 더욱 그래야겠지—어떻게 스스로를 극복하고 다시 떳떳한 미영의 오빠로 되돌아갈 수 있을 것인가를 생각해보고자 하는 것이란 말이다. 미영과 나는 어떻게 생각을 하고 싶어도 결국은 오누이 사이일 수밖에 없으며, 그것만이 우리들에겐 가장 명백한 사실이거든. 내가 미영을 누이 이상의 존재로 생각하고 싶어 한다면 그것은 우리들을 지배하고 있는 보다 크고 높은 이 세계의 질서에 의해 우리로서는 도저히 감당해낼 수 없는 가혹한 복수가 따르게 될 거란 말야. 사실은 이처럼 명백하지.

하지만 미영아. 사실이 그처럼 명백한데도 나는 지금 그러한 질서에 즐거이 승복해버릴 수 있을 만큼 느낌이 간단하질 않구나. 미영과 우리들을 위해 이처럼 머나먼 길을 걷고 나서도 아직 마음이 한곳으로 모두어지질 못하고 있단 말이다.

그렇다면 나는 이제 어떻게 해야 할 것인가. 사실은 바로 그것을 생각해보고자 아직도 이 여행을 계속하고 있는 거란다.

하지만 이제 미영이 느끼고 있는 두려움의 정체가 무엇이었는지는 짐작이 갔을 줄 믿어도 좋겠지. 그리고 내가 이처럼 끝없는 여행길을 계속해나가고 있는 이유도 함께 짐작이 갔을 줄 믿겠어. 하지만 미영은 물론 나의 말에 대꾸를 보낼 필요는 없는 거야. 어차피 모든 것은 나 혼자서 해답을 찾아내고, 나 혼자서 그것들을 감당해내야 할 나의 숙제들이니까 말야. 그리고 미영에겐 이 이상 더 꺼림칙한 말을 하고 싶거나 시키고 싶지가 않거든. 미영은 그냥 모른 체 나의 이야기를 들어주기만 하면 되는 거야.

그리운 미영아.

하지만 나 역시도 해답을 서둘지는 않겠어. 이 뜨거운 여름 길바닥에서 미영에 대한 상념이 모두 흘러 녹아버릴 때까지는 기다릴 테야. 그리고 그때까지는 이번 여행을 계속할 테야.

그동안이나마 맘껏 편지를 쓰게 해줘. 그리고 얼마든지 미영이 그립다고 말할 수 있게 해줘. 그래야만 난 미영이 있는 서울로 다시 돌아갈 수가 있는 거야.

편지를…… 전번처럼 아무 구김살 없는 미영의 편지를 한 번만 더 받고 싶어. 이제 강릉을 떠나면 나는 동해안을 따라 울진으로 내려간다.

그럼 울진에서 다시 미영을 만나게 되기 바라면서 오늘은 이만 안녕을 해야겠어.

7월 ×일

지훈

편지를 읽고 난 미영은 머릿속이 온통 벌집을 쑤셔놓은 것처럼 어수선했다. 그리고 지금까지와는 전혀 딴판으로 지훈이 갑자기 두려워졌다. 편지 속의 지훈은 어떤 때는 불시에 어른이 다 되어버린 것처럼 자신에게 가혹해지기도 했고, 또 어떤 때는 금세 다시 어린애가 되어서는 사정없이 철없는 감상으로 빠져들어가기도 했다. 그러면서 그는 지금까지 자신 속에 숨겨오고 있던 모든 비밀을 속속들이 다 털어놓고 있었다. 그것들은 지훈이 미리 지적해준 것처럼 미영으로서도 벌써 어떤 어렴풋한 느낌을 지녀오고 있던 사실들이었다. 하지만 미영으로서는 차마 그런 식으로는 생각하기가 싫었고 행여나 그런 느낌을 지니고 있다는 사실이 누구에게 탄로되지나 않을까 은근히 겁을 먹어오던 터였다.

그녀는 자기 스스로에게마저 그런 느낌이 확실해지는 것을 두려워하고 있었다. 하지만 그런 느낌은 언제나 그렇게 은밀스럽고 어떤 아쉬움 같은 것이 남아 있을 때나 아름다운 것, 지훈처럼 부러지게 정직한 실토를 해버리고 나면 오히려 두렵고 꺼림칙한 기분이나 남아돌기 십상이다. 한데도 지훈은 그렇게 해버리고 만 것이다. 잔인스럽도록 솔직하게 마음속을 털어놓아버린 것이다.

미영으로서는 마치 자기의 비밀이라도 들키고 난 기분이었다. 지훈이 두렵고 불결스럽게 느껴지기 시작했다. 그리고 화가 났다. 원망스러워지기도 했다. 미영 역시 지금까지는 은근히 지훈이 그런 생각을 지녀주길 바라온 게 사실이었고, 또 첫번 편지를 받고 나서는 제법 행복스런 상념에 얼굴이 붉어지기도 했지만, 지훈이 막상 그렇게 모든 것을 털어놓은 것을 보고 나니 그녀는 지훈과 자기 자신이 똑같이 다 두려워져버리고 만 것이다.

편지 같은 건 다시 써 보낼 엄두도 나지 않았다. 공연히 어머니의 눈치가 보아지고 친구들도 만나기가 싫어졌다. 이젠 지훈이 영영 다시 서울로는 돌아올 수 없게 되어버리기나 한다면 차라리 마음이 편해질 것 같기도 했다.

지훈에 대한 괴로운 상념만을 되풀이하고 있었다. 무엇보다 그런 은밀스런 마음을 혼자 정직한 체 톨톨 털어내 보인 지훈의 행동이 바보스럽기만 했다. 도대체 오빠와 누이동생 사이가 사내 형제끼리와 똑같을 수가 있을까. 아무리 오라비와 누이동생 사이라고 해도 거기에는 어떤 이성의 그림자가 있게 마련이며, 그러기 때문에 오누이 사이는 서로 더 호기심을 가지고 사내 형제들끼리보다 정다워질 수가 있는 것이 아닐까.

하지만 사람들은 아무도 그런 미묘한 감정의 비밀을 터놓고 말하지는 않는다. 말하지 않는 대신 아름다운 극기로 서로 자기의 한계를 지켜나갈 묵계 아래, 상대방으로부터 은밀히 이성의 비밀을 배우고 싶어 한다.

지훈과 미영도 물론 마찬가지였다. 한데 지훈은 뚱딴지같이 그

묵계를 스스로 깨뜨리고 나선 것이다. 지훈이 잘 나서거나 정직해서가 아니었다. 산돼지처럼 투박한 그의 성격 때문이었다. 그리고 겁이 많은 까닭이었다.

미영은 지훈을 그런 식으로 생각했다. 그러면서도 한편으로는 아직 그런 지훈이 아쉬워지기도 했다. 지훈은 도대체 무엇 때문에 그처럼 정직해질 필요가 있었는가. 지훈이 그처럼 정직해질 수밖에 없는 것은 이제 자기는 솔직한 자기 시인 위에서 어떻게 현명하게 스스로를 극복해나갈 수 있는가를 생각해내기 위해서라고 말하고 있었다.

그렇다면 이제 지훈은 그렇게 자신을 수습해야 할 만큼 상념이 깊어져버리고 있었단 말인가. 이제 절대로 더 이상은 자기의 느낌을 모른 척하고 견뎌낼 수가 없어져버렸단 말인가. 말없이 혼자 서울을 떠나 낯선 땅을 헤매고 다니는 것은 그의 말대로 정말 자신의 생각을 가다듬기 위해 그리고 미영 자기에게 그런 글을 써 보내기 위해서 나선 길이었단 말인가. 도대체 어떻게 그처럼 투박하고 미련스러워져버릴 수가 있단 말인가.

그러나 미영은 지훈의 편지를 받고 나서 아무리 그가 두려워지고 원망스럽도록 미련하게 느껴졌다 해도 역시 그것은 일차적인 충격일 뿐이었다. 편지를 받고 나서 실컷 지훈을 두려워하고 원망하고 그리고 나중에는 그 충격의 여운만이 어슴푸레 남게 되니 미영의 상념 속에서는 그 지훈에 대한 그리움 같은 것이 다시 조금씩 무게를 지니기 시작하고 있었다.

절대로 자신은 지훈에게 편지를 쓸 수 없다고 생각하면서도 자꾸 뭔가 글을 써 보내고 싶은 충동이 고개를 쳐들곤 했다. 지훈을 위로해주고 싶기도 했다. 그것이 안 된다면 그저 모르는 척 전번처럼 「백조의 호수」나 『전원 교향악』에 대한 이야기 같은 거라도 적어 보내고 싶었다.

하지만 역시 그럴 수는 없었다. 그럴 수가 없다 보니 이번엔 거꾸로 그 지훈의 편지를 기다렸다.

그러던 어느 날, 그러니까 그것은 미영이네들이 방학식을 마치고 나서 한 사흘쯤 지나고 난 다음이었는데, 그날은 또 느닷없이 '무지개' 아가씨들이 한꺼번에 미영네 집으로 몰려왔다.

"이번이 가장 좋은 여름방학이야. 너 정말 이러구 한여름을 책만 파고 앉아 있을 테니?"

잠깐 동안이라도 어디 여행을 좀 다녀오자는 것이었다. 아가씨들은 저희끼리 먼저 의견을 모아가지고 마지막으로 미영을 설득하러 온 것이었다.

여행 이야기는 방학 전서부터도 이미 클럽 안에서 여러 번 의견이 나온 적이 있었다. 그때는 아직 각자 자기 집 여름휴가 계획이 어떻게 정해질지를 모르고 있었는 데다가, 여기저기 가고 싶은 곳이 서로 달라 이야기가 늘 흐지부지되어버리곤 했던 것이다. 이번에는 마침 다녀올 만한 곳도 하나 생겨났고, 바캉스 철이 아직 좀 이르므로 잠깐 동안이라면 아무도 그 때문에 다른 계획에 손해를 입게 되지도 않으리라는 것이었다.

"영주네 외가가 부산 해운대 근처랬지 않아. 근데 영주더러 이번 여름방학엔 그림도 그릴 겸 꼭 외가를 한번 다녀가라는 전갈이 올라왔다는 거야."

"혼자 오기가 뭣하면 한여름 쉬고 갈 방은 얼마든지 많으니까 친구들을 잔뜩 인솔해가지고 와도 쌍수 환영이라구 말야."

"영주 저게 모처럼 반장 노릇을 한번 해보고 싶을 테니 저것 때문에라도 며칠 신셀 좀 져주고 와야겠어. 작년에 보고 안 봤으니까 바다라는 데가 고사이 어떻게 달라졌는지도 봐둘 겸 해서 말야."

아가씨들은 제각기 한마디씩 미영을 권유하고 나섰다.

그러나 미영은 망설였다. 지훈 때문이었다. 지훈의 편지를 기다리고 있었기 때문이었다. 여행을 떠나가버리고 나면 일단 여행에서 돌아올 때까지는 지훈의 편지를 단념해야 할 형편이었다. 게다가 그 여행이 뜻밖에 날짜가 길어지게 될 경우를 염두에 두지 않을 수 없었다.

미영으로서도 전혀 여행을 떠나고 싶은 충동이 일지 않고 있는 것은 물론 아니었다. 편지고 뭐고 모두 잊어버리고 싶은 생각은 꿀떡 같았다. 끝없이 넓은 바다와 흰 파도가 그리워지고, 그것들을 상상만 해도 어느새 가슴속이 훤히 트여지는 것 같기도 했다.

그러나 미영은 역시 망설이지 않을 수 없었다. 아무래도 편한 여행이 될 수 있을 것 같지가 않았다. 하지만 그녀가 만약 동행을 거절한다면 다른 아가씨들이 또 자기를 용서해줄 것 같지도 않았다.

미영이 여행 계획에 열적은 태도를 보인 것은 비단 이번뿐만이 아니기 때문이었다. 미영은 방학 전, 학교에서 그런 말이 나왔을 때도 역시 지금처럼 열적은 망설임만 되풀이하고 있었던 것이었다. 그때만 해도 미영은 벌써 그 지훈의 편지를 기다리고 있던 터였으므로 선뜻 열을 내고 나서질 수가 없었던 것이다.

다른 때 같으면 간단히 한마디만 전해주어도 좋을 말을 수대로 함께 몰려와서 이리저리 설득을 하려 드는 아가씨들의 태도도, 사실은 미영에게서 그런 기미를 눈치채고 있는 때문인 듯했다.

"느이들이 간다면 나도 물론 가야지. 하지만 가게 되면 출발은 언제쯤 하게 되는 거지?"

미영은 아직도 마음의 갈피를 잡지 못한 채 오히려 친구들 쪽에서 어떤 구실을 찾아보려고 했다. 하지만 아가씨들 역시 그러는 미영에겐 신통한 대답이 있을 리 없다.

"네가 뭠 내일이라도 당장 떠나는 거지 뭐. 우물쭈물 미루고 있을 게 뭐 있어?"

미영의 결단만 재촉하고 있었다.

"좀더 출발을 늦출 순 없을까? 한 일주일쯤 뒤로."

"그렇게 날짤 미루고 있다가 영주네 외가서 맘이 달라져버리면 어떡하게? 그런 일이 생기면 네가 책임을 질래? 그냥 내일 가는 거야. 내일이 정 뭣하다면 모레라두."

"그럼 부산에선 며칠쯤 있을 작정으루?"

"얜 뭘 그렇게 꼬치꼬치 묻기만 하니? 글쎄 하루면 어떻고 열흘이면 어떠냔 말야. 가봐서 형편대로 놀다 오는 거지 뭐."

"아냐, 그래도 며칠쯤 있게 될지는 알고 가야잖아."

"왜, 날짜보다 더 있으면 영주네 외가서 밥값 내랄까 봐 겁이 나니? 하지만 안심해. 우리들도 다 다음 계획이 있는 몸들이니까 밥

값으로 널 잡혀먹는 불상사는 일어나게 하지 않을 테니까 말야."

"……"

"그냥 한번 가보는 거야. 내일은 역시 각자 준비를 해야 하구 계획도 손질해놔야 할 테니까 모레쯤 해서…… 알겠어? 우리 다 같이 모레 아침결에 떠나는 걸로 하잔 말야."

할 수 없었다. 미영도 그렇게 해두는 수밖에 없었다. 애들이 돌아간 다음 다시 생각하더라도 그 당장은 더 머뭇거리고 있을 수가 없었다. 미영은 말없이 고개를 끄떡여주고 말았다. 일단은 미영도 함께 여행을 떠나기로 동의를 한 것이었다.

한데 그날 저녁이었다. 미영은 아직도 여행을 떠나는 것이 좋을지 어떨지를 궁리궁리하고 있는 참인데, 덕숙으로부터 다시 전화가 걸려왔다. 한데 그 전화의 내용이 전혀 뜻밖이었다. 미영더러 정말 여행을 떠날 작정이 섰느냐는 것이었다. 왜 이제 와서 새삼스럽게 그런 걸 묻느냐니까 덕숙은 어쩐지 자기 생각으로는 미영이 이번 여행을 그리 달가워하는 것 같지가 않게 여겨지더라면서 여행이란 기분이 조금이라도 좋아지자고 가는 것인데, 혹시 마음에 걸리는 일이 있거든 굳이 무리를 할 필요는 없다는 것이었다.

"이유 같은 건 물론 없어. 다만 기분이 그렇다는 것뿐이야. 미영이 그렇게 보이는 것이나 내가 이번 여행을 달가워하지 않는 것 양쪽 다 말야."

마치 미영의 속을 환히 다 들여다보고 하는 것 같은 말이었다. 뭔가 심통이 나서 일부러 미영을 따돌리려고 하는 수작 같기도 했다.

그러나 미영은 덕숙을 그렇게 생각할 수는 물론 없었다. 미영의 속을 들여다보았을 리도 없었고 미영에게 심통을 낼 일도 없었다. 가령 또 무슨 일에 심통이 났다 해도 그런 식으로 앙큼스런 연극을 꾸미고 들 덕숙은 더욱 아니었다. 하지만 덕숙의 말이 미영의 결심에 어떤 커다란 영향을 주게 된 것은 어떻든 사실이었다.

아무래도 이번 여행 계획에는 어딘가 잘못된 데가 있는 모양이라 생각했다. 그러고 보니 미영은 이날 낮에도 덕숙이 자기를 설득하기 위해 별로 열을 내지 않고 있었던 것 같은 생각이 들었다. 자기를 설득하려 덤빈 것은 모두가 덕숙이 아닌 다른 애들뿐이었던 것 같았다. 미영의 생각은 여행을 단념하려는 쪽으로 훨씬 깊게 기울어지고 있었다.

"그렇다면 난 안 가는 쪽으로 생각하고 있겠어. 별로 마음에 걸리는 일은 없지만 어쩐지 기분이 덕숙의 말대로니까 말야."

조심스럽게 그녀의 말을 받아들이고 말았다. 그리고는,

"하지만 떠나기 전에 한번쯤은 내게 다시 전화 걸어줘. 그사이에 또 가고 싶은 생각이 들지도 모르니까 말야. 그리고 다른 애들이 화를 낼지도 모르구."

당부를 남겨놓고 전화를 끊었다. 하지만 그 당부는 전혀 덕숙에겐 소용이 되지 않는 것이었던 모양이었다. 그날 저녁을 마지막으로 덕숙에게서는 한동안 전화가 걸려오질 않았던 것이다. 다음 날도 그다음 날도 덕숙에게서 전혀 소식이 없었다.

공연히 궁금증이 나서 미영은 결국 자기 쪽에서 먼저 전화를 걸어보았다. 덕숙은 뜻밖에 아직 여행을 떠나지 않고 있었다. 그러나 덕숙을 제외한 다른 친구들은 그날 아침 차로 벌써 모두 부산으로 내려갔다는 것이었다.

"잘들 놀고 오겠지. 하지만 난 전번에 말한 대로 영 마음이 내키질 않아 단념을 하고 말았어. 게다가 방학이 끝나고 나면 연거푸 시합을 치러야 할 사정도 있고 말야. 그래서 아직 네게 전화도 미루고 있었던 거야."

매사에 대범스럽기만 한 덕숙의 대답은 그런 정도였다. 한데 그런 덕숙의 말을 듣고 나니 미영은 비로소 그 덕숙의 태도가 수상쩍은 느낌이 들기 시작했다.

방학이 지나고 나면 연거푸 시합을 치러야 한다는 덕숙의 말은 사실이었다. 그러나 덕숙으로 말하면 어느 계절 어느 달을 막론하고 시합을 안 받아놓고 있는 때가 없었다. 크고 작은 규모의 시합들이 언제나 그녀를 바쁘게 해놓곤 했다. 방학 후에 계속될 일련의 시합들도 말하자면 그런 시합 계획의 연속인 셈이었다.

덕숙은 바로 그런 시합을 핑계로 여행을 단념하고 만 것이다. 미영으로서는 아무래도 잘 납득이 가지 않을 일이었다. 덕숙이 여행을 단념한 데는 필시 무슨 다른 사연이 있을 것 같았다. 방학 뒤에 있을 시합 따위가 모처럼의 바다 여행을, 그것도 단 며칠밖에 되지 않는 짧은 방학 여행을 단념시킬 수는 없는 일이었다. 시합 때문에 덕숙이 그처럼 겁을 먹은 일도 없었거니와 다른 때 같으면 굳이 그런 걸 구실로 내세울 그녀도 아니었다.

한데다 덕숙은 자기가 여행을 떠나지 않는 것은 반드시 또 그 시합 때문만도 아닌 것처럼 말하고 있었다. 왠지 그녀는 이번 여행이 별로 기분에 내키질 않는다고 말했었다. 그러면서 미영더러도, 마치 그녀의 속을 환히 들여다보고 있었기라도 한 듯, 마음에 걸리는 일이 있거든 굳이 무리를 해가며 따라갈 필요가 없다고 뜻밖의 충고를 해오지 않았던가.

미영은 아무래도 덕숙의 처사가 수상쩍어지기만 했다. 그리고 그녀가 부산행을 포기하고 서울에 남아 있게 된 데는 마치 미영 자기와 무슨 관련이라도 있는 것처럼 이상스럽게 기분이 꺼림칙해왔다.

그러나 미영으로서는 더 이상 무얼 어떻게 할 수가 없었다. 혼자서 어떤 추리가 가능한 일도 아니었고 그렇다고 한번 얘기 들은 일을 다시 덕숙에게 물을 수도 없었다.

하루 이틀, 기분이 꺼림칙한 날들이 지나갔다. 지훈으로부터도 아직 다른 소식은 전해져오지 않고 있었다. 미영 쪽에서 답장을 떼먹고 있으니 그가 다시 글을 보내올지 어떨지는 예상하기가 힘들었다.

그러나 미영은 아직도 은근히 소식을 기다리고 있었다. 알고 보면 바로 그 편지 때문에 여행을 단념하고 만 미영이었다. 한데도 지훈으로부터는 전혀 소식이 깜깜해 있는 것이다. 미영은 이래저래 기분이 언짢아져 있었다.

그러던 어느 날—이날은 진짜 여름날답게 날씨가 무더웠다. 하늘은 구름 한 점 없이 맑게 개어 있었고 그 여름날의 더운 햇살 아래서 도시는 비명을 토하며 꿈틀거리고 있었다.

미영은 그동안 한참 내팽개쳐두고 있던 『전원 교향악』을 마지막까지 모두 읽고 난 참이었다. 그녀는 문득 덕숙에게 전화를 걸었다. 기분이 언짢을 때나 뭔가 자신을 감당할 수 없어졌을 때 그런 때는 미영뿐 아니라 '무지개 클럽'의 어떤 아가씨도 곧잘 덕숙을 찾는 일이 많았다. 덕숙을 만나면 왠지 언짢은 기분이 사라지고 마음속이 편안하게 가라앉아오곤 했기 때문이었다. 미영은 지금 그 덕숙을 찾고 싶어질 만큼 기분이 어수선해져 있는 것이다. 그러나 저쪽에서는 마침 덕숙이 집을 나가고 없었던 모양이었다. 아침을 먹고 나서부터 어딜 갔는지 얼굴이 보이지 않는다는 대답이었다.

미영은 금세 짚여오는 곳이 있었다. 간결한 옷차림으로 집을 나섰다. 덕숙의 발길이 가닿을 만한 데라면 역시 학교 쪽이 가장 쉬운 곳이었다. 며칠 만에 바람도 좀 쏘일 겸 미영은 학교 쪽으로 버스를 잡아탔다.

짐작대로 학교에는 덕숙이 먼저 나와 있었다. 교문을 들어설 때부터 미영은 곧 덕숙을 알아볼 수 있었다. 실내체육관이 문을 닫고 있는 때인지 덕숙은 운동장 한 귀퉁이에 있는 농구 코트에서 정신없이 트레이닝에 열중하고 있었다.

덕숙은 몸이 푹푹 찌는 한낮의 여름 햇살 아래서 그녀 혼자서 그 짓을 하고 있었다. 다른 농구부원은 아무도 보이지 않았다. 오직 그녀 혼자뿐이었다.

미영은 그러고 있는 덕숙을 보자 까닭 없이 또 가슴이 뭉클해왔다. 텅 빈 운동장과, 뜨거운 여름 햇살, 그리고 그 햇살 아래 그림자처럼 조그맣게 움직이고 있는 덕숙의 모습은 이상스럽게 쓸쓸하고, 그러면서도 한편으로는 감동적인 느낌을 갖게 했다.

미영은 어떤 강한 충격 같은 것을 억누르면서 조심스럽게, 그리고 천천히 운동장을 가로질러 갔다. 그러나 덕숙은 아직도 미영의 출현을 알아보지 못한 모양이었다. 아니 알고 있으면서도 일부러 모른 척하고 있는지도 몰랐다.

그녀는 여전히 혼자 코트를 누비며 연습에만 열중하고 있었다. 공을 튀기고, 그것을 다시 쫓아가 나꿨다가 재빨리 림을 향해 던져 넣고, 그리고 그 공이 땅에 닿기도 전에 또다시 그 공을 림으로 날려 보내고…… 덕숙은 마치 원한에 사무치기라도 한 사람처럼, 또는 지금 이 순간엔 자신의 모든 것이 오로지 그 공 하나로 뭉쳐지고 있는 듯 정성스럽게 그리고 끊임없이 림을 향해 그것을 던져 넣고 있었다. 그러는 덕숙의 모습에서는 차라리 어떤 엄숙감마저 느껴질 지경이었다.

하지만 덕숙은 실상 그렇게 쉴 사이 없이 공을 다루면서도 어느 틈엔간 미영의 접근을 벌써 눈치채고 있었던 모양이었다. 미영이 이윽고 코트 근처까지 다가가자 덕숙은 마치 시합 중에 반칙 호루라기 소리라도 들었을 때처럼 별안간 동작을 딱 멈춰버리고 나서 천천히 미영 쪽을 향해 돌아서는 것이었다. 그리고는 아까부터 그곳에 있었던 사람을 대하고 있기라도 한 듯 아무렇지 않은 어조로 미영을 맞았다.

"더운데 왜 그러구 서 있어?"

말을 하고 나서 그녀는 천천히 공을 튀기며 미영에게로 다가왔다. 미영은 그 순간 이상스럽게도 얼핏 입이 떨어지질 않았다. 덕숙을 만나고 나니 미영은 정말 마음이 푹 가라앉아오는 것 같은 기분이 든 것은 사실이었다. 그러나 미영은 어찌 된 일인지 금세 덕숙에 대한 말대꾸를 잊어버리고 있었다. 적당한 말이 떠오르질 않았다. 물끄러미 바라보고만 있었다.

"아니, 이 아가씨가 왜 이러구 날 멀거니 바라보고만 있지? 날씨가 너무 더워서 뭐가 좀 어떻게 된 거 아니야?"

"……"

"그래 날씨가 너무 더운 모양이야. 저것 좀 보라니까. 땀을 뻘뻘 흘리고 서 있지 않아."

그러면서 덕숙은 운동장 가에 서 있는 플라타너스 그늘 아래로 미영을 이끌었다.

"글쎄 이런 날씨에 우리 막내가 왜 집에 얌전히 있지 않구 바람기를 뿌리고 나왔느냐 말야."

"나 너네 집에 전화했었어."

비로소 미영이 불쑥 입을 열었다. 그러나 미영은 지금 왜 자기가 느닷없이 그런 말부터 꺼내고 있는지 자신도 영문을 알 수가 없었다.

"아, 그랬어? 그래서 이 몸을 만나러 일부러 예까지 땀을 흘리고 찾아왔단 말이구나."

덕숙은 아까 그녀가 열심히 공을 다루고 있을 때와는 영 딴판이었다. 웬만한 일에 그저 무사태평으로 시원시원 지나가버리곤 하는 평소의 그녀 그대로였다.

"하지만 이상하군. 집에선 내가 어느 쪽으로 사라진 줄을 모르고 있었을 텐데. 말을 하지 않았으니까 말야. 옳아, 그래. 네가 점을 친 게로군. 네깐 년이 갈 데가 있음 학교 말고 또 어디가 있을 테냐, 이런 식으로 말이지. 아주 제법이야 하하하."

덕숙은 사내처럼 유쾌하게 하하 웃고 나서는 손등으로 이마의 땀을 쓱쓱 문질러댔다. 덕숙은 그러고 나서도 역시 뭔가 좀 미심쩍은 데가 있는 듯,

"그런데 왜…… 날 만날 일이 생겼니?"

약간 정색을 한 표정으로 다시 물었다.

"아니……"

미영은 얼른 고개를 가로저었다. 반 무의식적인 행동이었다.

"하지만 점을 잘 친 건 나보다도 덕숙이 네 쪽인 것 같아."

"내가 너보다 점을 잘 쳤다구? 내가 언제."

이번엔 덕숙이 반문했다. 미영은 순간 공연히 안 할 소리를 꺼냈구나 싶었다. 막연히 그런 느낌이 들었다. 느닷없이 표정이 진지해져버린 덕숙을 보자 그런 느낌은 더욱 확실해졌다. 그러나 이젠 어쩔 수가 없었다.

"날더러 이번 여행 떠날 생각이 없으면 무릴 하지 말라고 한 거 말야. 난 정말로 이번 여행만은 떠나고 싶지가 않았었거든. 근데 네가 마침 그런 말을 해주었지 뭐야."

역시 얼떨결에 지껄여버리고 만 소리였다. 그러나 일단 그렇게 말을 해버리고 나니 미영은 이상스럽게 가슴속이 후련해진 것 같았다. 미영은 실상 학교까지 와놓고 보니 자기가 지금 무엇 때문에 그곳을 와 있는지, 그리고 자기가 학교를 찾아온 것이 덕숙을 만나고 싶어서인지 아닌지, 그게 만약 덕숙 때문이라면 그 덕숙에

게 무슨 말을 하기 위해서였는지를 아무것도 분명하게 의식하지 못하고 있었다.

한데 지금 미영은 몇 마디를 지껄여버리고 나니 그 모든 것이 제법 분명해지고 있는 느낌이었다. 미영은 바로 그 몇 마디 말을 위해 덕숙을 찾아와 있는 것 같아졌던 것이다.

그녀는 좀더 말을 계속했다.

"한데 어떻게…… 어떻게 넌 그걸 알았지? 내가 이번 여행을 별로 달가워하지 않으리라는 걸 말야."

"……"

덕숙은 대꾸를 하지 않았다. 미영이 다시 물었다.

"그리고 난 너까지 이번 여행을 떠나지 않은 게 아무래도 알 수가 없어. 어째서 넌 여행을 떠나지 않은 거지? 물론 넌 시합 때문이라고 말했지만 말야. 난 그걸 믿을 수가 없거든. 다른 이유가 있을 것만 같아. 그걸 좀 말해줄 수 없겠니?"

연거푸 묻고 난 미영은 자기가 정말 적절한 것을 골라 물은 것처럼 생각되었다. 그녀가 지금까지 늘 마음속이 찌뿌드드해 있었던 것은 바로 그런 궁금증들 때문이며 자기야말로 정말 덕숙에게서 그걸 알아내야 한다고 여러 번 별러온 일처럼만 생각되었다.

미영의 계속된 추궁에 덕숙은 끝내 한마디도 대꾸가 없었다. 그녀는 뜻밖에도 형편없이 기가 죽어 있었다. 미영의 말엔 도대체 긍정도 부정도 해오지 않으려는 표정이었다. 시합 때문에 여행을 단념하지는 않았으리라는 미영의 추궁에 대해서도 마찬가지였다.

그녀는 묵묵히 플라타너스 그늘까지 걸어가서는 풀기가 하나도 없는 표정으로, 그러나 조용히 자리를 잡고 주저앉아버리는 것이었다.

한낮이 채 기울지 않은 오후— 한 시간 남짓 덕숙과 마주 앉아 있다가 학교를 돌아 나온 미영은 아직도 뭔가 거북한 기분이 풀려버리질 않고 있었다. 기분이 풀리기는커녕 그런 식으로 덕숙을 만나고 오히려 처음보다 더 마음이 무거워져버린 느낌이었다.

한번 풀이 죽은 덕숙은 한 시간 가까이나 미영을 곁에 두고서도 조용히 혼자 생각에만 골똘하고 있었다. 좀처럼 말을 하려는 기색이 없었다. 덕숙에게선 상상해보기 힘든 거동이었다. 하지만 그러고 있는 덕숙에겐 어떤 심각한 분위기가 감돌고 있어서 미영 쪽에서도 감히 무슨 말을 꺼내볼 수가 없었다. 미영 역시 그녀의 곁에 가만히 입을 다물고 앉아 있었다. 덕숙의 심경을 어렴풋이나마 이해할 수 있을 것 같은 생각도 들었다.

하지만 그것은 다만 느낌뿐이었다. 미영 자신도 자기의 그런 느낌이 어디서부터 온 것인지 그리고 그것이 어떤 성질의 것인지는 정확하게 집어내 보일 수가 없었다. 역시 덕숙의 거동에서 변화를 기다리고 있는 수밖에 없었다.

그러던 참에 덕숙이 문득 이렇게 입을 열기 시작했던 것이다.

"정말은 나 미영에게 사과할 일이 한 가지 있는데…… 용서해주겠어?"

느닷없는 소리에 미영이 의아스런 눈치를 보이자 덕숙은 다시,

"사실을 알고 나면 미영인 아마 날 정말로 우스운 년이라고 비웃게 될 거야. 용서 같은 건 아예 생각조차 하기가 싫어질지 몰라.

하지만 난 고백을 하지 않고는 견딜 수가 없어졌어."

무슨 일이냐고 미영이 반문할 틈도 주지 않았다. 덕숙은 정말로 미영에게 커다란 죄를 짓고 있는 듯 그리고 그것 때문에 오랫동안 심한 자책감 속에서 사죄의 기회를 별러오고 있었던 듯 일단 입을 떼고 나서부터는 이야기를 조급하게 서둘러대고 있었다.

그녀의 고백인즉, 지난번 부산 여행 때문에 미영을 설득하러 왔을 때 뭔가 안 할 짓을 저질러버리고 말았다는 것이었다. 자기에겐 별로 상관도 없으면서 미영에겐 여간 소중스럽지 않을 어떤 물건을 한 가지 숨겨 갔노라는 것이었다.

그러나 덕숙의 고백은 그 물건이 어떤 것인지는 좀처럼 밝히려 들질 않았다. 미영으로서도 물론 그것이 어떤 것인지를 알 수가 없었다. 눈여겨보질 않아 그런지 아무래도 자기 방에서 뭐가 없어졌는지 생각이 나질 않았다. 그래 덕숙더러 그게 뭐냐고 재삼 다그쳐 물어보았다.

그러나 덕숙은 차마 그것까진 창피해서 스스로 말을 할 수가 없다고 했다. 당장 집에 돌아가 조사를 해보면 알 수 있을 거라면서, 그러나 덕숙 자기를 위해서라도 굳이 그럴 필요는 없고, 좀더 뒤에 뭔가 없어진 것이 있으면 그때 가서나 그것이 자기의 짓이었구나 여기고 너그럽게 용서를 해주기 바란다고 했다. 그리고 덕숙은, 다만 그녀가 그런 짓을 하게 된 것은 우연스럽게도 그것이 자기 눈에 띄어 들어왔고, 그러자 순간적으로 이성을 잃은 행동을 저질렀던 것뿐이며, 미영에 대해서는 털끝만큼도 악의를 지니고 한 짓이 아니라고 맹세하듯 변명을 해왔다. 뿐만 아니라 그녀는 그런 실수로 해서 미영에 대해 말할 수 없는 부끄러움을 느끼고 있으며, 자신에 대해서도 후회와 죄책감을 금치 못하고 있노라는 것이었다.

그리고 나서 덕숙은 이제 자기가 할 말을 다 해버린 사람처럼 불쑥 혼자 자리를 일어서더니, 아직도 영문을 몰라 어리둥절해 있는 미영을 나무 그늘 아래 남겨둔 채 뜨거운 햇볕을 등에 받으며 이상스럽게 쓸쓸한 모습으로 천천히 농구 코트 쪽으로 걸어가버리는 것이었다.

미영의 마음은 덕숙을 만나기 전보다 더욱 답답하게 가라앉아 내려갔다. 그 덕숙의 수수께끼 같은 고백과 그것을 말할 때 터무니없이 풀이 죽어 있던 그녀의 태도 때문이었다.

—도대체 그 애가 순간적이나마 자신의 이성을 잃고 내게서 가져갔다는 것이 무엇이란 말인가. 그것이 무엇이길래 그 애가 그처럼 자신을 부끄러워하며 풀이 죽어버린 것일까.

그리고 덕숙은 마치 내가 묻는 말에 대한 대답처럼 그런 고백을 하고 있었는데, 그렇담 덕숙이 가져간 물건과 그 애가 여행을 떠나지 않고 만 일과는 무슨 관계라도 있단 말인가.

미영은 끝없이 그런 궁금증 속으로 떨어져 들어가고 있었다. 길을 걸으면서도, 버스를 타고서도, 그리고 다시 버스에서 내려 집을 향해 걸을 때도 그녀는 같은 궁금증 속을 헤매고 있었다. 집에만 가면 곧장 방 안 비품부터 조사해보리라 생각했을 것은 두말할 나위도 없었다.

그러나 미영은 집으로 돌아와서도 자기 방 안에서 무엇이 없어졌는가를 먼저 살펴볼 수가 없었다. 미영이 대문을 들어서자 집에서는 지금까지의 궁금증 따윈 문제도 되지 않는 일이 그녀를 기다리고 있었기 때문이었다.

뜻밖에도 지훈이 여행에서 돌아와 미영네를 찾아와 있었던 것이다.

미영은 검둥이처럼 햇볕에 그을린 지훈을 대하자 한편으론 반갑고 또 다른 한편으론 놀라움을 금할 수가 없었다. 그를 대하기가 어딘지 쑥스럽고 두려워지기도 했다. 그러나 어떻든 이제 덕숙의 일 같은 것은 더 이상 생각하고 있을 여지가 없었다. 뭐니 뭐니 해도 미영은 너무도 갑자기 눈앞에 나타나버린 지훈으로 인해 다른 생각은 머리에 담아둘 여유가 없었기 때문이었다. 심지어 미영은 지훈이 어떻게 그처럼 빨리 여행에서 돌아와버리고 말았는지, 또 여행에서 돌아와선 바로 고향으로 내려가지 않고 어떻게 일부러 거북한 방문을 결심하게 되었는지에 대해서조차도 차근차근 의문을 가져볼 수가 없는 형편이었다.

미영은 우선 아무렇지 않은 듯 지훈을 반기기부터 했다. 그러는 미영을 보자 지훈도 편지에서와는 달리 또는 그가 보낸 편지의 내용에 대해선 애써 생각하지 않으려고 해선지, 조금도 어색하지 않게 미영을 맞아주었다. 아무 구김살도 없이 온화한 미소로 미영을 반기는 지훈의 태도는 오히려 전날보다도 더 활짝 트인 오라비의 모습 바로 그런 것이었다. 미영의 어머니가 함께 있어서도 그랬겠지만 그간에 겪었던 여행담을 유쾌하게 늘어놓는 태도에서도 일부러 꾸며대고 있는 것 같은 기색은 엿볼 수가 없었다.

미영은 물론 지훈이 그렇게 해주는 것이 훨씬 편했다. 공연히 쑥스러운 눈짓을 감추거나 옛날처럼 뚱한 표정만 짓고 앉아 있었더라면 아마 틀림없이 미영은 지훈의 전번 편지가 생각나서 그녀쪽에서 먼저 견딜 수가 없어지고 말았을 것이다. 그러나 지훈이 그처럼 시치밀 떼고 있는 한 미영은 그렇게 될 필요가 없었다.

기분이 훨씬 가벼웠다. 처음 그를 대했을 때 갑자기 치솟아 오르던 두려움 같은 것도 얼마 안 가 곧 사라져버렸다.

그러니까 지훈은 정말로 여행 중에 보낸 자기 편지의 일은 까맣게 잊어버리고 있었을지도 몰랐다. 적어도 그가 다시 자기 하숙집으로 돌아갈 때까지는 미영도 그렇게 생각했다. 그럴 수밖에 없었다.

지훈은 끝내 그가 여행 중에 보낸 편지에 대해서는 미영 앞에서 내색조차 해보이지를 않고 말았던 것이다. 그는 처음부터 끝까지 줄곧 그 며칠 동안의 여행담만 열심히 늘어놓고 있었다.

그러다가 해가 기웃해지자 그는 이제 곧 시골로나 내려갈 참이라면서 훌쩍 자기의 하숙으로 되돌아가버리고 말았다. 대문을 나가면서도 끝내 미영에겐 별다른 말을 하고 싶어 하는 눈치가 없었다.

한데 지훈이 그렇게 도깨비처럼 홀연히 나타났다가 역시 도깨비처럼 훌쩍 사라져버리고 난 다음이었다. 그제서야 겨우 조금 차분한 시간을 얻게 된 미영은 이내 자기 방을 찾아들어갔다. 그러고는 아직도 얼떨떨해 있는 자신을 달래기 위해 조용히 책상 앞에 다가앉아 앞에 놓인 책장을 넘기고 있었다.

한데 그때였다. 미영이 방금 손에 가 닿은 것은 오전 중에 그녀가 마지막까지 책을 읽고 미처 치워두질 않고 있었던 『전원 교향악』이었는데, 무심스레 다시 책장을 넘기다 보니 그 속에서 무슨 편지를 적어놓은 것 같은 종이가 한 장 접혀져 나타났다. 미영은 잠시 어리둥절했으나 별다른 생각은 갖지 않고 있었다. 그저 무심결에 그 종이를 집어 들고 접혀진 곳을 펼쳐 보았다.

미영은 그 종이를 펼쳐 들고 나서도 역시 무심스러울 수는 없었다. 비로소 그녀는 정신이 번쩍 들었다.

미영에게

그것은 바로 지훈이 미영에게 남겨놓고 간 글이었기 때문이었다. 지훈은 미리부터 책갈피 속에다 그것을 써 넣어두고 나서 미영을 기다리고 있었던 모양이었다. 그래서 그는 미영에게 따로 무슨 말을 하려고 하질 않았던 모양이었다.

그러나 이제 어쨌든 지훈이 여행 중에 미영에게 보낸 편지에 대한 것을 잊어버리고 있었을지도 모른다는 추측은 사실이 아니었음이 드러난 셈이었다.

미영은 성급하게 사연을 읽어 내려가기 시작했다. 그러나 지훈의 사연은 어찌 된 셈인지 미영이 애초에 기대했던 것보다는 훨씬 애매하고 간단한 것이었다.

삐에로처럼 우습게만 여겨지겠지.

하지만 난 이제 생각이 정해졌어.

생각이 정해지고 나니 더 이상 여행을 계속할 필요가 없어졌고,

그래서 난 갑자기 다시 서울로 돌아와버리고 만 거야.

시골집으로 가버리지 않고 서울로 먼저 온 것은 물론 미영을 만나기 위해서였지.

난 이제 미영을 만나는 데 두려움이나 쑥스러운 느낌을 숨길 필요가 없어졌거든.

무엇보다 먼저 그렇게 떳떳한 기분으로 미영을 만나보고 싶어졌던 거야.

자세한 이야기는 시골로 내려가서 긴 글을 쓰도록 하겠어.

아니 어쩌면 이젠 그런 글을 쓸 필요도 없는 일인지 모르겠군.

글을 쓰게 되든 안 쓰게 되든 그것도 이젠 상관이 없을 만큼 우린 벌써 충분히 떳떳해져버린 거야.

그럼 기쁜 마음으로 다시 소식 전하겠어.

지훈

사연은 다만 그뿐이었다. 도대체 미영으로서는 어떤 식으로 해석을 해야 좋을지 얼핏 이해하기가 힘들게 되어 있는 내용이었다.

자세한 이야기는 시골로 내려가서 긴 글을 쓰도록 하겠어—

알 듯 모를 듯한 쪽지 한 장을 남겨놓고 훌쩍 다시 고향으로 내려가버린 지훈에게서는, 그러나 그 후 며칠이 지나도록 통 소식이 올라오질 않았다.

미영은 마음 한구석에서부터 다시 어두운 그림자 같은 것이 서서히 스며 나오고 있는 것을 느끼기 시작했다. 여행에서 돌아온 지훈을 대하고 다시 뭔가 제법 분명해진 듯싶던 생각들도 다시 아리송해지기만 했다.

—난 이제 미영을 만나는 데 두려움이나 쑥스러운 느낌을 조금도 숨길 필요가 없어졌거든……

글을 쓰도록 하겠어…… 하지만 글을 쓰게 되든 어떻든 그것도 이젠 상관이 없을 만큼 우린 벌써 떳떳해져버린 거야……

미영은 지훈의 글을 거의 다 외우다시피 읽고 또 읽은 다음이었다. 그러나 이제 그 글을 다시 읽으면 읽을수록 그 뜻이 처음보다도 더욱 애매해져가고만 있었다.

—두려움이나 쑥스러운 느낌을 숨길 필요가 없어졌다면 그건 무엇 때문인가? 무엇이 어떻게 되어서 그렇단 말인가? 아니 그보다도 지훈이 내게 다시 긴 글을 쓰겠다던 것은 또 무슨 이유에서였는가. 도대체 지훈은 내게 다시 무슨 긴 이야기를 쓰고 싶었던 것일까. 그리고 우리는 어떤 식으로 벌써 충분히 떳떳해져버렸다는 말인가.

아닌 게 아니라 그 모든 것은 지훈에게서 따로 '긴 글'이 오지 않고는 아무것도 확실해질 수가 없는 것들이었다. 한데도 지훈은 그 스스로 긴 글을 쓰겠다고 한 자신의 약속을 좀처럼 이행할 눈치가 보이지 않고 있는 것이다.

미영은 적이 속이 편칠 않았다.

게다가 요즘 와선 또 한 가지 미영의 기분을 언짢게 만들어버린 일이 있었다. 그것은 언젠가 학교 운동장에서 덕숙이 미영에게 고백한 사건의 비밀이 밝혀졌기 때문이었다. 덕숙이 미영의 방에서 순간적인 충동으로 집어갔노라 고백한 물건은 다름 아닌 바로 지훈의 편지, 여행 중에 지훈이 미영에게 보낸 그 편지의 사연이었던 것이다.

미영은 그날 저녁 지훈이 남긴 편지 쪽지를 다시 책갈피 속에 끼워 넣으려다가 문득 그가 여행 중에 보낸 편지들이 생각났고, 그래서 드디어는 분명히 그곳에 끼워져 있어야 할 또 다른 편지들이 없어져버렸다는 사실과 낮에 들은 덕숙의 고백을 함께 상기하게 되었던 것이다. 화가 났을 것은 당연한 일이었다. 어째서 덕숙이 그런 짓을 하게 되었는지는 깊이 생각해볼 여지도 없었다. 잘잘못을 따질 필요도 없었다. 잘했건 잘못했건 중요한 것은 그런 행동을 감행하게 된 덕숙의 심정이었다. 혹은 그녀의 의도였다. 그리고 그것은 이미 미영에게까지도 분명하게 느껴질 수 있는 것이었다. 덕숙이 미영더러 굳이 무릴 해서 부산 여행을 떠나진 말라고 한 것이나, 그런 말을 하면서 덕숙이 자기 역시 이번 여행은 왠지 썩 달갑게 여겨지지가 않는다고 시무룩하니 뒤처져버린 이유도 이젠 더 이상 궁금해할 필요가 없는 것 같았다.

미영은 지난 봄 비원 소풍 이후로 계속해서 마음 한구석에 지워지지 않고 있던 찌뿌듯한 감정이 갑자기 덕숙에 대한 질투로 되살아나기 시작했다. 더욱이 그 봄 소풍 이후로 덕숙이 자주 시원찮은 표정을 해보이곤 하던 까닭도 이젠 더 이상 분명해질 수가 없다고 생각했다.

미영은 덕숙을 한껏 경멸했다. 아니 이제부턴 덕숙과의 상종조차도 사양을 하리라 생각했다.

그러나 미영의 그런 생각은 역시 처음 며칠 동안뿐이었다. 부산으로 내려갔던 친구들이 돌아오고 나서부터는 그렇게 덕숙을 미워할 수조차 없게 되어버렸다.

3

어느 날 여행을 다녀온 친구들이 참새 떼처럼 한 덩어리가 되어 미영을 찾아왔다. 거기에는 물론 덕숙도 함께 끼어 있었다. 덕숙은 이날 미영의 표정이 전에 없이 굳어져버린 것을 눈치챘음인지 무슨 이야기가 나와도 그녀답지 않게 그저 시무룩해 있기만 했다.

—미안해 미영, 날 용서해줘.

거의 질린 듯한 얼굴을 하고 있는 덕숙의 시선은 계속 미영만을 향하려 하고 있었고, 그리고 아무리 용기를 내어보려고 해도 자꾸 아래로만 떨어지는 그 가엾은 시선은 미영을 향해 쉴 새 없이 그렇게 애원을 해오고 있는 것 같았다. 그러다 친구들이 돌아가버리자 미영은 그 덕숙 때문에 새삼스레 다시 가슴이 아파오기 시작했던 것이다.

—내가 그처럼 덕숙을 미워할 이유가 있을까. 내가 뭔데? 내가 뭔데? 그리고 덕숙이 내게 무슨 잘못을 저질렀다고? 덕숙이 도대

체 무슨 잘못을 저질렀기에 그처럼 가엾게 기가 죽어야 하느냐 말이다. 그따위 편지 조각 하나 집어 간 것이 뭐 그리 큰 잘못이라고……

덕숙과 자신에 대해 다 같이 질책과 후회가 앞서고 있었다. 그리고 이제 그만 덕숙을 미워해선 안 된다고, 자신에겐 덕숙을 미워할 권리가 없노라고 자신을 이기려고 애를 쓰기 시작했다. 따가운 햇볕이 내리쬐는 넓은 운동장 가에서 혼자 외롭게 운동장을 지키며 트레이닝에 열중하고 있던, 그 묘하게 감동스럽던 덕숙을 상상하며 미영은 그녀를 이해하려고 갖은 노력을 기울였다.

하지만 그것은 물론 미영의 생각 그 자체일 뿐이었다. 사람은 누구에게나 병적일 만큼 마음이 다감해지는 한 시절을 지내게 마련이다. 그리고 그런 때는 누구나 논리적인 필연성에서보다는 이름 지어질 수 없는 환상이나 꿈 같은 것에 더 자신을 집착시키기 좋아한다. 하물며 미영은 같은 또래의 나이에서도 천성적으로 성미가 다감한 소녀. 덕숙에 대해 미영이 어떤 이해를 가지려고 하든 그것과는 아무 상관도 없이, 아니 그러면 그럴수록 그녀의 마음속에선 덕숙을 미워할 수가 없을 뿐 오히려 더욱 깊은 어둠이 쌓이기 시작하고, 마침내는 어떤 아픔까지 괴롭게 실감이 되어오곤 하는 것이었다. 그리고 그러면 미영은 또 더욱더 지훈의 소식을 기다리게 되어 있곤 하는 것이었다.

지훈에게서는 끝내 소식이 없었다. 그에게선 엽서 한 장 오지 않은 채 방학이 거의 끝나가고 있었다. 아침저녁으로는 벌써 날씨까지 제법 서늘해진 느낌이었고, 그러고 보니 미영은 이제 더 이상 지훈의 편지를 기다릴 필요가 없었다. 편지가 오지 않아도 며칠만 있으면 바로 지훈 자신이 방학을 끝내고 서울로 돌아오게 될 것이기 때문이었다. 그리고 지훈은 정말로 그 며칠 후에 곧 서울로 돌아왔고, 그는 전번 강원도 여행에서 돌아왔을 때처럼 적어도 겉으로는 아무 스스럼 없이 곧바로 미영이네를 찾아 나타난 것이다.

그러나 지훈은 이번에도 그가 전에 쪽지를 남겨놓았던 일이나, 그 쪽지 속에서 다시 긴 글을 쓰겠노라 했던 스스로의 약속 같은 건 기억에도 없다는 듯 시치미를 떼고 있었다.

"미영이 잘 있었어? 바람도 쏘일 겸 시골에나 한번 내려오지 그랬어……"

"여름 내내 공부만 했나 보군. 그래 가끔은 소설책 같은 것도 읽어뒀겠지?"

얄밉도록 엉뚱스런 소리들만 지껄여대고 있었다. 도대체 마음속에서 뭔가 심한 추궁 같은 것을 별러대고 있는 미영의 심정 같은 건 아랑곳도 하지 않으려는 눈치였다. 그리고 그러다가 지훈은 금세 자리를 일어서서는 훌쩍 다시 자기의 하숙집으로 돌아가버리는 것이었다.

그러나 지훈의 행동은 언제나 현장의 그것이 아니었다. 그는 늘 자기의 행동이나 표정 가운데서 진짜의 그것을 감쪽같이 숨겨버리곤 하는 위인이었다. 그리고 자기의 모습을 눈앞에서 감추고 난 다음에야 부끄러운 듯이 그것을 몰래 말해오곤 하는 그런 습성이 있었다. 편지를 쓰기 위해 여행을 떠나왔노라고 말했을 만큼 그 여름 여행길의 편지들이 그랬고, 그리고 그 여행에서 돌아와 책갈피 속에 슬쩍 글쪽지를 끼워놓고 간 것이 그랬다.

그런 지훈은 이번에도 예외가 될 수는 없었던 모양이었다.

지훈은 미영이네를 나가고 나서 반 시간도 되기 전에 다시 미영에게로 전화를 걸어왔다. 그는 처음부터 미영에게 무슨 하고 싶은 말을 가지고 왔다가 기회를 얻지 못하고 그냥 어물어물 자리를 일어서고 말았음이 분명했다. 그리고 이제사 그것을 다시 전화로 말하려고 하는 것이 틀림없었다.

"왜 또 전활 하셨어요? 방금 다녀가시고선?"

이젠 제법 지훈이란 위인에 익숙해진 듯싶은 미영은 전화를 받자마자 처음부터 그렇게 좀 비뚤어나가고 싶어졌다. 그러자 지훈 쪽의 반응은 거의 미영이 예상했던 대로였다.

"아, 나 아깐 깜박 잊고 있었던 일이 이제야 생각나서 말야."

허겁지겁 변명부터 하고 나섰다.

"잊어버린 일? 무슨 일인데요?"

"아니 뭐 별로 중요한 일은 아니고…… 혹시 미영이 어떻게 생각할까 해서 얼핏 말해버리기가 좀 뭣하지만."

여전히 냉정해져 있는 미영의 어조에 지훈은 점점 더 난처해지고 있었다. 좀처럼 본론을 끄집어내지 못하고 있었다.

"제가 어떻게 생각하다니요, 도대체 무슨 일인데 그러세요?"

"무슨 일이냐구? 그래 그럼 내 말을 해버릴까. 혹시 미영이 화를 내지 않겠어?"

"……"

"아냐, 아무래도 전화로는 안 되겠어. 말하기가 뭐하군. 어때? 지금 좀 미영이 내게로 나와줄 수 없겠어?"

드디어 지훈은 미영이 밖으로 나와주기를 요구하고 있었다. 얼핏 말을 꺼낼 수가 없다 보니 그리된 것인지도 모르지만, 지훈으로서는 여간 대담스런 제의가 아니었다.

"지금 제가요?"

"그래, 어차피 난 지금 미영을 따로 만나서 이야길 해야 할 테니까 말야. 이 전화 끊고 곧!"

할 수 없었다. 미영은 장소를 묻고 나서 금방 집을 나섰다. 할 수가 없어서라기보다 미영 자신의 호기심이 지훈의 제의를 쉽게 받아들인 셈이기도 했다.

―무슨 일일까. 하는 것이 늘 그렇기는 하지만 오늘은 밖에까지 불러내구⋯⋯

그러나 지훈은 막상 미영이 자기 앞에 나타났을 때까지도 얼른 속셈을 털어놓으려고 하질 않았다. 약속 장소에는 지훈 말고도 또 한 사람, 지훈 또래의 나이에 키가 지훈보다 한 치 남짓은 더 커보이는 남자 하나가 자리를 같이하고 있었는데, 지훈은 그 남자에 대해서도 전혀 미영에게 양해를 구하려는 눈치가 없었다.

"금세 나와주었군."

"웬일이세요? 새삼스럽게?"

미영이 다짜고짜 추궁을 하고 덤볐으나 지훈은 시들시들 미소만 짓고 있었다. 옆자리의 친구도 자기와는 전혀 상관이 없는 사람들 사이에 끼어 앉아 있다는 듯 태연스런 얼굴로 익숙하게 담배 연기

만 뿜어대고 있었다. 눈이 조금 시원스러워 보이는 것을 제외하고
는 그 익숙한 담배 솜씨라든가 맑은 피부 그리고 지훈보다도 훨씬
잘 다듬어진 거동 하나하나가 공연히 역한 기분을 느끼게 하는 그
런 남자였다. 그의 그런 생김새나 거동은 쓸데없는 거드름이나 옆
사람을 비웃고 있는 것 같은 그런 느낌을 주고 있었다. 게다가 그
의 흠잡을 데 없이 정결스런 입술 주위의 어디선가 중국집에서
갓 나온 사람에게서처럼 묘한 양파 냄새 같은 것이 물씬거리고 있
는 듯싶기도 했다.

"미영이, 인사하지. 고향 친구야."

미영이 하릴없이 남자의 모습을 하나하나 뜯어보고 있으려니까
그제서야 지훈은 더 이상 망설이고만 있을 수가 없었는지 새삼스
럽게 다시 두 사람을 소개하기 시작했다.

"벌써 고등학교 때부터 서울로 와서 지낸 친군데. 이번 방학 때
가서 서로 소식을 알게 되었어. 이번에도 함께 서울을 올라왔구
말야. 아마 앞으론 하숙도 함께하게 될 거구."

"……"

"그리고 여긴 채미영, 내가 말한 바로 그 장본인이지……"

"……"

미영은 가만히 듣고만 앉아 있었다.

그래서 어쨌단 말인가. 그러니까 날더러는 무얼 어떻게 하란 말
인가. 도대체 지훈은 지금 어째서 갑자기 내게 이 낯선 남자의 얘
기를 꺼내고 있는 것인가. 아니, 이 남자는 지금 무엇 때문에 여기
에 함께 자리를 끼어 앉아 있는 것인가.

미영은 인사를 할 생각도 없이, 오히려 그 남자 쪽에서 흘러나오고 있는 양파 냄새를 피하기라도 하려는 듯 상체를 더욱 꼿꼿하게 젖히고 앉아 있었다. 남자 쪽에서도 역시 이상스럽게 교만기가 흐르는 모습으로 담배를 입 끝에다 꼬나문 채, 어떻게 보면 가는 비웃음 같은 것을 담고 있는 듯한 시선으로 흘겨보듯 슬쩍 한번 미영을 스쳐보고 나서는 전혀 별다른 거동을 보이지 않았다.

"그리고 참 이쪽 이름은 강문수······"

두 사람이 모두 입을 꾹 다물고 앉아 있으니까 지훈이 혼자서 말을 계속했다.

"사실은 아까 내가 미영과 같이 있었을 때도 이 친군 근처 다방에서 날 기다리고 있었던 거야. 글쎄 함께 들어가자고 해도 괜히 사양을 하지 않아."

"······"

"······"

두 사람은 역시 대꾸가 없었다. 강문수라는 그 남학생은, 내가 일면식도 없는 남의 집을 함부로 들어가다니, 어림도 없는 소리 말라는 듯 표정이 더욱 도도해지고 있었다.

"아마 미영인 나보다도 이 친구와 더 잘 친해질 수 있을 거야. 이 친구 이래 봬도 「백조의 호수」를 썩 좋아하는 편이거든. 난 미영이 덕분에 이제 겨우 귀가 좀 트일 정도가 되었지만 말야."

미영은 그제야 목을 조금 움칫하여 지훈에게 시선을 이끌어내었다. 이젠 모든 사정이 분명해진 것 같았다. 어째서 지훈이 다시 전화질을 하고 그녀를 바깥까지 불러내었는지 그리고 무엇 때문에 강문수라는 학생이 지금 이렇게 예고도 없이 자리를 같이하고 있게 되었는지를 그녀는 이제 분명하게 알 수 있었다. 아니 그보다도 지훈이 여행길을 떠돌아다니다가 마침내는 한곳으로 생각이 정해졌다고 한 말이나, 미영과 자기는 이제 충분히 떳떳해졌노라던, 그러면서도 스스로 약속한 편지를 깜빡 잘라먹어버리고 나서 갑자기 이런 식으로 엉뚱한 친구를 데리고 나타난, 그 모든 사연이 이젠 더없이 분명해진 듯싶었다.

미영은 목구멍에서부터 갑자기 쿡 하고 웃음이 터지려는 것을 참고 있었다. 그리고 그 웃음기가 스멀스멀 목구멍 아래로 깊이 삭아 들어가는 것을 기다렸다가,

"어머, 그러세요? 정말「백조의 호수」를 좋아하세요?"

우스울 만큼 표정을 과장하면서 강문수라는 남학생을 정면으로 바라보았다. 그러자 그 강이란 남학생은,

"뭐 별로 좋아한다고까진…… 이 친구가 괜히 그래본 거죠."

아무래도 아직 교만기 같은 것이 가시지 않은 표정으로, 그러나 한껏 겸손을 떨고 있었다. 미영 쪽에서도 사정이 마찬가지였지만 그는 아예 초대면의 인사 같은 것은 생각조차 하지 않고 있는 눈치였다.

"하지만「백조의 호수」를 좋아하신다면『전원 교향악』은 어떠세요. 그쪽도 물론 좋아하시겠네요?"

미영이 정색을 하고 물었다. 그녀가 그처럼 정색을 하게 된 것은 삭아 들어갔던 웃음기가 다시 목구멍에서 근질근질 살아 나오려고 했기 때문에 그것을 견디기 위해서였다.

"아, 「전원 교향악」? 베토벤 말씀이지요? 그야 물론…… 베토벤의 「전원」을 좋아하지 않는 사람이 있겠어요?"

"아니에요. 전 베토벤의 「전원」이 아니고 지드의 『전원 교향악』 말씀이에요."

미영은 드디어 쿡쿡 웃음을 터뜨리고 말았다. 두 사람의 대화를 듣고 있던 지훈도 슬그머니 미소를 지어 보였다. 그는 괜히 얼굴이 붉어지면서,

"안 되겠어. 가만뒀다간 우리 둘이 함께 당하고 말겠는걸."

강이라는 친구를 향해 눈까지 찡긋해 보였다.

그러나 강이라는 지훈의 친구는 아직도 뭔가 앞뒤가 잘 맞아 들어가지 않고 있는 표정이었다.

"글쎄? 지드와 베토벤을 잠깐 혼동한 것이 뭐 그렇게 우스운 일일까. 게다가 묻는 쪽에서도 그건 잘 구분이 없었구 한데 말야."

어리둥절한 얼굴로 두 사람을 건너다보았다. 그럴 수밖에 없는 일이었다. 왜냐하면 미영이 그에게 『전원 교향악』을 좋아하지 않느냐는 말은, 그에게 베토벤과 지드를 혼동시키려는 동기에서라기보다는 오히려 지훈을 비꼬고 싶은 속셈이 더 크게 작용하고 있었을 게 분명했기 때문이었다. 지훈은 재빨리 그런 미영의 눈치를 알아차리고 얼굴이 붉어졌지만, 그가 그런 사정까지 눈치를 챌 수는 없는 것이다.

"상관은 없는 일야. 어쨌든 이 친군 지드나 베토벤의 전원을 다 함께 좋아하고 있으니까, 안 그래?"

지훈이 다시 끼어들었다. 그러면서 그는 이제 그만 쑥스러운 분

위기를 씻어버리고 싶은 듯 갑자기 터무니없이 큰소리로 너털웃음을 터뜨리는 것이었다.

지훈과, 지훈이 소개한 강문수라는 학생을 만나고 난 미영은, 그 두 사람과 헤어져서 집으로 돌아온 다음까지도 기분이 여간 시원치를 못했다. 지훈의 행동이나 속셈을 알 수 없어서가 아니었다. 오히려 이젠 지훈의 의도가 너무나 분명해졌기 때문에 미영은 그것이 더 견딜 수가 없어진 것이다. 지훈은 이를테면 자기 대신 처음부터 「백조의 호수」를 들을 줄 아는 강을 사귀어보는 게 어떠냐는 의도가 틀림없었다. 강이라는 친구까지도 나중에는 제법 허물없는 어조가 되려고 애쓰면서, 원래 자기에겐 동기간이 없어 미영같은 사람이 그립던 참이었노라고 혼자 괜히 의기가 양양해져서 미영과는 앞으로 좀 오래 친해졌으면 좋겠다는 것이었다.

그러나 미영은 어찌 된 셈인지 그에겐 통 마음이 쓰여오질 않았다. 어떤 불결감 같은 것이 먼저 그녀의 관심을 시들게 해버리고 있었다. 아니 그보다도 미영은 이제 더 이상 분명해질 수 없는 그 지훈의 속셈이 더욱더 섭섭하게만 느껴지고 있었다.

─누가 자기더러 그런 선심을 베풀라고 하던가…… 한 사람이 다른 사람의 관심에서 벗어나기 위해서는 또는 그 사람에 대한 자신의 관심을 숨겨버리기 위해서는 어째서 꼭 그런 야비한 절차나 방법이 필요한 것일까.

이를테면 미영은 지훈으로부터 어떤 심한 모욕감 같은 것을 맛보고 있었던 것이다. 자기의 자존심이 지훈의 천연스런 웃음 속에서 무참하게 짓뭉개지고 있는 듯한 느낌이 들고 있는 것이다.

그러나 어쨌든 이제 사정은 분명한 것. 기분이 아무리 허전하다 해도 미영은 공연히 그런 식으로 자기 속만 상하고 있을 수는 없다고 생각했다. 이젠 미영 쪽에서도 어떤 식으로든 생각을 정리해야 할 때가 다가와 있는 것이다. 그리고 미영이 그렇게 정리를 하고 넘어가야 할 생각이라는 것은 벌써부터 결론이 뻔해져 있는 것이었다. 지훈 역시 그 뻔한 결론을 따라 스스로 행동을 했던 것뿐이라고 해야 옳았다.

미영은 차라리 지훈에 대한 어떤 보복을 감행함으로써 자신의 생각을 매듭짓기로 작정했다. 가만히 놓아두었으면 보복이고 뭐고 혼자 그럭저럭 시들해져버렸을 일을, 지훈 쪽에서 먼저 기분을 상하게 해오고 보니, 미영으로서는 일단 그런 식으로라도 자신을 정리해두지 않을 수가 없어진 것이다. 말하자면 미영은 지훈에 대한 자신의 감정을 정리하기 위한 절차로서 그에 대한 보복의 형식을 취하게 된 것이다. 하기야 그걸 굳이 보복이라는 말로 표현하기는 좀 뭣하지만, 하여튼 미영은 그녀가 지훈에게 당한 만큼은 지훈을 골려주기로 마음을 정한 것이다.

그리고 미영에겐 그런 식으로 지훈을 골려주기엔 아주 안성맞춤인 계략이 한 가지 이미 머릿속에 떠올라와 있었다.

―그렇게 하자. 그렇게 하면 지훈으로서도 어떻게 더 이상 점잖은 체하고만 있을 수는 없을 게 아닌가. 그렇게 하자.

그렇게 하면 아마 지훈 한 사람뿐만 아니라 그녀 주위의 다른 사람들에 대한 일도 한꺼번에 모두 정리가 되어줄지 모른다.

미영은 터무니없이 의기가 양양해져서 자신의 계략을 실현할 준비를 서두르기 시작했다.

4

미영이 지훈에 대한 앙갚음으로 그를 골려주려고 작정하고 나선 계략은 다른 것이 아니었다. 지훈이 엉뚱스럽게 두 사람 사이에다 그의 친구를 끌어들인 것처럼, 미영도 똑같이 그 지훈에게 자기의 친구 한 사람을 내세워보자는 것이었다. 이를테면 지훈에게 자기의 친구 중 한 사람을 소개해줘 보자는 것이었다. 그리고 그렇게 지훈에게 소개되어질 친구는 물론 덕숙이 년이 되어야 한다고 미영은 벌써부터 마음속에 점을 찍어두고 있었다.

하기야 덕숙이라면 지훈은 비원 소풍 건으로 해서 벌써 초면이랄 수가 없는 처지이긴 했다. 소풍날 비원에서 '무지개' 친구들과 함께 어울린 일 말고도 그녀는 따로 지훈에게 엽서를 띄운 일이 있었고, 미영과 셋이서만 자리를 같이한 일도 있었다. 뿐만 아니라 그녀는 그 봄 소풍 이후로도 줄곧 지훈에겐 관심을 버리지 못하고 있는 눈치였으며, 한마디로 지훈으로 인해 계속해서 뭔가 조금씩은 신경을 써오고 있는 처지인 것이다. 그런 덕숙을 지훈에게 다시 소개한다는 것은 퍽 새삼스런 일처럼 느껴질 수도 있었다. 그러나 미영은 그렇기 때문에 오히려 더욱 그 덕숙을 지훈에게 다시 소개하고 싶어졌다.

—덕숙이 년을 새삼스럽게 다시 소개하고 나서면 지훈 오빠로서도 뭔가 분명히 심상찮은 기분을 느낄 수가 있을 테지.

그래놓고 나서 미영은 지훈의 반응과 기분을 좀 구경해두자는 생각이었다. 십중팔구 당황해서 어쩔 줄을 모르거나, 아니면 너무도 갑작스런 사태에 지훈은 미영 자기에게 불끈 화를 내버릴는지도 모를 거라고 생각했다. 하지만 미영으로서는 어느 쪽이라도 상관없었다. 어느 쪽이나 다 그녀의 기대대로 되어주는 셈이었다. 중요한 것은 그처럼 자기의 의도나 행동을 감추기 좋아하는 지훈이 그것으로 해서 자기의 정체를 드러내주기만 하면 그만이었다. 게다가 이번 일은 지금까지 늘 애매하기만 하던 덕숙의 지훈에 대한 감정까지도 어느 정도는 정확한 것을 테스트해볼 수 있는 좋은 기회가 되어줄 수도 있었다.

미영은 모든 것을 결정했다.

그리고 나서는 개학날만을 기다렸다. 아무래도 일은 자연스럽게 꾸며나가야 했기 때문이었다. 학교도 시작되기 전에 너무 서둘러 덕숙을 찾아다니고 지훈을 불러내고 하다간 오히려 일이 쑥스러워질 염려가 있었다. 하지만 뭐 개학날은 그리 오래 기다릴 필요가 없었다. 금세 새 학기가 시작되었다.

막상 학교가 시작되고 보니 미영은 모든 일이 아무래도 집에서 마음먹은 것처럼 순조롭게 되어지지는 않았다. 무엇보다도 우선 덕숙의 분위기가 그랬다.

덕숙은 지난번 지훈의 편지에다 손을 댄 일 때문에 그런지 미영을 대하는 태도가 여간 서먹서먹하질 않았다. 웬만한 일엔 그저 사내처럼 하하 웃어넘겨버리곤 하던 덕숙도 이번만은 여간 마음이 걸리는 것 같지가 않았다. '무지개 클럽' 애들과 함께 집엘 찾아왔을 때와도 또 다르게 미영에게 이상스런 경계감 같은 것이 남은 표정으로 한사코 미영을 피하고 있는 것 같은 눈치였다. 게다가 한 여름 동안 운동장에서 까맣게 그을러서 마치 딴사람처럼 변해버린 덕숙의 얼굴 한구석에선 묘하게 어떤 비웃음기 같은 것이 자꾸만 미영을 향해 번져 나오고 있는 것 같았다.

—그래, 내가 네 이종사촌 오빠가 뭔가 하는 치가 네게 보낸 편지를 꺼내다 봤다, 어쨌단 말야 그게.

마치 그런 소리로 미영에게 공박을 해오는 것 같기도 했고, 또는,

—너무 그런 눈으로 보지 말라구. 난 아무것도 부끄러울 게 없으니까. 난 지훈 씨에게 관심이 많거든. 넌 지훈 씨와 이종사촌 간이니까 그럴 수가 없겠지만 난 다르거든. 지훈 씰 좋아할 수도 있단 말야. 왜 이래?

걸핏하면 마구 그런 소리를 퍼부어올 것처럼 조심스러워지기도 했다.

하지만 그러는 덕숙에게 조금도 허심탄회해질 수가 없는 이유는 그 덕숙뿐만 아니라 물론 미영 자신에게도 있었다. 앞서도 말했듯이 미영은 과연 그러는 덕숙을, 아니 그녀가 미영 자기에게 온 지

훈의 편지에 손을 댄 일까지도 포함하여 조금도 덕숙을 힐책해서는 안 된다고 생각하고 있었다. 자기에겐 전혀 그럴 권리가 없으며, 오히려 덕숙 쪽에서는 당연히 그럴 수 있는 권리가 있는 것이라고 생각했다. 더욱이 덕숙이 어느 날 자기 집을 찾아와 말없이 애원하는 표정만 짓고 앉아 있는 걸 보고는 한때나마 그녀의 행동을 경멸하려 했던 자신의 소심스런 생각에 심한 자책을 느끼기도 했었다.

그러나 그 모든 것은 여전히 미영의 생각일 뿐이었다. 그런 생각을 하고 있다가도, 자기를 그런 언짢은 생각 속으로 몰아넣는 장본인인 지훈이 떠오르기 시작하면, 그리고 이런 식으로 덕숙이 꺼림칙한 태도로 나오고 보면 아무래도 처음대로 생각을 가눌 수가 없었다. 칙칙하고 거북스런, 무슨 질투 비슷한 감정이 되살아나고, 그런 감정이 한번 되살아나고 보면 그것이 다시 스러지고 난 다음까지도 한동안은 그 찌꺼기가 가슴 밑바닥에 가라앉아 그녀의 행동을 부자유스럽게 만들어버리곤 하는 것이었다.

그래서 미영은 학교가 시작된 첫날 하루는 끝내 덕숙을 자기의 계획 속으로 끌어들이지 못한 채 교문을 빠져나오고 말았다. 그리고는 집으로 돌아와서 혼자 곰곰이 생각을 되풀이했다. 아무리 생각을 되풀이해봐도 처음부터 계획을 포기해버릴 수는 도저히 없었다.

덕숙에게 어떤 질투를 느끼면서 그 덕숙을 지훈에게 소개—사실 미영은 그 이상의 의미를 마련해두고 있지만—하려 하고 있는 것은 분명히 어떤 모순이 포함된 행동이었다. 미영도 자신의 행동에 대해 충분히 그런 모순을 느끼고 있었다. 그러나 그녀는 그러한 모순 앞에 자기의 계략을 양보하고 싶지는 않았다. 그녀는 덕숙에 대해 질투를 느끼면 느낄수록 오히려 그 덕숙을 지훈에게 소개시켜놓고 그들의 거동을 구경하고 싶은 묘한 욕망이 샘솟았다.

어째서 자꾸 그렇게 비뚤린 욕망 속으로 끌려들고 있는지 그것은 미영 자신도 납득할 수가 없었다. 어떻게든 덕숙을 끌어내다 지훈과의 새로운 대면을 마련해보고 싶은 것뿐이었다. 그리고 그러는 미영은 그것이 아직도 지훈에 대한 보복이라고 스스로 변명을 하고 있었지만, 이젠 차라리 덕숙에 대한 질투, 지훈에 대한 원망 같은 것을 그런 식으로 달래보고자 하는 꼴로까지 변해 있었던 것이다.

하니까 그녀의 동기야 어떻게 되었든 다음 날 오후 미영이 덕숙과 함께 다시 옛날처럼 나란히 그리고 지금까지 둘 사이에는 아무일도 없었고 또 앞으로도 아무 일이 없을 것처럼 자연스럽게 교문을 나서게까지 된 것은 전혀 미영의 그와 같은 다짐 때문이었다.

"뭐야? 니네 오빠가 오늘 한턱 쓸지 모른다구? 웬일야? 혹시 니네 누구 생일날이래두 된 게 아니니?"

미영의 집요한 접근, 악의 없는 환담, 그리고 자연스런 제안에 덕숙은 결국 이처럼 간단히 끌려들고 말았던 것이다. 그리고 나서 덕숙은 역시 그녀답게 지난 여름방학 동안에 있었던 일들은 까맣게 잊어먹은 듯,

"하여튼 좋아, 누구의 생일이든 아니든 한턱 얻어먹게만 된다면야, 내가 그런 것까지 상관할 필요는 없지. 하지만 니네 오빠가 정

말 한턱을 써주지 않음 어떡하지? 깍쟁이 소질이 좀 있는 것 같던데 말야. 그럼 미영이 네가 대신 책임져야 한다?"

빙글빙글 웃고 있는 미영에게 쾌활한 목소리로 다짐까지 주었던 것이다. 그리고는 수업이 끝나자 두말없이 미영을 따라나서고 있는 덕숙이었다. 한턱을 얻어먹을 일만 있다면 하루쯤 연습을 쉬어도 상관없다는 배짱이었다.

그러나 그런 덕숙을 옆에 하고 교문을 나서고 있는 미영의 마음은 물론 덕숙처럼 그렇게 가벼울 수가 없었다.

—이제 어떻게 한다? 어떻게 지훈 오빨 끌어내고, 어떻게 덕숙에게 들키지 않도록 행동을 시킨다?

막상 덕숙이 계획대로 끌려들자 미영은 이제부터 새로운 걱정이 앞서기 시작했다. 미영은 이런저런 얘기 끝에 덮어놓고 우선 지훈이 한턱 쓸 일이 있으니 함께 나가보자고 말해버렸고 덕숙은 그 말을 곧이곧대로 알아듣고 대뜸 찬성을 하고 나선 터였다. 하지만 미영은 물론 지훈으로부터 그런 약속이나 말을 들은 일이 없었다. 약속은커녕 그날 강문수라는 학생을 소개받고 헤어져 온 뒤로는 다시 그를 만나본 일조차 없었다. 모든 것은 지훈과 덕숙을 갑자기 한자리에 불러 모으려는 속셈에서 임기응변 조로 그저 막연히 주워 붙인 말들이었다. 하지만 이젠 어차피 그렇게 말이 되어나간 터. 어떻게든 눈치껏 일을 치러나가야 할 형편이었다. 그러자니 미영의 머릿속은 무겁지 않을 수가 없었다.

한데다가 미영은 이제 덕숙이 그처럼 간단히, 그리고 기다렸다는 듯이 선선히 자기를 따라나서준 것도 내심으로는 은근히 기분이 틀리고 있는 참이었다. 아무리 성격이 대범스럽고 쾌활하다 해도 이처럼 덕숙이 쉽게 찬성을 하고 나서리라고는 상상을 못했던 일이었다.

방과 후라고는 해도 덕숙에게는 역시 연습이 있었고, 게다가 그 한턱이라는 것이 연습까지 포기할 만큼의 매력이 있는 것은 아니었다. 그 한턱이라는 것이 별로 친숙지도 못한 친구의 이종사촌 오빠라는 점에서도 그렇다. 한데도 덕숙은 이러고 나선 것이다. 지훈에 대한 그녀의 환심을 빼고 나면 생각하기가 힘든 일이었다. 미영은 아마 자기의 생각이 틀림없으리라고 생각되었다.

"얘, 그럼 오늘은 너하고 나하고 둘뿐이니? 다른 애들은 따버리구?"

먼저 덕숙이 그렇게 묻는 것을 미영은,

"그러지 뭐. 우리 두 사람만 가지고도 주머니 사정은 좀 혼을 내줄 수가 있을 테니까 말야. 그리고 다른 애들은 아직 얘기들도 해놓지 않았구."

별로 신통치도 않은 변명을 늘어놓자 덕숙은 다시,

"그럼, 그러지 뭐. 잔칫상은 사람 수가 적어야 몫이 많은 법이니까, 하하하."

'무지개' 애들과의 동행을 간단히 단념하고 말았는데, 그때도 미영은 어렴풋이나마 그런 걸 느낄 수 있었던 것이다.

그러니 미영은 머리가 더욱 무거워질 수밖에 없었다. 밤사이 조금 수그러들었던 질투 같은 것이 다시 머리를 들기 시작했다. 괜한 장난을 벌여놨구나 싶어 후회가 되기도 했다. 생각해보면 잘되거나 못되거나 미영으로선 손해를 볼 일밖에 없었다.

하지만 그렇다고 이제 와서 일을 중단할 형편도 못 되었다. 그랬다간 자기는 더욱 웃음거리가 될 판이었다. 이러나저러나 자기에게 이득이 없으리라는 점이 이제 처음 생각난 일도 아니었다. 이득이 없으면서도 그렇게 하지 않고는 견딜 수 없는 어떤 묘한 감정 때문에 여기까지 일을 끌어와버린 그녀였다.

"얘, 이젠 똑똑히 좀 말해봐. 그래 뭣 땜에 니네 오빠가 한턱을 쓴다는 거니?"

"……"

"그리고 니네 오빠 우리 일행이 너하고 나 단 두 사람뿐이라는 걸 미리부터 알고 있는 거니?"

"……"

덕숙은 계속해서 명랑하게 지껄여대고 있었으나, 미영은 그럴수록 머리가 더욱 무거워져서, 묵묵히 혼자 궁리를 계속하면서 자신 없는 발길을 이끌어가고 있었다.

"뭐야? 날 만나보고 싶어 잠을 못 잔 아가씨가 있다구?"

"그래요. 그래서 보다 못해 오늘은 제가 어떻게든 지훈 오빨 만나게 해주겠다고 모처에다 그 꼬마 숙녀님을 안내해다 놓고 이렇게 오빨 모시러 온 거예요."

"그래 지금 내가 미영이하구 같이 그 숙녀님에게로 나가야 한단 말야?"

"물론이죠. 그 아가씬 지금 어쩌면 오빠 쪽에서도 자기에게 퍽 호감을 가져줄 거라고 달콤한 기대에 빠져 있을지 모르는걸요."

"그게 도대체 누구지? 물론 미영이네 '무지개 클럽' 아가씨들 가운데 한 사람이겠지?"

"제 친구가 '무지개 클럽' 애들뿐은 아니잖아요. 하지만 이상하군요. 이쯤 말하면 지훈 오빠도 대개 짚이는 데가 있을 줄 알았는데 말이에요."

"그건 또 왜?"

"이심전심이라는 거 있지 않아요? 그리고 그 아가씨 몇 번씩이나 오빠의 꿈을 꾸었는데, 거기선 오빠도 여간 싹싹하지가 않더라는데요?"

"거참 아무래도 알 수가 없는 일인걸."

"하여튼 나가서 만나보시면 모든 걸 알게 돼요. 그 대신 오빠 오늘 저하고 그 숙녀님에게 단단히 한턱을 내야 하는 거예요."

그처럼 천연스러울 수가 없었다. 눈 하나 깜짝하지 않고 그처럼 천연스럽게 거짓말을 술술 주워댈 수가 없었다. 하지만 미영은 어찌 된 셈인지 조금도 거리낌이 없이 그렇게 되었다. 지훈을 만나서, 이제부턴 그 지훈을 어떤 구실로 덕숙 앞에까지 끌어내 올까, 그런 것을 곰곰 생각하다가, 미처 분명한 방법을 찾아내지도 못한 채 덕숙은 근방 빵집에다 앉혀놓고 지훈부터 찾아 나선 미영이었으나, 일단 지훈을 대하고부터는 모든 말을 미리 마련해 오기라도 한 것처럼 말이 척척 되어져 나온 것이었다. 그야 물론 처음에는 가슴이 떨리고 얼굴까지 조금씩 붉어지는 걸 어쩔 수 없었던 건 사실이지만, 그렇게 가슴이 떨리고 얼굴이 붉어진 것도 그 처음 몇 마디 때뿐이었다. 다음부터는 모든 것이 제풀에 힘이 생긴 듯 척척 잘 되어나갔다.

지훈도 그러는 미영이를 차마 의심해볼 수는 없었던 모양이었다. 그냥 쑥스럽고 어이없어하는 표정이긴 했지만 귀가 솔깃하지 않은 건 아닌 듯한 눈치였다. 그리고 종내는 미영의 성화에 못 이긴 척 슬그머니 그녀를 따라나설 기미까지 엿보이고 있는 것이었다. 미영은 지훈의 그런 태도에서 더욱 어떤 용기 같은 것을 얻게 된 것 같았다. 하지만 그것은 물론 그녀의 거짓말 솜씨에 대한 용기는 아니었다. 너무도 쉽게 미영의 말에 이끌려버리는 지훈에 대한 경멸감 또는 무슨 반발이라든가 그 비슷한 감정에서였다.

"하지만 이건 하나 미리 말씀을 드려놓아야 되겠어요."

지훈과 함께 집을 나와 덕숙이 기다리는 빵집을 향해 걸으면서 미영은 아직도 쭈뼛쭈뼛 쑥스러움이 가시지 않은 지훈에게 힐난조로 입을 열었다.

"이번엔 또 무슨 협박을 할 참이지?"

지훈의 대꾸는 역시 어색한 곳을 감추지 못하고 있었다. 미영은 지훈이 그렇게 조금 풀이 죽어 있는 것이 오히려 다행이라는 듯 당당하게 말했다.

"그 아가씬 오늘이 지훈 오빠의 생일이라든가 그 비슷한 날로 알고 있어요. 그래서 지훈 오빠가 한턱을 내고 싶어 한다든가 그런 식으로 말예요. 그러니까 지훈 오빠도 그렇게 해두세요. 그래야 곁에서 제가 마음 놓고 한턱을 얻어먹을 수가 있지 않겠어요?"

미적지근한 곳을 미리 손질해두자는 것이었다. 그러고 보면 미영으로서는 그런 자신을 의식하고 있든 안 하고 있든 여기까지도 제법 세심한 주의를 잃지 않고 있는 셈이었다.

그러나 미영은 바로 거기서 그만 지훈에게 한 가지 꼬리를 붙잡히고 말았다.

"흠— 그러고 보니 오늘 일은 모두 미영이가 일부러 꾸민 게 아냐? 아무래도 연극기가 좀 짙은걸."

비실비실 웃으면서 지훈이 미영을 멀찌감치 건너다본다. 미영은 아뿔싸 싶었다. 괜히 안 해도 좋을 소리까지 하다가 속셈이 모두 드러나버리지 않을까 걱정이 되기도 했다. 그러자 그렇게 비실비실 웃음 띤 얼굴로 이쪽을 건너다보고 있는 지훈의 얼굴이 갑자기 밉살스러워지기 시작했다. 그것은 터무니없이 징그럽고 음흉스럽게 느껴지기까지 했다.

하기야 이상스런 일이기는 했다. 지훈은 원체 자신의 감정과 행동을 엉뚱한 모습으로 가장하고 있길 좋아하는 위인이라서 진짜 속셈을 점쳐내기가 이만저만 어려운 것이 아니었다. 하지만, 그것은 언제나 반쯤 화가 나 있는 듯한, 어떻게 보면 시골스럽도록 뚱하고 답답스런 표정이 대부분이었다. 그것이 지난번 강문수라는 그의 친구를 미영에게 소개하면서부터는 이상스럽게 자주 웃음을 짓고 농기 어린 표정이 되어가고 있었다. 미영은 그걸 깨닫게 되자 그가 갑자기 무섭고 징그러워지기 시작했다. 왜냐하면 미영으로선 지훈의 그런 표정 역시 그의 진짜 모습으로는 믿을 수가 없었고, 그렇게 놓고 보면 웃음 진 지훈의 표정보다는 차라리 뚱하니 시골스런 옛날의 표정이 훨씬 그녀의 마음에 드는 것이었기 때문이었다.

"연극일지도 모르죠. 하지만 제 연극에 너무 큰 기대는 갖지 마
세요."

미영은 마치 징그러운 벌레를 털어내기라도 하듯 화가 나서 쏘
아붙였다.

"그건 또 무슨 뜻이지?"

지훈의 치근치근한 말대꾸 속에는 이제 그 쑥스러운 기마저 사
라지고 없었다. 미영은 더욱 화가 날 수밖에 없었다.

"별로 어려운 말은 아녜요. 오늘 제가 소개한 친구에게 엉큼스
런 생각은 갖지 마시라는 뜻이에요."

"엉큼스런 생각을 갖지 말라구?"

"그래요. 오해하고 계신지 모르지만 그 친구가 지훈 오빠에게
관심을 갖는 건 그 애에겐 오빠가 없기 때문이거든요. 그 앤 오빠
한 사람 갖고 싶은 거예요."

"……"

"그리고 전 지훈 오빠의 누이동생이면서도 누이동생 노릇이 지
극히 서투르기만 하니까 저 대신 지훈 오빠에게 좋은 누이동생감
을 하나 소개해드리고 싶은 거구요."

"참으로 갸륵한 누이동생이군그래."

지훈은 여전히 비실거리고 있었다. 그러자 미영은 끝내 참아버
리려고 했던 말을 마지막에 내뱉고 말았다.

"그야 누이동생보다는 오빠가 더 갸륵한 오빠지요 뭐. 오빠가
먼저 오빠 구실이 자신 없다고 다른 사람을 새 오빠로 소개해주셨
으니까요."

하다 보니 미영과 지훈 두 사람이 덕숙이 기다리고 있는 빵집으로 들어섰을 때는 그런저런 말씨름 끝에 서로 기분이 잔뜩 뒤틀린 채로였다. 특히 미영 쪽이 더 그랬다. 지훈은 미영이 뭐라고 해도 아직 그 비실거리는 웃음을 잃지 않고 있어서 정확히 기분이 어떤지를 알 수가 없었지만, 적어도 미영은 괜히 쓸데없는 짓을 시작했구나 또 한 번 후회를 했을 만큼 속이 잔뜩 상해 있었다. 하지만 이젠 어쩔 수가 없는 일이었다. 속이야 어떻든, 그리고 대면 결과가 어떻게 되든 두 사람을 만나게 하는 외에 다른 도리는 없었다.

그러나 미영의 그런 기분은 실상 덕숙이 기다리고 있는 빵집 문을 들어서고 난 다음부터가 더욱 문제였다. 왜냐하면 지금까지는 그래도 설마, 그래도 설마, 하고 두 사람의 대면 시에는 어떤 재미있는 일이 일어나게 되리라 막연히 기대를 걸어왔던 일들이 하나도 그 기대대로는 되어진 일이 없었기 때문이었다.

무엇보다도 우선 지훈과 덕숙 두 사람은 미영이 상상했던 것과는 정반대로 너무나 놀라는 기색들이 없었던 것이다.

"아, 덕숙 씨로군요…… 어때요, 그간 안녕하셨어요?"

처음엔 덕숙을 보고 잠깐 주춤하는 듯싶던 지훈은 이내 표정이 착 가라앉으며 어른처럼 침착한 인사말을 건네 보냈는데, 그러는 지훈의 거동이나 말씨에는 당황하거나 어리둥절해하는 빛을 조금도 찾아볼 수가 없었다. 그것은 오히려 지극히 친숙한 사람들끼리 미리 만나기로 약속된 장소에서 서로 만나 당연히 주고받을 수 있는 그런 자연스러운 인사였다. 미영은 우선 거기서부터 기분이 언짢아지고 있는 느낌이었다.

한데 거동이 그처럼 자연스러운 것은 덕숙이도 마찬가지였다. 그녀는 지훈이 나타나자 귀뿌리 근처가 어렴풋이나마 조금 붉어지는 것 같은 기색이 엿보였다. 그것은 애초부터 미영이 기대한 일이라고 할 수 있었다. 그러나 덕숙도 그것으로 그만이었다. 이내 시원스런 얼굴에 웃음이 활짝 번지며,

"안녕하셨어요?"

상냥하게 자리를 비켜나며 지훈을 맞고 있었다. 영락없이 두 사람이 서로 미리 그렇게 만나기로 되어 있었던 사이처럼 거동이 자연스러웠다. 미영은 마치 자기가 아니었더라도 두 사람이 오늘 여기서 그렇게 만나기로 되어 있었던 것이나 아닌가 착각이 들 정도였다. 모든 것이 기대하고는 정반대였다.

미영은 터무니없는 낭패감 속에서 기분이 잔뜩 상하고 있었다.

하지만 미영을 정말로 견딜 수 없게 만든 것은 바로 그다음에 일어난 일이었다.

"어때? 미영인 이제 할 일이 다 끝나지 않았나?"

미영을 정말로 견딜 수 없게 만든 것은 바로 그 지훈의 한마디 때문이었다.

덕숙과의 상면을 미리 예정이나 하고 있었던 것처럼 자연스런 것으로 만들어버린 지훈은, 그러나 또 무슨 생각이 들기 시작했는지 미영을 향해 불쑥 그렇게 지껄여왔던 것이다.

하지만 미영은 물론 지훈의 말뜻을 금세 알아챌 수가 없었다.

"……?"

미영은 한동안 어리둥절한 표정으로 지훈을 건너다보고만 있었

다. 그러자 지훈은 좀더 확고한 어조로 미영을 설득하려 드는 것이었다.

"모처럼 새 누이동생을 소개해주었으면, 이제 미영인 자리를 좀 비켜주는 게 예의가 아니겠느냐 이 말야. 아무리 허물이 없는 사이라곤 하지만 우리 두 사람이 이렇게 만난 이상 미영이 없는 데서 우리끼리 하고 싶은 얘기가 있을 게 아니겠어?"

당연스런 일이 아니겠느냐는 듯 지훈도 미영을 마주 바라보았다.

이젠 미영이도 물론 지훈의 말뜻을 분명하게 알아들을 수 있었다. 금세 얼굴색이 확 붉어져오는 것을 느낄 수 있었다. 몸속의 피가 일시에 머리 쪽으로 치솟아 오르고 숨길마저 꽉꽉 막혀오는 것 같았다.

—도대체 이럴 수가 있을까. 지훈이 내게 그런 말을 할 수가 있을까.

지훈의 말을 곧이듣고 싶지가 않았다. 귀를 의심하고 싶을 지경이었다. 농담이길 바라보기도 했다. 그러나 그런 일은 있을 수 없었다. 지훈은 지금 분명히 그녀에게 자리를 비켜줘야 하지 않느냐고 추궁을 해오고 있는 것이다. 그녀를 건너다보고 있는 표정이나, 분명한 목소리엔 전혀 농담기 같은 것이 섞여 있지도 않았다.

미영으로서는 어이가 없는 일이었다. 따지고 보면 지훈은 미영에게 그런 잔인한 행동을 해올 수가 없는 처지였다. 미영은 가령 지훈이 이미 자기의 속셈을 샅샅이 알아차리고 거꾸로 미영을 골려주려고 그런 식으로 나올 경우를 상상해볼 수 있었다. 또는 미영의 연극에 정말 화가 나서 톡톡히 혼을 내주고 싶어질 경우도 상상해볼 수 있었다. 아니면 그가 한 말 그대로 정말 덕숙을 소개받은 일이 즐거워서, 이제부턴 그 덕숙과 단둘이서만 자리를 갖고 싶거나 이야기를 나누고 싶어 할 경우도 생각해볼 수 있었다.

그러나 미영으로서는 그 어느 경우도 지훈이 차마 그렇게 나올 수는 없는 것이라고 생각되었다. 뭐라고 해도 지훈은 역시 미영 자신의 사실상의 오빠였다. 그리고 둘 사이엔 그동안 어떤 미묘한 감정의 대립이 있어온 게 사실이지만, 정직하게 말하면 그런 감정의 대립이라는 것도 실상은 서로가 어떻게 좀 상대를 가깝게 느껴보고 싶고 그렇게 느껴져주기를 바라는 기대감에서 빚어진 일들임에 분명한 것이었다.

뿐만 아니라 지훈은 방금 전에 미영이 그를 찾아가 불러내왔을 때도 이런저런 미영의 설명에 쉽사리 뒤를 따라나서준 터였다. 그것은 역시 그가 미영을 오누이 간이라는 특별한 신뢰감 속에서만이 그럴 수 있었던 일이고, 미영으로서도 지훈을 똑같은 신뢰감 속에서 어색스럽지 않게 그런 장난을 펴올 수가 있었던 것이다. 아무래도 지훈으로선 미영을 그토록 잔인스럽게 대할 처지가 못 되는 사람이었다.

하지만 그런 모든 생각은 역시 미영의 안타까운 심정에서 솟아난 원망이라거나 일종의 희망에 불과한 것이었다. 진짜의 사실은 지금 당장 눈앞에 있었다. 그리고 그 진짜의 사실은 말할 수 없이 난처하게 그녀를 육박해오고 있었다.

미영은 다만 참담한 심경일 뿐이었다. 숨소리를 죽인 채 미동도 없이 자리만 지키고 앉아 있었다. 그러면서도 불덩이처럼 온몸이 뜨겁게 달아오는 것을 느끼고 있었다.

화를 낼 여유마저 없었다. 창피한 생각도 차츰 마비가 되어오는 것 같았다. 하기야 지훈이 그렇게 나온 것을 보면 덕숙이 오늘을 지훈 자기의 생일 비슷한 날로 알고 있든 말든 전혀 괘념치 않았다는 태도가 분명했고, 그보다는 덕숙에게 그런 식으로 거짓말을 둘러 붙인 자신의 계략이 여지없이 폭로되고 만 꼴이었다. 이제 더무엇을 창피해하고 무엇을 화내고 있을 것인가.

그렇게 생각하자 미영은 현기증이 일 만큼 혼란스럽던 가슴속이 오히려 이상한 평온을 되찾고 있는 듯한 느낌이 들고 있었다. 다만 참담스런 심경으로, 이제는 더 앉아 있을 수도 어쩔 수도 없는 이 난처한 자리를 한시바삐 도망쳐 나가는 것이 무엇보다 급선무라고 생각하고 있었다.

그러나 그것도 또한 미영의 생각일 뿐 몸은 도대체 꿈쩍을 하려하지 않았다. 어떻게 조금이라도 몸을 움직였다간 지금까지 서서히 물러나간 분노와 창피감이 한꺼번에 다시 왁 몰려들어와서 자신의 몸과 마음을 형편없이 짓부숴놓고 말 것 같은 아슬아슬한 심경이었다. 미영은 그런 아슬아슬한 심경 속에서, 마치 독사눈에 쏘인 개구리 새끼처럼 꼼짝달싹을 못한 채 지훈을 건너다보고만 있었다.

"아이, 만나자마자 왜 서로 얼굴만 그렇게 쏘아보고 계세요?"

긴 침묵이 답답해죽겠다는 듯 보다 못해 덕숙이 곁에서 먼저 입을 열었다. 덕숙도 지금까지의 말이나 분위기에서 대략의 사정은 이미 다 짐작을 하고 있을 터였다. 미영이 오늘을 지훈의 생일 비숫한 날이라고 한 것이나 그런 말로 장난스럽게 자기를 꼬여낸 일이 기대하곤 엉뚱하게 모두 거짓말 아니면 그보다도 더욱 우울하고 심각한 사정이 숨어 있으리라는 것을 짐작하고도 남을 만한 일이었다. 더욱이 아까 지훈이 미영더러 '새로운 누이동생' 어쩌고 하는 소리를 했을 때, 그때의 분위기나 표정으로 봐서 덕숙은 그 말이 자기와도 전혀 상관이 없지 않으리라는 것쯤 벌써 눈치를 채고 있을 터였다.

하기 때문에, 아니 그러니까 더욱 그녀로서도 지금은 함부로 장난스런 말을 하고 나설 수가 없는 것이다. 되도록 조심스럽게, 지훈이나 미영 어느 쪽의 비위도 건드리지 않도록, 그리고 가능하면 자신은 지금 두 사람 사이의 일엔 아무 관련도 없으며, 무엇 때문에 그런 싸움질을 벌이고 있는지조차 알지 못하겠다는 듯 신중하게 말을 해야만 하였다.

"얘, 미영이 너도 왜 이러는 거냔 말야. 모처럼 만난 오빠 앞에서 이게 뭐니. 괜히 화난 얼굴을 해가지고서…… 어디 이젠 어리광 그만 피우구 좀 웃어봐. 뭐야 이게……"

그녀의 평소 말버릇이 어쩔 수 없이 조금씩 섞여 들곤 있었지만, 그러나 덕숙으로서는 한껏 신중을 다한 어조였다.

"……"

"……"

그러나 미영은 역시 표정이 금세 풀려날 리 없었다. 더욱이 굳어진 입술로 무슨 말을 만들어낸다는 것은 상상할 수도 없는 일이었다.

하지만 말을 하지 않은 것은 지훈도 물론 마찬가지였다. 지훈은 다짜고짜 미영을 향해 몇 마디를 던져놓고선 이제 그 반응이 얼마나 재미있게 나타나고 있는가를 빠짐없이 살펴두려는 듯 유심스럽게 그녀를 건너다보고만 있었다. 정말로 화가 난 것인지 또는 어떤 장난기를 품고 있는 것인지 표정 속에서는 전혀 읽어낼 길이 없는 그런 얼굴은 미영으로 하여금 더욱더 견딜 수 없는 미움과 모욕감을 느끼게 하는 그런 것이었다.

하지만 이제 미영의 기분은 그런 지훈과는 아무 상관도 없었다. 지훈이 어떤 꼴을 하고 있든 다시 더 무슨 말을 해오든, 그 지훈으로 하여 미영은 이제 절대로 더 이상은 기분이 흔들릴 것 같지가 않았다.

그러는 미영은 이제 오히려 덕숙 쪽에 신경이 뻗치고 있었다. 덕숙은 일단 입을 열고 두 사람 사이로 끼어들고 나자 어떻게든 자기의 뜻을 이루고 말겠다는 듯 설득을 계속해오고 있는 것이었다.

"내 참, 그래 미영이 너 꼭 이러고만 있을 테야? 글쎄 넌 그래도 네 기분대로니까 좋겠지만 그럼 난 이게 뭐냔 말야. 괜히 빵 한 조각 얻어먹어볼까 하고 왔다가 영문도 모르고 실컷 쌈이나 말리고 앉아 있으라니 말야. 이제 제발 좀 그만둬줘. 자, 이렇게 말야, 이렇게……"

드디어 덕숙은 그녀 특유의 사내 같은 웃음까지 하하 웃고 있었다.

미영은 덕숙이 그러면 그럴수록 그녀의 여유 있는 태도가 오히려 얄미워지기만 했다. 추호도 태도를 바꾸어볼 생각이 나지 않았다. 아니 미영으로서는 애초 그럴 염두(念頭)를 내볼 수도 없는 일이었다. 여전히 굳어진 표정만 짓고 앉아 있었다.

하니까 덕숙은 이제 상대를 바꾸어 다시 지훈 쪽을 설득하려 들고 있었다.

"할 수 없군. 넌 조그만 계집애가 얌전스럽기 그지없다가도 비위가 한번 틀리고 보면 웬 그런 고집투성이가 되어버리고 마는 거지? 하지만 앤 철부지 계집아이니까 그렇다 치고, 지훈 씬 그게 또 뭐예요. 똑같이 어린애처럼 말예요. 지훈 씬 미영이 오빠가 아니세요?"

덕숙은 미영을 아주 어린애로 쳐버린 대신 자기는 그보다 훨씬 철이 든 나이의 사람이나 된 것처럼 제법 준열하게 지훈을 힐난하고 들었다. 하니까 지훈도 그 말엔 차마 더 이상 침묵을 지키고 있을 수만은 없었던지 슬그머니 미소를 짓고 말았다.

"왜요? 내가 지금 어때서?"

덕숙의 추궁에 대해선 긍정도 부정도 아닌 애매한 대꾸로 난처한 입장을 모면해보려는 기미가 역력했다. 덕숙의 힐난은 그러는 지훈을 간단히 놓아주려고 하질 않았다.

"뭐라구요? 지훈 씨가 지금 어떠냐구요? 그럼 지훈 씬 지금 미영이나 저 앞에서 제대로 어른 노릇을 하고 계시단 말씀이세요? 지금까지 자리가 이렇게 우습게 되고 있는 책임이 저나 미영에게 있단 말씀이냔 말예요."

"하긴 그렇군. 우리가 너무 멋대가리 없이 앉아 있었던 건 사실이야. 물론 두 분 예비 숙녀님들을 모시게 된 내 쪽의 책임이 크겠지."

덕숙은 지훈 씨, 지훈 씨 하고, 지훈은 이제부터 정말 그 덕숙을 누이동생으로 여기자고 작정을 하기라도 한 듯 차츰차츰 말씨가 내려가고 있었다.

하지만 미영은 그러면 그럴수록, 아니 이젠 그 두 사람이 장단을 맞춰가며 자기를 골려대고 있는 것 같은 기분이 들어서 더욱더 자리가 거북스러워지고 있었다. 공연히 혼자 바늘방석에 앉아 있는 것 같아 한시바삐 자리를 빠져나가야겠다는 생각에만 골똘하고 있었다.

한참을 그러고 있을 때였다. 미영에겐 마침 절호의 기회가 찾아 왔다. 아니 그것은 미영이 꼭 기회를 알아차리고 그것을 붙잡으려 했다기보다는 먼저 행동이 그렇게 되어져버린 것이었다.

"자 그럼, 미영이도 이제 그만 얼굴을 펴보실까. 오빠가 오늘 모처럼 덕숙 같은 자랑스런 누이동생을 맞게 되었으니 그걸 축하해 주기 위해서라도 미영인 좀더 상냥해질 아량이 있겠지?"

지훈이 갑자기 사과라도 하듯 그렇게 말을 해온 것이 기회였다. 지훈의 그 말이 끝나기가 무섭게 미영은 발딱 자리를 차고 일어나버린 것이다. 물론 처음엔 자신도 모르게 그렇게 되어진 행동이었다.

"왜 그래? 왜 갑자기 일어서는 거야?"

덕숙이 지훈보다 먼저 미영을 붙들고 나섰다. 지훈도 덕숙과 똑같은 말을 담은 눈초리로, 그러나 덕숙 때문에 정말로 그 말을 물어볼 기회를 빼앗긴 채, 멀거니 미영을 쳐다보고만 있었다. 미영은 그제서야 이제부터 자기가 취해야 할 행동이 어떤 것인지, 왜 자기가 갑자기 그렇게 자리를 박차고 일어섰는지, 어슴푸레 생각이 떠올랐다.

"난 먼저 가겠어."

"아니 뭐라구? 먼저 간다구? 이 계집애가."

덕숙의 말이 채 끝나기도 전에 휙 몸을 돌이켜 출입구 쪽으로 달려 나갔다. 덕숙이 어떻게 그녀를 붙잡아볼 틈을 주지 않은 채였다. 허나 미영은 아직도 그 출입구를 벗어나버리지는 못하고 있었다. 어느새 뒤쫓아 왔는지 지훈이 출입구 바로 앞에서 미영의 팔소매를 사정없이 끌어 쥐어버렸기 때문이다.

"미영이, 왜 이래? 정말 가려구 이러는 거야?"

그러는 지훈의 표정에는 애원과 협박이 함께 섞이고 있었다. 그러나 미영은 이제 자신이 이미 내보여버린 격렬한 감정의 폭발로 인해 더욱더 언동이 결연해지고 있었다.

"그래요. 정말로 가는 거예요. 그래야 두 사람이서만 따로 조용히 얘길 나눌 수 있을 게 아니에요?"

"두 사람이서? 하하, 그런 소리 말구 어서 이리 와. 지금 가긴 어딜 간다는 거야."

"왜 갈 데가 없을까 봐 걱정이세요? 그런 게 걱정이람 안심해도 좋아요. 왜 있지 않아요. 제게도 일전에 소개받은 훌륭한 오빠가 말예요. 전 지금 그 강문수 오빠를 만나 뵈러 가려는 거예요."

"강문수?"

"그래요. 벌써 잊으셨나요? 적어도 누구보다 「백조의 호수」를 더 잘 이해한다는 훌륭한 고향 친구분 말이에요. 저도 그분을 찾아가 만나서 둘만의 얘기를 좀 나눠야죠……"

"이봐……"

지훈이 미영의 말을 가로막으며 다시 그녀를 설득하려고 했다. 그러나 그때는 이미 때가 늦어버린 다음이었다. 지훈이 잠깐 주의를 흐트린 틈을 타서 미영은 재빨리 팔을 빼내어 출입문을 뛰쳐나와버린 것이다. 그리고 출입문을 나서자마자 거기 수없이 지나가는 거리의 인파 속으로 재빨리 몸을 섞어버린 것이다.

후—

한참 동안 정신없이 인파에 밀리면서 거리를 헤매던 미영이 다시 제정신을 차린 것은 어느 지하도 입구 앞에서였다. 그녀는 빵집 문을 나선 후론 근 10여 분 가까이를 무작정 그렇게 거리를 헤매 다닌 것이었다. 그러다가 문득 발을 멈추고 보니 그녀는 터무니없이 이 지하도 앞까지 와 있었던 것이다. 그녀는 마치 누구에게 잔뜩 쫓기고 있다가 이제 겨우 안심이 되는 장소를 찾아내기라도 한 듯 커다랗게 한숨부터 내쉬었다. 그러나 미영은 그 한숨이 채 끝나기도 전에 다시 또 자신이 당황스러워지고 말았다.

—도대체 이제부턴 어떻게 한다?

우선 이 지하도 입구에서 어느 쪽으로 발길을 옮겨야 할지부터가 문제였다. 평소 같으면 당연히 집 쪽으로 방향을 선택하게 되겠지만 오늘 기분으로는 도저히 지금 당장 집으로는 들어가고 싶은 생각이 나지 않았다. 그렇다고 이제 와서 지훈 들에게로 다시 돌아갈 수는 더욱 없는 일이었다.

— 정말 강문수 그 사람을 만나러 가?

문득 그런 생각이 들기도 했다. 하기야 미영은 지훈을 떨치고 도망쳐 나오면서 자기가 그런 말을 내뱉어주었던 일이 아직도 조금은 통쾌한 느낌으로 남아 있었다. 그리고 그때는 정말로 강문수 학생을 만나버리고 싶은 생각이 조금은 사실이었으리라는 점을 부인하고 싶지도 않았다. 그러나 이제 와서 보면 그것은 아무래도 순간적인 자기 과장에 불과했었다는 것을 미영은 분명하게 느끼고 있었다. 도대체가 미영으로서는 처음부터 흥미가 없었던 일이고, 오히려 강문수라는 남자에 대해서는 그녀가 지금 지훈에게 느끼고 있는 것만큼이나 강하게 반발을 지니고 있는 터였다. 더군다나 미영으로서는 지금 그를 만나보고 싶다 해도 그의 거처나 연락 방도를 알지 못하고 있는 형편이었다. 그러고 보면 아까 지훈에게 그런 식으로 시퍼런 장담을 내뱉었던 일은 아무래도 앞뒤가 맞지 않는 순간적 충동에 의한 행동이었음이 분명했던 것 같았다.

미영은 그만 피식하니 웃음이 흘러나오고 말았다. 그렇게 실없는 웃음을 흘리고 나니 미영은 이상스럽게 나른한, 그러면서도 또 한편으로는 이상스럽게 포근한 슬픔 같은 것이 자신의 몸속으로 흘러드는 기분이었다.

그러나 미영은 아직도 그런 기분 좋은 슬픔 같은 것에 자신을 내맡겨버려도 좋은 처지가 아니었다.

아직 갈 데가 없는 것이다. 금세 맘이 내키는 곳도 떠오르지 않는다. 하지만 언제까지나 지하도 입구에서 그러고 있을 수는 더욱 없는 일이었다. 어디로든 곧 발길을 옮겨 나서야 하는 것이다.

미영은 무턱대고 우선 지하도 아래로 몸을 디밀고 내려섰다. 지하도를 지나면서 좀더 생각을 가다듬어보자는 생각에서였다. 하지만 미영은 거기서도 금방 다시 망연한 기분에 싸이고 말았다. 지하도 한복판에서 이리저리 출입구가 갈라지고 있는 곳까지 이르자, 미영은 여기서도 또 그 갈라진 출입구 가운데서 어느 하나를 택해 그쪽으로 길을 잡아나가야 하게 되어 있었다.

그녀는 이제 짜증이 나고 말았다. 갑자기 지하도 바닥에 주저앉아 울음이라도 터뜨려버리고 싶을 만큼 심한 짜증이 가득가득 차오르고 있었다.

하지만 이날 오후 미영은 그런 짜증 속에서도 어떻게든 시간을 곧잘 견디어나가고 있었다.

잠시 후 그녀는 어찌 되었든 어느 한쪽의 지하도 출입구까지 걸어 나와 있었고, 거기서도 또 갈 곳이 마땅치 않기는 매한가지였으나, 그래도 어디론가 그녀는 제법 참을성 있게 발길을 옮겨나가고 있었다.

그리고 그러한 방황은 이후 근 한 시간 동안이나 미영을 어떤 달콤한 환상 속에서 좀처럼 헤어나질 못하게 만들어버리고 있었다.

그 환상이란 다른 것이 아니었다. 미영은 그렇게 복잡한 거리의 인파 속을 헤매고 있으면서, 자신이 지금 새하얀 의상으로 성장한 채 열심히 춤을 추고 돌아가고 있는 듯한 이상스런 착각에 사로잡히고 있었다. 눈부신 조명 아래 자기는 지금 어디선가 슬프도록 아름다운 선율로 자기를 홀려대고 있는 음악에 끌려, 한없이 춤을 춰나가고 있는 기분이었다. 그것은 참으로 느낌이 강렬한 환상이었다. 그리고 그 환상 속으로 깊이깊이 빠져들어가고 있던 미영은 드디어 거리의 모든 사람들이 주위에서 깡그리 사라져버리고, 자신은 지금 오직 그 눈부신 조명 아래 아름다운 멜로디에 끌려 한없이 춤을 춰나가고 있는 자신 외에 아무것도 다른 것은 의식할 수가 없게 되고 말았다.

미영으로 말하면 그러한 자기 환상은 이상스럽게 달콤한 것이었다. 그것은 어느 더운 여름날 오후 텅 빈 학교 운동장에서 찌는 듯한 햇볕 아래 혼자 트레이닝에 열중하고 있는 덕숙의 모습에서와 같은 기묘한 외로움이 배어 있었고, 그때의 그 덕숙에게서 느낄 수 있었던 슬프도록 아름다운 집념과 투지가 샘솟아 나는 듯싶었고, 그리고 그 모든 것은 이제 덕숙으로부터 자기에게로 돌아와 자기 자신의 어떤 달콤한 인생의 의미가 되어지고 있는 것만 같았다. 게다가 지금 미영이 듣고 있는 멜로디가 처음부터 끝까지 「백조의 호수」의 어느 한 대목이 틀림없다는 사실, 그리고 그래서 그녀가 지금 땀을 뻘뻘 흘리며 춤춰나가고 있는 것도 그 「백조의 호수」의 어느 한 장면에 틀림없다는 느낌이 그녀를 더욱 달콤하고 진한 감상에 젖게 하고 있는 것이다.

미영은 근 한 시간 동안이나 그런 환상 속에서 정신없이 거리를 헤매고 있었다. 그리고 그 한 시간쯤 후 그녀가 문득 자신의 환상에서 빠져나와 불현듯 발길을 머물러 선 것은 뜻밖에도 지훈이 하숙을 정하고 있는 동네의 한 거리 모퉁이에서였다.

미영은 놀라지 않을 수 없었다.

— 언제 내가 여기까지 오고 말았는가? 아니 그보다도 무엇 때

문에 내가 여길……

생각이 거기까지 미쳐오자 미영은 화닥닥 몸을 돌려 지훈의 하숙을 뒤로하고 다시 넓은 거리로 빠져나왔다.

— 어림도 없는 일이지. 하지만 지금쯤 덕숙이 년은 집엘 돌아와 있지 않을까.

거리도 되돌아 나온 미영은 그제서야 비로소 두 사람의 일이 궁금해지기 시작했다. 그리고 덕숙에게라도 전화를 한번 걸어보고 싶은 충동이 문득문득 가슴속에서 치솟아 올랐다.

하지만 덕숙에게 전화를 걸어보는 일 역시 지금의 미영으로서는 전혀 불가능한 일이었다. 생각만 해도 쑥스럽고 창피한 노릇이었다. 무엇보다도 우선 그녀의 자존심이 용납할 수가 없는 일이었다.

— 내가 지금 무슨 미친 생각을 하고 있는 거지?

미영은 스스로를 꾸짖으며 충동을 꾹꾹 눌러 참아나가고 있었다.

그러나 호기심이란 어쩌면 사람의 자존심보다도 더욱 강한 것인가. 그렇게 자신을 달래가며 꼿꼿하게 거리를 걸어나가고 있던 미영은 그러나 그 다짐이 미처 식어버리기도 전에, 아니 아직도 맘속으로는 똑같은 다짐을 끝없이 되풀이하면서도 결국 네거리의 한 전화박스 앞에 이르렀을 때는 자신도 모르게 그 조그만 유리 상자 속으로 홀린 듯이 발길을 디밀어 넣고 있는 것이었다.

미영은 전화박스 안으로 들어서고 나서도 다시 한 번 망설였다.

— 어쩌자고 내가 지금 여기를? 도대체 내가 지금 덕숙에게 무슨 말을 하겠다구?

하지만 이젠 어차피 내친걸음이었다. 전화박스를 그냥 되돌아

나온다는 것도 쑥스럽기는 매한가지였다. 자기보다는 둘이서만 뒤에 남게 된 지훈과 덕숙 들의 일이 그녀를 전화박스 안으로 밀어 넣어버린 것과 마찬가지로 그들에 대한 질긴 호기심과 궁금증이 그녀의 발길을 전화기 앞에 굳게 비끄러매어버리고 있었다.

미영은 잠시 마음을 가다듬고 나서 천천히 전화통의 다이얼을 돌리기 시작했다. 덕숙이네 전화번호는 평소부터 머릿속에 외어두고 있던 것이었다. 그래 그랬던지 미영의 손가락은 한번 동작을 시작하자 마치 그 손가락 자체가 스스로의 의지를 지닌 생물체처럼 미영의 의식과는 아무 상관도 없이 저 혼자서 일곱 개의 버튼을 연속해 눌러나가고 있었다.

미영의 검지손가락이 그 일곱번째 동작을 끝내고 나자 수화기에서는 이내 신호 가는 소리가 흘러나왔다. 미영은 공연히 다시 가슴이 두근거려오기 시작했다.

— 이 전화 혹시 고장이 아닐까?

문득 그런 생각이 들어올 지경이었다. 공중전화들은 흔히 혼선이 되기 쉽다는 생각이 떠올라서, 차라리 이번에는 그런 혼선이라도 일어나주지 않나 싶은 심경이었다. 그러나 만약 그 전화기가 고장이 아니라고 해도 이제 와서 미영은 달리 어쩔 수가 없었다. 그녀는 마치 이러지도 저러지도 못할 위험스런 폭발물을 손에 쥐고 서 있는 사람 같았다. 조심스럽게 수화기를 귀에 댄 채, 겁에 질려 굳어진 듯 꼼짝도 않고 서서 수화기에서 흘러나오는 신호 소리를 듣고 있었다.

"여보세요."

신호 소리가 몇 차례 더 계속되고 나서야 상대편에서는 겨우 응답이 왔다.

"여보세요."

하지만 미영은 수화기에서 그 상대방의 목소리가 흘러나오자 더욱더 표정이 굳어져버리고 말았다. 얼핏 무슨 대꾸를 보낼 엄두도 내보려는 기색이 없었다.

"여보세요."

"……"

전화기는 물론 고장이 아니었다. 도중에서 혼선이 일어나지도 않았다. 뿐만 아니라 지금 전화선 저쪽에서 이상스럽다는 듯 "여보세요"를 되풀이하고 있는 사람은 용케도 미영이 통화를 원했던 바로 그 덕숙이었다. 하지만 미영은 하고많은 식구들 중에 하필 그 덕숙이 냉큼 전화를 받고 나서는 것이 오히려 얄궂게만 느껴지고 있었다. 그리고 까닭 없이 난처스러웠다. 미영은 묵묵부답이었다. 대답은커녕 전화를 건 쪽이 누구라는 것을 들키기라도 할까 두려운 듯 숨소리까지 꼴깍 삼켜버리고 있었다.

"여보세요, 여보세요……"

덕숙의 목소리는 한두 차례 더 "여보세요"를 불러대더니 드디어는 별 싱거운 일이 다 있다 싶은지 예정 없이 불쑥 수화기 속으로 사라져 들어가버렸다. 전화를 끊어버린 것이다.

후—

미영은 그제서야 조금 안심이 되는 듯 가늘게 한숨을 내쉬었다. 그리고는 이미 통화가 끊겨버린 수화기를, 그러나 아직도 어딘지

위험스런 데가 남아 있는 물건을 다루듯 한참 만에야 천천히 전화
통 위로 올려놓았다.

공중전화 박스를 걸어 나온 미영은 이번에야말로 정말 집으로밖
에는 돌아갈 데가 없었다. 그녀는 사람들 사이를 헤치고 천천히 집
쪽을 향해 걷기 시작했다. 차를 타고 싶은 생각도 없었다. 사람들
사이에 가만히 끼어 서 있기가 싫었다. 게다가 이젠 차를 타지 않
아도 그럭저럭 걸을 수 있을 만큼 집까지의 거리가 가까워져 있었
다. 그사이 그만큼 길거리를 헤매고 있었던 탓이기도 하지만, 이날
의 미영에게는 웬만한 거리쯤 멀게 느껴질 수가 없었던 것이다.

미영은 하염없는 심경으로 발길을 옮겨나갔다. 한참을 그렇게
걷다 보니 그녀는 갑자기 이마 근처가 서늘해오는 느낌이었다. 이
마에서 땀이 식고 있는 것 같았다. 그녀는 손수건을 꺼내어 이마
를 훔쳐냈다.

문득 눈물이 나올 것 같은 기분이었다. 그러나 이번에는 아까처
럼 달콤한 설움기 같은 것을 느낄 수는 없었다. 춤을 춰나가고 있
는 자기 환상도 멜로디의 환청도 없었다. 몸이 으슬으슬 추워올
만큼 삭막한 기분뿐이었다. 자신의 몸무게를 하나도 느낄 수 없고
그래서 지금 그녀는 허공을 둥둥 떠가고 있는 것 같은 허허한 기
분이었다.

미영은 참을 수가 없었다. 불현듯 그녀는 걸음을 빨리하기 시작
했다. 자신의 몸무게를 좀더 확실하게 느껴보고 싶었다. 무엇보다
도 그 으슬으슬한 한기를 쫓아버리고 싶었다.

— 이상하구나. 벌써 감기가 생길 철도 아닌데.

걸음을 빨리해서 땀이라도 다시 흘려야겠다고 생각했다. 그녀는
달아나는 멜로디의 환청을 쫓듯 어느새 숨을 헐떡거리기 시작했다.
그러나 이상한 일이었다. 아무리 걸음을 빨리해도 도대체 그녀
는 이제 다시 자신의 몸무게를 느낄 수가 없었다. 발길이 자꾸 허
공을 내딛고 있는 것처럼 허전스러웠다. 으슬으슬한 한기도 쉽사
리 물러가줄 것 같지 않았다. 몸이 자꾸 더 메마르고 삭막스러워
져갔다. 뿐만 아니라 그 달콤한 멜로디의 환청, 「백조의 호수」는
안타깝게도 자꾸 더 멀리로만 달아나버리고 있었다.
미영은 그러면 그럴수록 기를 쓰며 달아나는 멜로디의 환청을
쫓아 발길을 재촉해대고 있었다.
미영이 신당동 집까지 이른 것은 어느덧 하루의 태양이 낙조를
서두르고 있을 때였다. 그녀가 간신히 대문을 들어섰을 때는 풀기
가 하나도 없는 볕 조각 몇 방울이 그녀의 방문 앞 마루 끝에 볼품
없이 흘러 묻어 있을 뿐이었다.
그것을 보자 미영은 이상스럽게 가슴속이 다시 황량스러워졌다.
주위가 온통 견딜 수 없이 쓸쓸했다. 그리고 알 수 없는 절망감 같
은 것이 금세라도 그녀를 폭삭 주저앉혀버릴 것처럼 무겁게 엄습
해왔다.
집 안에 사람이라도 좀 있었으면 좋겠는데, 웬일인지 이날은 어
머니마저 외출 중이었다. 아버지는 물론 아직 돌아와 계실 시간이
아니었다. 아니 미영의 절망감은 어쩌면 바로 그 부재중인 식구들
때문에 시작된 것 같기도 했다. 미영은 그 어머니가 무척도 원망
스러웠다.

하지만 미영이 대문을 들어서고 나서 또다시 알 수 없는 절망감에 빠지기 시작한 것은 우연히 외출 중인 어머니나 아직도 바깥일에서 돌아와 계시지 않는 아버지 때문이 아니라는 것이 이내 밝혀졌다. 미영은 스스로 그것을 깨달았다. 그것은 미영이 자기 방으로 들어서고 나서 마치 거리에서 잃어버린 멜로디를 다시 찾아내려고 하듯 조급하게 녹음테이프를 걸고 났을 때였다.

어둑어둑해오기 시작한 방 안을 환상처럼 달콤한 선율이 조용히 울려 퍼지기 시작하자, 그녀는 지금까지의 그 황량한 절망감이 어떤 포근한 그리움 같은 것으로 서서히 젖어 들어가고 있음을 느꼈다. 그러다가 미영은 문득 그것을 깨달은 것이다.

미영의 절망감은 바로 지훈 때문이었다. 지훈이 먼저 집으로 찾아와 그녀를 기다려주고 있지 않았기 때문이었다.

미영이 공중전화 박스를 나서면서부터 갑자기 으슬으슬한 한기를 느끼기 시작한 것은 물론 사실이었다. 그리고 그 한기를 쫓기 위해서 미영이 멀어져가는 선율을 쫓아 정신없이 발걸음을 재촉해댄 것도 분명한 사실이었다.

그러나 미영은 알고 있었다. 언젠가 지훈이 그의 강원도 여행 중에서 꿈결처럼 「백조의 호수」의 멜로디를 듣고 나서 문득 미영이 그리워졌노라는 말을 적어 보낸 후로 미영은 거꾸로 그 멜로디에서 자주 지훈을 느끼게 되어버린 사실을 말이다. 미영이 부지런히 그 멜로디를 좇아 헤맨 것은, 그리고 자기 방을 들어서자마자 그 「백조의 호수」 속으로 빠져들어가고 싶어진 것은 역설적이긴 하지만 그런 식으로나마 그녀가 지훈을 느끼고 싶어진 증거가 분명했다.

그런 미영이 행여 지훈이 먼저 집으로 찾아와서 자기를 기다려
주지나 않나 기대를 품어본 것은 무리가 아니었다. 이제 와서 미
영은 솔직하게 그런 자신을 인정하지 않을 수 없었다. 혹시 그때
는 자신의 의식 속에서 그것을 구분해낼 수 없었다 해도 적어도 그
런 은근한 느낌을 지니고 있었다는 점만은 부인할 수가 없었다.
부인할 필요도 없었고 또 부인하고 싶지도 않았다.

그러나 하여튼 지훈은 미영의 희망대로는 되어주지 않았다. 그
녀가 절망감을 느끼게 된 것은 바로 그 때문이었다.

— 하긴 지훈 오빠가 날 찾아와서 기다릴 일이 있을 리 없지.

미영은 어두컴컴한 방 안 침대 위에 걸터앉아 불을 켤 생각도 않
고 상념을 이어가고 있었다.

— 그렇다면 난 뭔가. 난 지훈 오빨 고대할 이유가 있단 말인가.
뭣 때문에? 덕숙과의 일이 어떻게 되었는지 그게 알고 싶어서? 아
니면 지훈 오빠에게서 무슨 위로나 동정을 얻어내고 싶어선가……
흥, 어림도 없는 수작이지……

미영의 상념은 이제 어떤 열기로 방 안을 가득가득 채워나가고
있는 연주음 속으로 서서히 맥을 잃고 녹아들어가고 있었다. 그리
고 미영은 마침내 그 황홀한 선율 속으로 한 마리 슬픈 백조가 되
어 하염없이 하염없이 춤을 춰나가기 시작했다.

이날 밤 일이었다.

미영은 이날 저녁 식사를 마치고 잠자리에 들어서도 계속 그 「백

조의 호수」를 환청하고 있었고 꿈속에서까지도 땀을 뻘뻘 흘리며
그 아름다운 선율을 춤춰나가고 있었는데 어느 때쯤 되어서였을
까, 이 가엾은 백조의 잠자리 주위에는 뜻밖에도 이상한 일이 벌
어져 있었던 것이다.

"여보, 이 애가 아무래도 심상칠 않군요. 열이 보통이 아니에요."

"글쎄, 누가 열이 있는 줄을 모르나. 저렇게 땀을 흘리고 있지
않소? 어서 빨리 정신이나 들게 좀 잠을 깨워봐요."

"이렇게 흔들어대도 어디 잠을 깨려고 합니까. 자꾸만 헛소리뿐
이 아니에요."

"하지만 어떻든 잠을 깨서 정신이 들고 나야 의사를 부르든지
병원엘 데리고 가보든지 할 게 아니오."

"미영아, 애 미영아 미영아……"

어머니와 아버지가 머리맡에서 주고받은 말들이었다. 두 분이
언제부터 거기서 그러고 있었는지 알 수가 없었다. 그리고 미영은
언제 어떻게 해서 자기가 두 분의 이야기를 눈을 감은 채 엿듣고
있었는지 알 수가 없었다. 그러나 미영은 어떻든 이제 정신이 들
어 있었다. 그리고 두 분의 말씀이 지금 무얼 두고 하는 얘기들인
지도 분명히 알고 있었다. 그것은 미영 자신도 정신이 드는 순간
부터 분명하게 느낄 수 있는 사실이었다.

그녀는 온몸이 불덩어리처럼 뜨거운 열기에 휩싸여 있었다. 뿐
만 아니라 그녀의 가슴팍과 등짝들은 한증막 속에라도 들어앉아
있는 것처럼 온통 땀으로 뒤범벅이 되어 있었다. 머리가 깨어질
것처럼 아프고 열 때문엔지 목구멍 속에서는 메슥메슥 구토증마저

스멀거리고 있었다.

헛소리를 하며, 몇 번씩 몸을 흔들어 깨우시는 어머니의 손길마
저 의식하지 못한 모양이었다.

병이 난 게 분명했다. 병치고도 땀이나 좀 흘리고 말 정도는 아
닌 심각한 증세였다.

미영은 이제 자기의 증상이나 곁에 계신 부모님들의 걱정을 분
명하게 의식하면서도 어쩐지 선뜻 눈을 뜨고 나서기가 두려워지고
있었다. 쑥스럽고 부끄러운 일만 같았다. 그보다도 두 분 어른들
께 까닭 없이 죄송스런 생각이 들기도 했다. 그래 미영은 아직도
한동안 더 그렇게 눈을 감은 채 어른들의 기척을 살피고 있었다.

"미영아, 애 미영아, 아이 이를 어쩌나. 이렇게 정신을 차릴 수
조차 없으니…… 한데 지금 시간은 도대체 얼마나 되었어요?"

어머니는 계속 미영을 불러대다 말고 초조한 듯 시간을 물으신다.

"3시를 조금 넘었소. 3시 15분."

아버지의 대답.

"그럼, 병원엔 찾아가봐야 소용이 없겠군요."

"……"

"이 시간엔 의사를 불러봐야 와줄 의사가 있을 리도 없겠구……"

"말 좀 해보세요. 그렇다고 이대로 그냥 아침까지 기다리고만
있을 순 없지 않아요."

어머니는 자문자답을 하다가 아무 말도 없으신 아버지가 답답해
죽겠다는 듯 다그치신다. 하지만 아버지라고 별 뾰죽한 수가 있으
실 리 없다.

"어디 말이 하기 싫어서 이러고 있는 거요. 방법이 떠오르지 않아 그러는 거지."

짜증기가 어린 아버지의 대꾸.

"하지만 아침까지 그냥 이대로 기다리고 있을 수는 없지. 참 당신, 집에 어디 해열제 같은 거라도 사다 놓은 거 없소? 우선 열이라도 좀 내려줘야지, 이거."

"아스피린은 몇 알 사둔 게 있어요. 하지만 얘가 정신이라도 좀 들어야지요, 글쎄. 얘 미영아, 미영아……"

어머니가 다시 몸을 세차게 흔들어대신다.

미영은 더 이상 모른 체하고 있을 수가 없었다. 그녀는 방금 어머니의 소리에 잠이 깬 듯 몸을 한번 뒤척이고 나서는 부시시 눈을 떴다.

밝은 형광등빛이 아프도록 눈알을 후벼 파고 들어왔다.

두 알의 아스피린과 물수건으로 미영은 결국 아침을 맞게 되었다. 그러나 아스피린이나 물수건은 물론 미영이 밤을 견디는 데 별로 도움을 주지는 못했다. 열은 내려설 줄을 몰랐고, 그 열로 인한 구역질과 두통은 아침까지도 여전했다.

아침이 되자마자 어머니는 집으로 의사를 불러왔다.

의사는 곧 진찰을 시작했다. 열을 재고 맥박과 혈압을 검사했다. 물론 청진기도 사용했다. 그리고 나서 의사는 간단히 진단을 내렸다.

"급성폐렴 같습니다. 우선 응급조치를 취해드릴 테니 환자를 곧 병원으로 옮기도록 하는 게 좋겠습니다."

그리고는 함께 온 간호원으로 하여금 연거푸 두 대나 주사를 놓게 하고 나서 의사는 곧 병원으로 돌아가버렸다.

"병원 차를 이용할 수 없겠습니까?"

"앰뷸런스 말씀이지요? 차가 한 대뿐인데 지금은 마침 다른 급한 수술 환자가 있어서 그 한 대마저 병원을 나가고 없군요."

"그럼……"

"가까우니까 아무 차나 이용하시죠. 뭣하면 그냥 누가 업고 오셔도 상관없구. 하지만 환자는 좀 급히 옮겨 와주셔야겠습니다."

"알겠습니다."

방문 앞에서 의사와 헤어지고 돌아들어온 아버지의 표정은 여간 침울해 보이지가 않았다. 그것은 물론 미영이 타고 갈 차편 걱정 때문은 아니었다. 미영에게 내려진 의사의 반갑지 않은 진단 때문이었다. 그리고 그런 점에서는 미영의 어머니가 좀더 상심한 얼굴이 되어 있는 것도 무리가 아니었다.

미영은 그런 부모님들의 표정과는 상관없이 일이 좀 어이없게 되어버린 것 같은 느낌이 들고 있었다. 아직도 그 신비스런 멜로디의 환청은 귓전에서 끊임없이 메아리치고 있는 것 같았고, 정신을 차릴 수 없을 만큼 신열도 심하게 솟아오르고 있었다. 하지만 그녀는 될 수만 있으면 그 모든 것을 견뎌 이기고 자리를 차고 일어나버리고 싶었다.

— 그럼 어제 그 으슬으슬한 한기가 병세의 시초였단 말인가.

만약 그것이 사실이라면 미영은 전날 하루 종일 그 병을 짓기 위해 그처럼 열심히 거리를 헤매고 다닌 셈이 되는 것이다. 어이가

없는 일이었다. 그런 자신에게 짜증이 나지 않을 수 없었다. 그것
은 뭐 폐렴이라는 진단이 두려워져서만은 아니었다. 무엇보다도
우선은 학교를 빠진다는 것이 싫었다. 미영은 지금까지 결석이라
는 걸 한 번도 해본 일이 없었기 때문에, 덮어놓고 이 첫번의 결석
에 대해서는 어떤 꺼림칙한 느낌을 아니 가질 수 없었지만, 그보
다도 그녀의 이번 결석은 여러 가지로 거북한 일들을 뒤따라 물고
들어올 것 같은 느낌이 들고 있었던 것이다.

우선 덕숙을 그런 식으로 만나고 나서 바로 초라한 병객이 되어
버린 것만 해도 미영은 여간 기분이 언짢지 않았다. 하물며 그 덕
숙을 만나고 나서 얼마나 정신없이 거리를 헤매었고 그러다가 이
런 꼴이 되어버렸는가를 생각하면 얼굴까지 붉어져오는 판이었다.
학교를 안 나가고 보면 아마 누구보다도 먼저 그 덕숙이 집을 찾
아올 게 틀림없었다. 뿐만 아니라 덕숙이 일단 미영 자기의 처지를
알고 나면, 그녀는 자기도 모르게 혼자 의기양양해져서, 그러나 아
주 근심스런 표정으로 전날의 이야기를 다른 친구들에게 이야기해
버릴 수도 있었다. 어떤 식으로 두 사람이 헤어졌는지는 아직 알
길이 없지만 지훈에게도 덕숙은 사정을 귀띔해줄 공산이 컸다.

— 도대체 이런 몰골로 어떻게 그 덕숙을, 지훈을, 친구들을, 그
리고 그 모든 사람들의 동정스런 눈초리를 견딜 수가 있단 말인가.

미영은 도대체 학교만은 빠지고 싶지가 않았다.

그러나 미영은 물론 그렇게 될 수는 없었다. 그녀는 병원으로
가야 했다. 그것도 아침조차 먹지 못한 채 서둘러서 그렇게 해야
했다.

"엄마, 나 학교엔 아무 말도 하지 말아줘. 누구에게 병원을 가르쳐주지두 말구. 나 아무하고도 만나기 싫으니까 말야. 아프니까 사람을 만나는 게 귀찮아. 친구들이고 누구구 모두모두 그래."

양쪽에서 아버지와 어머니의 부축을 받아가며 병원 문을 들어서다 말고 미영은 애원조로 간신히 그런 말을 어머니에게 말씀드릴 수 있었을 뿐이었다.

"원, 애두 별걱정을 다 하는구나. 애들이 좀 오면 어떻구 안 오면 어떻다구. 하지만 그게 정 그렇게 귀찮다면 학교에 알리는 건 그만두자꾸나."

"연락을 해놓지 않으면 학교에서 공연한 걱정들을 하라구. 그리고 오후에라도 우리 미영이 친구들이 궁금해서 찾아오지 않을 리가 있나."

하지만 미영의 간청에 대해서 두 분 말씀이 이러고 보면, 그것마저도 미영의 희망대로 되어질지 어떨지는 알 수가 없는 노릇이었다. 그러고 보니 미영으로서는 이제 모든 것을 체념하고, 부모님들이 자기의 이상스런 친구 기피증을 눈치채지 못하고 지나치신 것이나 다행으로 여겨야 할 판이었다.

병원에서는 또 한 차례 정밀 진찰이 실시되었다. 정밀 진찰이라야 아침에 집에서 받은 것과 별다른 것이 없었지만 그러나 좀더 시간이 걸리고 진찰 도구나 방법도 한두 가지는 더 동원되는 것 같았다.

하지만 이번 진찰 결과도 역시 마찬가지였다. 폐렴이 틀림없다는 것이었다. 그러나 여기서는 미영에게 다시 별다른 치료가 행해지지는 않았다. 단 한 대의 주사를 추가해서 놓아주고는 곧 병실로 자리를 옮겨 가게 했다.

병실로 돌아와서는 간호원이 가져다준 얼음주머니를 머리에 얹은 채 가만히 눈을 감고 누워 있어야 했다. 잘 수 있으면 잠이라도 좀 자도록 해보라는 것이었다. 무엇보다도 폐렴은 열이 빨리 내려야 하며 열이 내리도록 하는 것은 시간과의 싸움 같은 것이라고, 될 수 있으면 편안한 상태에서 그 시간을 견디라는 것이었다. 아닌 게 아니라 어머니는 그 말이 옳다 싶었던지 어떻게든 미영이 잠을 들게 해주려고 애를 쓰고 계셨다. 아버지가 잠시 바깥을 다녀오시겠다고 입원실을 나가시고 난 후로는 숨소리 하나 내시지 않고 조용히 미영을 지켜보고 계셨다.

그러나 미영은 물론 그렇게 쉽게 잠이 들 수는 없었다.

눈을 감자마자 그녀는 금세 잠이 든 것 같기는 했다. 하지만 그것은 정말 잠이라고는 할 수 없었다. 눈을 감자마자 그녀는 이내 꿈을 꾸기 시작한 것이다. 물론 그「백조의 호수」의 멜로디와 그 멜로디에 맞추어 춤춰나가는 자신의 눈부시게 하얀 모습을 말이다.

그러다가 그녀는 문득 다시 전날의 거리를 헤매기 시작하는가 하면 느닷없이 가까워진 선율에 놀라 번쩍 눈을 뜨게 되곤 하는 것이었다.

그러면 어느 순간엔가 그녀의 온몸은 다시 땀으로 목욕을 하고 있곤 했다.

그것은 잠이라고 할 수가 없었다. 꿈이라고 할 수도 없었다.

환상과 꿈과 그런 것이 한데 뒤섞인 어떤 다른 것 속을 그녀는 땀에 젖어 헤매 다니고 있는 것이었다.

그리고 그런 식으로 이상스럽게 불안한 시간은 차츰 정오를 향해 흐르고 있었다.

미영은 오정이 될 때까지도 전혀 열이 내리는 기색이 없었다. 꿈인지 환상인지 모를 그 「백조의 호수」의 멜로디와, 그것을 좇아 끝없이 거리를 춤춰나가는 자신의 슬프도록 아름다운 모습도 좀처럼 망막에서 떠나가주질 않았다.

그것은 참으로 괴롭고 불안스러운 시간이었다. 미영에게서 열이 내리도록 하는 것은 무슨 시간과의 싸움 같은 것이라고 했지만 정말로 그런 환상 속의 시간은 미영을 지치게 하고 있었다.

뿐만 아니라 미영에겐 그 시간과의 싸움이라는 것이 단순히 열이 내리는 것하고만 상관되어 있는 것 같지도 않았다.

바깥에 다니러 나가셨던 아버지가 다시 돌아오시고, 그리고 어느덧 오정 때가 지나고 나자, 이제 미영은 그만큼 무사한 시간이 흐른 것하고는 아무 상관도 없이, 아니 오히려 그렇게 지나간 시간들이 어느 한 지점으로 압축되어 금세 폭발이라도 하고 말 것 같은 이상스런 불안감 속으로 그녀는 쉴 새 없이 가라앉아가고 있는 것이었다. 그리고 이때부터 그녀는 어떤 새로운 환각 때문에 더욱 더 시달림을 당하고 있는 것이었다.

눈만 감으면 미영은 이상하게도 금방 자기 주위에 사람들이 빙 둘러서 있는 듯한 착각 속으로 빠져들곤 하였다. 그리고 미영 자신은 말도 없이 묵묵히 자기를 내려다보고 서 있는 그 사람들 아래

누워서, 무엇인가 땀을 뻘뻘 흘리면서 애를 쓰고 있는 기분이 되곤 하는 것이었다. 주위에 둘러선 사람들의 얼굴은 누가 누구인지도 모를 만큼 희미한 모습들이었지만, 어찌 보면 그것은 덕숙이나 '무지개 클럽' 친구들 같기도 했고, 또 어찌 보면 담임 선생님이나 송지훈, 또 심지어는 그 지훈으로부터 잠깐 소개를 받은 강문수라는 청년의 그것처럼 보여지는 때도 있었다.

허나 그것은 분명한 환각이었다. 미영이 답답해서 눈을 번쩍 떠보면 방금까지 그녀의 주위를 둘러싸고 서 있던 환각의 얼굴들은 일시에 방 안에서 자취를 감춰버리고, 거기에는 대신 어머니의 끝없이 근심스러운 눈길과 인자한 아버지의 모습이 나타나곤 하는 것이었다.

그러나 미영이 다시 눈을 감으면 모습을 감췄던 그 환각의 인물들은 도깨비 떼처럼 우루루 다시 몰려들어와서 그녀의 주위를 둘러싸버리곤 했다.

미영은 견딜 수가 없었다. 그리고 불안했다. 도깨비 떼처럼 불길한 환상이 미영을 그렇게 불안스럽게 만들고 있는 것이다.

하지만 그 불안감의 진짜 정체는 무엇인가. 미영은 당장 그것을 알아낼 수가 없었다. 물론 알아내려고 하지도 않았다. 그러나 미영은 이날 안으로 그것을 결국 알아낼 수가 있었다. 제풀에 그것이 깨달아지고 만 것이다.

그것은 미영 자신이 그녀의 주위를 둘러싸고 선 사람들 앞에서 누구누구로 보인 사람들을, 또는 그중의 어떤 한 사람을 그처럼 자신도 모르게 은밀히 고대하고 있었기 때문이었다.

눈만 감으면 미영은 자꾸 사람들이 주위를 둘러싸고 서는 환상
에 빠지고, 그런 환상으로 인해 그녀가 더욱더 깊은 불안감에 휩
싸이게 된 것은 사실인즉 바로 그 사람들이 이 병원엘 나타나지나
않을까 하는 미영이 자신의 조바심 때문이었다. 미영은 전날 일이
있는 데다가, 그런 엉뚱스런 일로 해서 병까지 얻어 앓게 된 자신
이 무척이나 초라하고 못나 보였다. 이런 초라한 모습으로 친구들
이고 누구고 도저히 면대를 하고 나설 용기가 나지 않았고 아무도
자기를 간섭해오지 않았으면 싶었다. 아무도 병원을 찾아와주지
말았으면 싶었다. 전날 일을 알고 있는 덕숙은 말할 것도 없고, 어
쩌면 그 덕숙으로부터 사실을 전해 들었을지 모르는 학교 친구들
도 물론 마찬가지였다. 행여나 그들 중에 누가 병원을 찾아오지나
않을까 두려움이 치솟곤 했다. 그리고 그것 때문에 미영은 그 불
안스런 환상이 계속되고 있는 것이다.
　하지만 그렇다고 미영은 정말로 친구들을 싫어하게 되어버린 것
일까. 그녀의 불안은 정말로 그녀의 친구들이 병원을 찾아올지도
모른다는 두려움 때문이었을까. 그렇지는 않았다. 왜냐하면 그녀
들이 이날 오후 정말 병원으로 미영을 찾아왔을 때 그녀는 조금도
이 아가씨들에 대해서는 두려움을 느낄 수가 없었고, 오히려 기다
리던 사람을 찾게 된 것처럼 반갑기만 했던 것이다. 자신이 초라
하다는 느낌은커녕 지금까지 그런 느낌 때문에 마음속에 소용돌
이치고 있던 불안감 같은 건 전혀 다른 사람 탓으로만 여겨지고
있었다.
　아니 이야기를 좀더 차근차근 해나가자.

이날 오후 미영의 학교 친구들은 미영이 어떤 생각을 하고 있었든 정말로 병원까지 그녀를 찾아왔던 것이다. 물론 학교가 파한 뒤였다.

미영은 이때도 그 친구들인지 누군지 분명치 않은 사람들의 환각에 빠져 실컷 시달림을 받고 있는 중이었다. 그런 환각 속에서도 미영은 잠시잠시 진짜 잠이 드는 순간이 있었던 모양이었다.

어느 땐가는 이상하게 주위가 조용한 것 같은 느낌이 들어 눈을 떠보니, 아 거기에는 방금 환각 속에서처럼 진짜 사람들의 얼굴들이 그녀의 침대 주위에 빙 둘러서서 자기를 내려다보고 있지 않은가. 미영은 아직도 그것이 환상 속의 정경인 양 멍한 시선으로 한참 동안 그들을 쳐다보고만 있었다. 하지만 그것이 아무리 보아도 환각 속의 도깨비 떼는 아니었다. 그들은 바로 빨숙이 파숙이 초주 남진이…… 들의 모습이 분명했다. 미영은 앓던 것도 잊은 듯 슬그머니 입가에서 미소가 번져 나왔다. 무턱대고 반갑고 고마워지기부터 했다. 두려움 같은 건 털끝만큼도 남아 있지 않았다.

"젠장! 담임 선생님은 단풍놀이나 간 줄 알고, 오늘 중에 기어코 학교까지 잡아들이라시던데 우리 막내 공주님은 하필 이런 데 와 드러누워 계시니 어떡허지?"

미영이 정신이 드는 것을 보자, 지금까지는 휘파람이라도 불고 싶은 표정으로 우울하게 천장을 쳐다보고 있던 덕숙이 재빨리 농담조로 말했다. 그런 덕숙의 말도 미영으로서는 이제 전혀 적의가 느껴지질 않았다.

"오늘 니네 담임 선생님께서 얼마나 널 궁금해하셨다구."

"담임 선생님뿐야? 무용 선생님은 어떠시구."

"그래서 우린 정말 단풍놀이라도 간 줄 알구 제꺽 널 붙들어다 대령시키려구 집엘 찾아갔지 뭐야. 한데 이게 뭐야그래……"

제각기 일부러 농담들을 섞어가며 한마디씩 거들고 나서는 아가 씨들 역시 한결같이 티가 없고 고마운 마음씨뿐이었다.

미영은 한결 더 마음이 가벼워졌다.

"무용 선생님은 왜 갑자기 날 찾으신다던?"

제법 여유마저 생기고 있었다.

"저게 선생님들이 널 찾아오랬다니까 정말 우리가 그래서 니네 집까지 찾아간 줄 아니? 언니들이 막내 걱정한 건 생각지두 않아?"

덕숙이 다시 핀잔을 주는 시늉이다.

"하지만 선생님들이 널 찾으신 건 정말이야. 가을에 무슨 무용 콩쿨이 있다면서? M대학 주최라던가? 아마 그걸 준비시키려고 그러시는 모양이야."

다시 자상하게 일러준다.

"그래도 병원 침대에 누워서야 춤출 수 있어? 빨리 몸이 회복되고 나야지."

"괜찮겠지 뭐. 폐렴이 뭐 고질병인가."

"괜찮고 말고가 어딨어. 열만 내리면 그만이라잖아."

다른 친구들이 다시 제각기 한마디씩 거든다. 모두들 미영을 은근히 위로해주고 싶어 하는 투들이다.

"하긴 덕숙이 같은 쇠말뚝이 앓아누웠담 회복이 더욱 빨랐을걸 그랬지. 하필 우리 착한 막내 아가씨가 아파서 말야."

"요거 말버릇 좀 봐. 그럼 나보구 대신 앓아누우란 말야? 그러다 니네들이 앓을 때마다 차례차례로 나는 맨날 침대 신세만 지게? 하기야 우리 막내 아가씨는 워낙 착하니까 한번쯤은 내가 대신 앓아줄 용의가 있지만서두……"

미영은 눈이라도 감아버리지 않고는 견딜 수 없을 만큼 기분이 훈훈해지고 있었다.

그러나 미영의 기분이 좀 나아진 것은 덕숙이 들이 곁에 있어줄 때뿐이었다. 친구들이 돌아가버리고 나자 그녀는 다시 머릿속이 어수선해지기 시작했다. 한동안 잊고 있던 체열도 다시 고개를 들기 시작하는 것 같았다.

눈을 감으면 누군가가 또 슬그머니 그녀의 침대 곁으로 다가와서 그녀를 내려다보고 있는 듯한 착각이 일곤 했다. 아닌 게 아니라 미영의 침대맡엔 이제나저제나 늘 그녀의 어머니가 걱정스럽게 딸의 병세를 지켜보고 있기는 했다. 그러나 환각 속의 그림자는 물론 그 어머니의 모습뿐만 아니라 그것은 이제 덕숙이 들의 그것도 아니었다. 그러면서도 그것은 아까보다 더욱 미영을 괴롭혀 들고 있었다. 안타깝도록 그녀를 불안하게 만들고 있었다.

하지만 미영은 끝끝내 그 환각의 주인공을 찾아내고야 말았다. 어느 때쯤 되었을까. 미영은 아직도 혼몽한 의식 속에서 자꾸 그 그림자에 쫓기고 있었는데, 어느 순간 그것은 너무도 역력하게 지훈의 그것으로 모습이 지어져 있는 게 아닌가.

미영은 깜짝 놀랐다. 아니 깜짝 놀라질 만큼 반가웠다. 모습이 드러나기 전까지의 그 불안스런 느낌은 일시에 흔적도 없이 사라

176

져버렸다.

— 지훈 오빠였구나.

미영은 눈을 번쩍 뜨고 말았다. 하지만 거기에는 물론 지훈이
와 있을 리가 없었다. 지훈 대신 어머니의 걱정스런 눈길이 그녀
를 내려다보고 있었다. 그리고 그 어머니의 어깨 너머로는 덕숙이
들이 꽂아놓고 간 백합꽃 몇 송이가 쓸쓸히 방 안의 정적을 지키고
있었다.

미영은 문득 눈물이 나올 것 같은 느낌이었다. 그리고 여태까지
자기는 그 지훈을 기다리고 있었다는 사실이 분명하게 깨달아졌다.

그렇다. 그녀는 여태까지 그 지훈을 기다리고 있었던 것이다.
눈만 감으면 그녀의 침대 곁으로 다가와 있던 그 환각 속의 불안
한 그림자는 지훈의 그것이었다. 그것은 미영이 자기의 초라한 모
습을 보이기 싫어, 행여 누군가가 병실엘 나타나지 않을까, 두려
워하고 있었기 때문에 생긴 환각이라 했다. 미영도 사실은 그렇게
생각하고 있었다. 그러나 그것은 덕숙이 들이 다녀간 다음에도 여
전히 미영의 환각 속에서 사라져가 주지를 않았다. 그렇다면 미영
이 나타나주지 말았으면 하고 바란 것이 덕숙이 들이 아닌 것은 분
명해진 셈이었다. 그리고 끝내는 그 그림자의 모습이 지훈의 그것
으로 밝혀진 것으로 보아 미영에게 두려움을 주어온 인물이 바로
지훈 그였다는 것도 이제는 분명해진 것이었다.

그렇다면 미영은 그 지훈이 자기의 병실을 찾을까 싶어서 정말
로 그것을 두려워한 것인가. 지훈을 대하기가 정말로 그렇게 싫은
것인가. 그래서 그 환각 속의 그림자로부터 그처럼 불안기를 느껴

왔던 것인가.

아니다. 오히려 그 반대였다. 미영은 지훈을 기다리고 있었다. 안타깝도록 기다리고 있었다. 오히려 미영은 너무도 안타깝게 그를 기다리고 있었고, 그의 위로를 받고 싶었기 때문에, 그리고 그런 소망에도 불구하고 도저히 그가 나타나주지 않으리라는 절망감 때문에 거꾸로 그의 출현이 두려움으로 바뀌어져버렸다고 하는 편이 옳을 것이다.

뿐만 아니라 지훈에 대한 미영의 감정은 ─ 미영에 대한 지훈의 그것도 마찬가지였지만 ─ 언제나 그렇게 역설적이었던 것이 사실이었음에랴.

그러나 이제는 어떻든 미영 자신이 모든 것을 깨달은 것이다.

미영은 다시 눈을 감아버렸다. 지훈이 절대로 나타나줄 리 없다고 생각하자, 그리고 그런 지훈을 아무도 모르게 혼자 고대하고 있었던 자신을 생각하자 그녀는 문득 다시 눈물이 솟을 것 같았다. 게다가 그녀는 지금까지 가엾은 어머니를 속여오고 있었던 듯한 생각이 들어 더 이상 그 어머니의 눈길을 견디기가 송구스러워지고 말았던 것이다.

그러나 미영은 눈을 감는 것만으로 복받쳐 오르는 감정을 억누를 수가 없었다.

"미안해요, 엄마!"

이윽고 그녀는 자신도 뜻을 잘 알 수 없는 말을 지껄이고 나서 가만히 어머니의 손을 더듬었다. 여전히 눈을 감은 채였다. 그러나 미영이 무엇을 참으려는 듯이 아무리 애써 눈꺼풀을 꼭 감고 있어도 그 아물린 속눈썹 사이에서는 어느덧 가는 이슬방울이 맺혀 나오고 있었다.

"온, 녀석두 미안하긴. 에미한테 하는 말버릇하군, 정말 서투른 자식이구나."

어머니는 영문을 모른 채 미영의 손을 꼭 쥐어주면서 인자스럽게만 말씀하신다.

"아무 걱정 말구 어서 몸이나 빨리 나아야지."

"그래요 엄마, 나 정말 빨리 나아버릴게요. 엄마도 아무 걱정 마세요."

미영은 여전히 눈을 감은 채 속삭이듯 말했다.

"걱정은…… 내가 무슨 걱정을 하니, 우리 미영인 이렇게 착한 아이니까 병도 금세 나아질걸 뭐."

"엄만…… 착하니까 병이 빨리 나아지려면 처음부터 앓게 되질 않아야지 뭐."

미영은 차츰 기분이 가라앉아가는 느낌이었다. 어머니의 말씀이 조금은 우스워지기까지 했다. 그러나 어머니는 정색을 하고 말씀하셨다.

"아냐, 그건 그렇지 않다. 몸이 아픈 것도 우리 미영이 지금보다 더욱 착해지라고 그러는 거야. 몸이 아프면 물론 마음도 아플 것은 당연한 일이지. 하지만 마음은 아픔을 경험해야만 더욱더 고와지는 법이란다. 아파보지 않은 마음이 착해지고 고와질 수도 있지만 그것은 세상을 살아가는 힘이 될 수는 없어. 착하다는 것은 그냥 착하기만 한 것으로 값을 지니는 것이 아니라, 그 착함을 지켜나갈 힘을 함께 지녀야 정말로 귀한 것이 될 수 있지 않겠니. 그래서 나는 지금 우리 미영이 앓고 있는 것을 오히려 축복하는 마음으로 위로해주고 싶은 거란다. 글쎄 사람들은 몸이 아프면 마음도 아프고 그러면서 종종 그 아픔 속에서 자기가 한없이 착해져가는 것을 느낄 수가 있거든. 그것을 느낀다는 것은 정말 크나큰 위로를 스스로 구해 받고 있다는 말이 되지 않겠니."

어머니는 뜻밖에 긴 말씀으로 미영을 위로하고 계셨다. 미영은 물론 어머니의 말뜻을 모두 다 똑똑히 알아들을 수 없었다. 그러나 미영은 어쩐지 어머니가 지금 자기의 아픔을, 그녀의 육신이 아니라 마음의 그것까지 꿰뚫어보시고, 그것을 위로해주고 싶어 하시는 것 같은 느낌이 들어왔다.

잠시 가라앉으려던 기분이 다시 흐려오기 시작했다.

"엄마, 의사 선생님이 나 며칠이나 있어야 퇴원할 수 있대?"

그녀는 흐려오는 기분을 억제하려는 듯 일부러 화제를 다른 곳으로 돌렸다.

"글쎄다, 열만 내리면 그만이라니까 금세 나가게 될 테지 뭐. 그러니까 조금도 초조한 생각은 말구."

"……"

"좀 즐거운 생각을 하려무나. 아픈 생각은 잊구. 아까 네 친구들이 와서 이번 가을에 있을 무용 콩쿨 얘길 하지 않던? 기왕이면 그런 즐거운 일을 말이다."

"그래요, 엄마. 병원만 나가면 곧 준비를 시작할래요. 이번 가을에는 어느 때보다 더 멋지게 춤출 자신이 있어요. 저, 정말 멋지게 춤을 출 거예요."

미영은 비로소 눈을 뜨고 어머니를 쳐다보았다. 그러나 그녀는 금세 다시 눈을 감지 않을 수 없었다. 어머니의 표정은 눈을 감고 상상했을 때보다 훨씬 더 견디기가 어려웠기 때문이었다. 부드럽고 인자스런, 그러면서도 어딘지 근심기를 감추지 못하고 계시는 어머니의 눈길이었다. 그런 어머니의 눈길을 받자 미영은 갑자기 그 어머니가 안타깝도록 가엾고 송구스러워져버린 것이었다. 그리고 그런 어머니로부터 받은 느낌은 무엇보다도 우선 미영 자신이 이번 가을에는 어쩌면 춤을 출 수 없게 될지도 모른다는 이상스런 예감이었다.

그것은 미영으로 하여금 다시 어떤 알 수 없는 불안감에 휩싸이게 했던 것이다.

다음 날 아침서부터 미영은 비로소 조금씩 열이 내리기 시작했다. 담당 간호원이 아침 일찍 체온을 재고 나가면서 이젠 열이 내리기 시작했으니 아무것도 걱정할 게 없다고 마치 자기 일이나 된 것처럼 기뻐하고 있었다.

열이 내린 것을 알고 나니 미영은 갑자기 몸이 가벼워진 기분이었다. 머릿속도 한결 맑아진 것 같았다. 달라지지 않는 것은 눈을 감을 때마다 달겨붙는 그 집요한 환각의 그림자뿐이었다. 뿐만 아니라 그것은 이제 누구의 모습인지를 알아볼 수 없을 만큼 모호하지도 않았다. 덕숙이 들이 다녀간 후로, 그리고 어느 순간엔가 한번 그것이 지훈의 얼굴로 모습이 지어진 후로, 그 환각의 얼굴들은 하나가 되든 열이 되든 한결같이 모두가 지훈의 그것으로 분별 지어지곤 하는 것이었다.

그러나 이젠 미영으로서도 그것에 대해선 처음같이 불안스러워 하지만은 않고 있었다. 미영은 이제 그런 지훈의 환각에 대한 불안감이, 은밀히 그를 고대하고 있는 자신의 역설적 심상이라는 것을 스스로 시인하고 있는 터였다. 괴롭고 지겹기는 해도, 그러나 그러는 한편으로 그녀는 그 지훈의 환각으로부터 순간순간 어떤 달콤한 슬픔 같은 것을, 아니 그보다도 어떤 안타까운 행복감 같은 것을 맛볼 수가 있었던 것이다.

미영이 그런 식으로 이날 오전 한나절을 보내고 다시 오후가 되었을 때였다. 열은 좀더 내려갔고 그리고 미영은 아직도 그 괴롭고 달콤한 환각에다 자신을 내맡기고 있을 때였다.

그때 뜻밖에도 지훈이 병실로 나타났다. 그것도 꼭 전날의 덕숙이들과 마찬가지 방법으로 말이다. 어느 순간엔가 미영이 한창 환각 속의 지훈을 쫓다가 문득 눈을 떠보니 거기에 진짜 지훈이 물끄러미 그녀를 내려다보고 있었던 것이다.

"……"

미영은 한동안 말을 잃은 사람처럼 그 지훈을 쳐다보고만 있었다. 갑자기 할 말이 생각나지도 않았지만, 굳이 무슨 말이 하고 싶어지지도 않았다.

—어떻게 알고 왔을까. 아마 덕숙이 년들이 어제 귀띔을 해주고 간 것이나 아닐까.

반가운 대신, 아니 그토록 환각으로 괴롭힘을 주어오던 사람에 대한 미움 대신 미영은 멍청스런 눈초리를 하고서 그런 엉뚱한 상념에만 사로잡히고 있었다. 하긴 어머니가 곁에 계시기 때문에 미리부터 하고 싶은 말을 단념해버리기라도 한 것일까. 미영은 뭔가 지훈을 앞에 두고 생각해볼 일이, 그리고 그에게만 하고 싶었던 말이 있었던 것도 같았지만 그렇게 한마디도 하고 싶은 말이 생각나주질 않았던 것이다.

하지만 그렇게 말을 잃고 있는 것은 미영뿐 아니라 지훈 또한 마찬가지였다. 그도 역시 미영 어머니 때문에 하고 싶은 말을 견디고만 있는 것일까. 혹시 지훈도 정말 미영처럼 아무것도 생각이 나지 않을 만큼 하얗게 감정이 표백되어져버린 상태였을까. 그는 언제까지나 미영이 먼저 입을 열지 않는 한은 자기도 입을 열 필요가 없다고 여겨버린 듯 그렇게 묵묵히 미영을 내려다보고만 있었다.

그 점에 있어서는 지훈이 오히려 미영보다도 훨씬 철저했던 모양이었다. 그는 아닌 게 아니라 처음부터 미영과는 한마디도 말을 하지 않을 작정을 하고 온 게 틀림이 없었다.

미영 어머니가 우연찮게 병실을 나가버리고 났을 때였다. 어머니마저 방을 나가버리자 견디다 못한 미영이 결국 먼저 입을 열었다.

"지훈 오빠, 와줘서 고마워요. 근데 왜 그렇게 한마디도 말이 없이 서 있기만 하세요."

바로 이 말에 대한 지훈의 대꾸가 뜻밖에 단호하기 그지없는 것이었다.

"암말도 하지 마— 암말도."

그리고 나서 지훈은 방금 자기가 한 말을 다시 한 번 미영에게 다짐하듯 갑자기 그녀의 한 손을 꼭 쥐어오는 것이 아닌가.

"어째서요? 어째서 암말도 하지 말라는 거예요?"

미영은 어딘지 조금은 지훈의 말뜻을 알 듯하면서도 이상스런 투정기 같은 것이 치솟아 올라와서 그렇게 반문했다. 그러자 지훈은 두려운 듯 망설이는 어조로, 그러나 조용조용 침착하게 대꾸했다.

"말하지 않아도 우린 다 알고 있잖아. 그것이면 그만이야. 그리고 우린 그렇게 말하고 싶은 것을 모두 다 말해버리지 않고 견뎌냄으로써 비로소 아름다워질 수 있는 거야."

"……"

"우린 이제 훨씬 더 착하고 아름다워져야 할 차례가 아냐? 미영이도 그렇고 나고 그렇고……"

"여기서부턴 우리 둘 다 아무것도 말하지 말고 견디는 거야. 견뎌서 아름다워지는 거야! 그 대신 난 미영이 하루빨리 병원을 나가게 되어주십사 하고 기원을 드려줄 테야."

말을 마치고 나서 지훈은 자기 말에 대한 동의를 구하기라도 하듯 한동안 미영을 들여다보다가는 이윽고 조용히 그녀의 손을 놓아주었다.

5

겨울이 오고 있었다.

겨울은 생명 있는 모든 것이 그 육신과 영혼을 아름다운 꿈으로 씨앗 지어 새로운 생명으로 다시 꽃필 날을 기다리는 계절이었다.

그것은 인간의 삶도 또한 마찬가지였다.

인간들이 겨울철에 그의 영혼을 아름다운 꿈으로 씨앗 지어 기다리는 일은, 육신을 잃지 않고 그 육신 속에 자기 영혼의 씨앗을 지니는 방법만이 다른 생명 있는 것과 다를 뿐인 것이었다. 그리고 그 씨앗의 숨결에 의지하여 해마다 새로운 육신으로 다시 태어나지 않고 인간은 그 자신의 씨앗 맺음으로 하여 그의 영혼 속에 새로운 나이테를 하나씩 더해가고 있는 것이 다른 식물류와 차이가 질 수 있을 뿐이었다.

어쨌거나 인간들 역시 겨울철엔 한차례씩 그의 영혼에 씨앗을 짓는 일을 겪는 게 분명했다.

그리고 이제 그 겨울이 오고 있었다.

미영에게도 물론 그 겨울이 오고 있었다.

그러나 그 미영의 겨울은 서울에서가 아니었다.

미영이 그 폐렴으로 인한 입원 소동을 벌이고, 그리고 그녀가 그토록 기다리던 지훈이 병원으로 그녀를 찾아와 만나고 돌아간 지 두 주일쯤 지나고 난 다음이었다.

미영은 이제 서울을 떠나 남쪽 바닷가의 어느 요양소에 수용된 몸이 되어 있었다.

그리고 그녀의 겨울도 그 남쪽 바닷가의 요양소로 그녀를 찾아왔다.

별로 이렇다 할 사연이 따로 있어서는 아니었다. 미영의 양친이 그녀의 건강을 조금 지나치게 걱정했고, 그리고 마침 그 바닷가 요양소 의사 한 분이 미영 아버지와는 옛날부터 무척 절친한 사이였을 뿐인 것이다. 그런저런 사정이 미영을 거기까지 끌어내리게 된 것뿐이었다.

하지만 미영은 어쨌거나 이제 그녀의 겨울을 맞고 있었다.

미영도 이제 그녀 나름의 씨앗을 한차례 지을 때가 온 것이다. 그리고 아마 계절의 섭리가 그녀에게 그것을 가르쳐준 것일까. 미영도 분명 그것을 스스로 감당해나가고 있음이 역력했다.

그것은 다만 그녀가 그 바닷가 요양소에서 지훈에게 띄워 보낸 몇 통의 편지만 보아도 충분히 짐작을 할 수가 있는 일이었다.

미영이 서울을 떠나간 지 한 주일쯤 지난 뒤부터 미영으로부터는 그녀의 양친과 '무지개' 친구들 이외에 지훈을 위해서도 네 번씩이나 꼬박꼬박 편지를 따로 보내오고 있었다.

하지만 이제 미영이 그 편지 속에서 지훈에게 무슨 말들을 했는지, 그리고 그녀가 그 바닷가에서 자신의 겨울을 위하여 어떤 씨앗을 짓고 있었는지에 대해서는 더 이상 설명을 않는 게 좋겠다. 그것은 아마도 지훈이 받아본 미영의 사연들을 여기에 직접 소개해 보이는 것이, 그리고 그렇게 하여 미영이 그 바닷가에서 자신의 겨울을 어떤 모습으로 씨앗 지어가고 있는가를 스스로 읽고 상상하게 해주는 편이 훨씬 현명한 방법일 터이기 때문이다.

미영이 지훈에게 보낸 그 네 번의 편지들은 사연이 다음과 같은 것들이었다.

첫번째 편지—

지훈 오빠에게

조금은 뜻밖이라 생각하시겠지요.

편지 겉봉 주소를 보고 벌써 아셨겠지만 아마 어쩌면 아직도 병원 침대쯤에서 핼쑥한 얼굴로 누워 뒹굴리라 여기고 계실 이 미영이 철 늦은 시골 해변가에서 갑자기 이런 글을 드리게 되었으니 말입니다.

하지만 지훈 오빠도 어쩌면 이미 다 알고 계셨을 거예요. 그때 오빠가 병원을 다녀가신 날부터 전 조금씩 차도가 좋아지기 시작했다는 것, 그러나 병원을 나오고 나서도 시름시름 몸이 완쾌되질 못하고 애를 먹다가, 드디어는 부모님들의 성화에 못 이겨 이 시골 해변가까지 쫓겨 내려오게 된 사정을 모두 다 말이에요. 그렇게 사정을 모두 다 알고 계셨기 때문에 오빠 딱 그때 한 번뿐으로 제 앞엔 다시 얼굴도 내밀지 않으셨던 거지요. 저도 그건 벌써 다 알고 있지요. 지훈 오빠가 다시 절 찾아오시지 않아도 좋을 만큼 전 재빨리 그 병원을 나와버렸으니까요.

하지만 전 그렇다고 지금 그런 오빠를 원망하고 있는 건 아니에요.

—우린 이제 훨씬 더 착하고 아름다워져야 할 차례가 아냐? 아무 말도 하지 말고 견디는 거야. 견뎌서 아름다워지는 거야.

전 그날 병원에서 지훈 오빠가 주신 말씀이 아직도 귀에 쟁쟁하게 남아 있어요. 원망은커녕 지훈 오빠에게 감사를 드리고 싶은 마음이에요. 왜냐하면 전 이 바닷가 마을로 내려와서 지낸 며칠 동안에 비로소 그 오빠의 말뜻을 조금씩 이해할 수가 있게 되었거든요. 그리고 견뎌서 아름다워지자는 말씀도 뭔가 조금씩은 공감을 가질 수가 있게 되었거든요. 다만 아무것도 말하지 말자고, 우리는 이미 모든 것을 다 알고 있으니까 더 이상 아무 말도 해서는 안 된다고 하시던 지훈 오빠의 권유만은 지금 이렇게 계속 거역을 하고 있는 셈이지만 말이에요.

하지만 그건 저로서도 어쩔 수가 없었어요. 사람은 늘 멀리 있는 것이 그리워지고, 한번 그립기 시작한 것은 참으려고 할수록 그 참음을 먹고 그리움은 자꾸만 더 커져버리는 것인가 봐요. 그러고 나면 그 그리움은 안타깝도록 제게 말을 시키고 싶어 하지요.

그런데 제겐 지금 모든 것이 너무나 멀리 있어요. 집도 멀고, 엄마도 멀고, 그리고 지훈 오빠도, 친구들도 모두가 말예요. 게다가 저의 그리움을 달래줄 바다는 너무너무 뚝뚝하기만 하구요.

그래서 전 오늘 밤, 오빠에게만이라도 한번 맘껏 지껄여보고 싶어진 거예요. 미련하고 참을성 없는 계집아이라고 핀잔을 주어도 할 수 없어요.

이렇게 말씀드리다 보니, 지훈 오빠가 제 편지 받고 놀라실 것은 그러니까 봉투 주소가 아니라 저의 이런 수다와 뻔뻔스러움 쪽이 될 것 같군요.

그래도 전 역시 할 수가 없는걸요. 엄마나 아빠에게는 이런 말을 쓸 수가 없어요. 아마 굉장히 걱정들을 하실 거예요.

사실은 제가 지금 이 바닷가까지 쫓겨 내려오게 된 것도 바로 그분들의 지나친 걱정 때문이었거든요. 오빠도 아마 자세한 사정은 잘 모르고 계실 듯싶으니까 대강 경위를 말씀드리지요.

병원을 나오고 나서도 전 이상하게 몸이 가벼워지질 않더군요. 걸핏하면 자주 피로가 오고, 입맛도 잘 돌질 않고 말예요. 엄마가 의살 만나 상의를 하셨다나 봐요. 의사 선생님 말씀이 전 외모만 부숭부숭 살이 쪄 있지, 원래는 체질이 퍽 약한 쪽이라고 하시더래요. 그러면서 앞으로 한동안은 절대 무리한 일을 해서는 안 된다고 주의를 주시더라고요.

그런데 전 어떻게 되어 있었나요? 가을에 무용 콩쿨 대회가 있지 않아요. 빨리 준비를 서둘러야겠는데 몸이 영 풀려나야지요. 선생님은 선생님대로 마음이 바빠져 계시고 말예요. 안타깝고 초조해지기 시작했어요.

그걸 엄마하고 아빠가 눈치를 채신 거예요. 의사 선생님의 그런 충고가 계셨던 판인데, 무용 연습이라니 어림이나 있겠어요. 아예 생각도 말라는 거예요. 병원에선 될 수 있으면 무용 콩쿨 대회 같은 즐거운 일만 생각하라시던 엄마였지만, 그런 말씀은 이제 기억에도 없는 듯해 보였어요. 하지만 전 물론 그럴 수 없었어요. 이번 가을 에야말로 정말 어느 때보다도 더 멋지게 춤을 춰내리라, 그게 병원 에서부터의 제 생각이었어요. 사정이 어려워질수록 그리고 마음이 초조해지면 초조해질수록 제게선 그런 충동이 이상하게 더 강해지고 있었어요.

며칠 동안 엄마하고 아빠의 동맹군과 저 사이에 실랑이가 계속됐지요. 그러다가 어느 날 아빠가 갑자기 결단을 내려버리신 거예요. 무용 연습은커녕 아예 학교를 몇 달 쉬라는 것이었어요. 하필이면 아빠에게 이런 해변가 요양소의 의사 친구가 생각날 게 뭐예요. 절더러 이 요양소로 내려가 한두 달 조용히 쉬었다 오라시는 게 아니겠어요. 그땐 이미 제가 무슨 말을 해도 소용이 없게 되어버린 거예요. 아빤 결정을 내리자 그날로 당장 일을 서둘기 시작하시더군요. 학교에다 휴학계를 내고 이 요양소 친구분에게 전화를 걸어 입소 절차를 의논하고. 그리고 며칠 뒤에는 바로 이 바닷가 요양소까지 몸소 저를 데리고 내려오시고……

전 결국 그래서 이곳까지 쫓겨 내려오고 만 거예요. 가장 화려한 계절이 이미 그 풍성한 잔치를 끝내고 떠나가버린 듯한 이 텅 빈 바닷가로 말이에요. 뭐 이런 곳에서 요양을 해야 할 만큼 건강이 나쁜 것은 아니지만 아빠하고 엄마는 저에게 무용 연습을 단념시키기 위해 아예 이런 식으로 저를 멀찌감치 내보내놓으신 거예요.

이제 제 사정을 좀 아시겠어요? 제가 하필 지훈 오빠에게밖엔 이런 애꿎은 푸념을 늘어놓을 수가 없다는 사정을 말이에요. 그런 엄마와 아빠에게 이런 소리를 써 올렸다간 정말 두 분 다 밤잠을 못 주무실 거예요.

하지만 지훈 오빠.

그렇다고 너무 겁을 내진 마세요. 오늘 밤은 저도 그만 이쯤 이야기를 끝내겠어요.

모처럼 쓰는 글이라 그런지 이상하게 일찍 피곤기가 느껴지는군요.

그럼 오늘은 우선 이 정도로 소식 전해드리고 다음에 다시 쓰겠어요. 쓰고 싶은 이야기가 아직도 얼마든지 많아요. 바다— 바다를 아세요?

여름처럼 화려하지는 못하지만, 그리고 방금 잔치가 끝난 운동장처럼 쓸쓸하고 텅 빈 느낌이 들기는 하지만 그런대로 또 겨울 바다는 멋이 있거든요.

바다의 이야기뿐만도 아니에요.

하여튼 다음에 다시 쓰겠어요.

오빠도 틈나는 대로 편지 주세요.

지훈 오빤 아마 이런 데서 혼자 외로워하는 누이동생을 편지로 위로해줄 줄 아는 멋쟁이는 아니시지만(?) 그래서 편지 주시면 전 이제부터 정말 착한 누이동생이 되어드릴게요.

기다리겠어요.

그럼 안녕.

오빠 소식이 그리운

미영 올림

두번째 편지—

지훈 오빠.

오늘 오빠가 보내주신 지드의 『좁은 문』 잘 받았어요.

그러니까 제가 저번 편지 드리고 나서 꼭 일주일 만이군요. 무척
도 반갑고 고마운 선물이었어요. 전 오빠가 이번에도 절 모른 체해
버리시지나 않나 얼마나 겁을 먹고 있었다구요.

하지만 오빠.

역시 오빤 할 수 없군요. 겁쟁이처럼 딱 책 한 권이 뭐예요. 책
틈에라도 편지 한 장쯤 써 넣어주셨더라면, 이 가엾은 누이가 얼마
나 위로를 받았겠어요. 정말 전 오빠의 글이 따로 없는 것을 보고,
혹시 책갈피 속에라도 무슨 말씀이 한마디쯤 적혀 있지 않나, 얼마
나 열심히 찾았는지 모른답니다.

하지만 끝내 그런 건 찾아낼 수가 없었어요.

역시 오빠는 오빠다웠다니까요.

원망하지는 않겠어요. 지금의 저로서는 오빠의 그 말 없는 선물,
책 한 권만이라도 얼마나 감격스러운 것인지 헤아릴 수가 없는 형편
이거든요.

기쁘게 읽겠어요. 그리고 열심히 생각해보겠어요. 오빠가 그 말
없는 선물로 제게 배워주고 싶어 하신 것이 무엇이었는가를 말입니

다. 그리고 다시 편지 드리겠어요.

그 대신 오늘은 다른 이야기를 쓰겠어요. 전번에 약속드린 바다의 이야기를 말입니다.

바다—오빠는 혹시 여름이 방금 떠나가버린 철 늦은 바다를 구경한 일이 있으세요? 그건 참으로 황량한 폐허처럼 쓸쓸한 것이에요. 그러나 이건 제가 전번에 편지를 드렸을 때까지의 저의 바다였어요. 그리고 그것이 저의 바다의 전부였지요. 하지만 이젠 제게 그 바다가 조금씩 달라지기 시작하고 있어요. 며칠 동안의 일이지요.

여름철의 그 풍성하고 화려한 성장 그것이 바다의 전부가 아니더군요. 폐허처럼 쓸쓸하고 텅 빈 계절의 뒤꼍에도 그 나름의 바다가 있었어요. 커다란 휴식처럼 조용히 누워 있는 초겨울의 바다—차갑게 번쩍거리며 온통 그 바다 전체가 어디론가 멀리 흘러가버릴 듯한 그런 모습으로 말예요. 아니 어쩌면 그것이야말로 여름의 그것보다도 더욱 바다의 모습인지 모르겠어요.

하지만 바다에서는 여름이든 겨울이든 역시 수평선이 제일이지요. 여름이나 겨울이나 가장 변하지 않는 바다는 뭐니 뭐니 해도 그 수평선뿐인 것 같아요. 그리고 그 수평선은 언제나 제게 비슷한 상념을 갖게 해주는 것이구요.

지훈 오빠 가을철이나 겨울철의 수평선을 보신 일이 있으세요? 보신 일이 없으시담 여름철의 그것이라도 마찬가지예요. 여름의 수평선이 떠나간 사람을 아쉬워하는 그리움 같은 것이라면, 가을이나 겨울의 그것은 와야 할 사람을 기다리는 그리움 같은 것이라고 할까요? 여름은 우리들이 늘 멀어지고 떠나가고 있는 계절이라면 가을과 겨울은 모두가 돌아오고, 가까워지고, 마지막에는 다시 자기 자신의 속으로 숨어들어가게까지 되는 계절이거든요.

하지만 수평선은 언제나 그리움이에요. 그리고 꿈이구요.

이런 이야기를 아세요?

어떤 바닷가의 요양소에 가슴을 앓고 있는 한 남자가 있었어요. 그 남자는 늘 간호원에게 부둣가로 자기를 데려다 달라고 하는 거예요. 그리고는 그 간호원에게 자꾸만 수평선을 바라보게 하지요.

—수평선을 자세히 바라보아요. 아마 거기서 무엇인가를 찾아낼 수 있을 거예요.

—아니, 아니 좀더 자세히 찾아보아요. 어쩌면 방금 돛단배 한 척이 그 수평선을 넘어오고 있을 텐데요.

그런 식으로 남자는 자꾸만 간호원에게 그 수평선을 바라보게 하는 거예요. 하지만 간호원은 그때마다 수평선에서는 아무것도 찾아낼 수가 없어요. 물론 돛단배도 마찬가지였구요. 처음부터 그 수평선에는 아무것도 지나가는 것이 없었으니까요. 하지만 남자는 그럴수록 자꾸만 더 초조하게 간호원을 졸라대지요.

—다시 한 번, 제발 다시 한 번 자세히 그 수평선을 찾아봐주어요.

그러면서 자기는 그 수평선에서 무엇을 함께 찾아보려 하기는커녕 터무니없이 그 수평선으로 시선을 보내고 있는 간호원의 눈 속만 열심히 지켜보고 있는 거예요.

왜 그랬을까요.

이것은 언젠가 제가 좀더 어렸을 때 읽은 어떤 소설의 이야기인데, 아마 지훈 오빠도 그 소설을 읽은 일이 있다면 이유를 아실 거예요.

남자는 수평선을 열심히 찾고 있는 간호원의 눈동자 속에서 옛날에 떠나가버린 자기의 애인을 찾고 있었던 거예요. 왜냐하면 그 남자의 애인은 바로 간호원이 수평선을 찾아 헤맬 때처럼 언제나 그 눈에 안타까운 그리움이, 그리고 영원히 손에 닿을 것 같지 않은 꿈이 어려 있곤 했거든요.

남자는 간호원의 눈동자에서 바로 그 떠나가버린 자기의 옛 애인을 찾고 있었던 거예요. 그러면서 천천히 자기의 병을 고쳐가고 있었더란 말이에요.

지훈 오빠.

전 바다를 바라보면서 자주 그 이야기를 생각하곤 해요. 그러면서 바다를 배우려고 해요.

무엇보다도 전 우선 그 이야기의 옛 애인처럼 저의 눈에도 늘 아름다운 꿈과 그리움을 지니고 싶거든요. 그런 여인이 되고 싶단 말이에요. 전 그것을 이 바다와 수평선에서 배워가고 있는 거예요.

그럼 지훈 오빠. 오늘도 여기서 이야기를 끝내야겠어요. 한참 신이 나서 지껄이다 보니 이게 모두 제 이야기가 아닌 것 같아 갑자기 허전한 느낌이 들기 시작하는군요. 그래 그런지 약간 피곤한 느낌도 들구요.

하지만 염려하진 마세요. 몸이 나빠서 그런 건 아니니까요. 전 이곳 생활에 이젠 여간 익숙해진 게 아니에요. 아빠의 친구분 되신다는 원장님께서 특히 잘 보살펴주신 때문이기도 하지만, 앞서 말씀드린 대로 전 그간 바다하고도 여간 친해져 있는 게 아니거든요.

지내기에 불편이 적어지니까 건강은 자연히 좋아져가고 있어요.
하기야 전 처음부터 무슨 병 때문에 여길 온 건 아니니까 당연한 얘
기가 될지 모르겠군요.

이번엔 제발 편지를 좀 써주세요.

조금은 오빠가 원망스런 미영 올림

세번째 편지—

지훈 오빠.

전 지금 오빠가 미워죽겠어요. 이번에는 진짜예요.

두 번씩이나 제가 그렇게 애걸을 했는데도 오빤 역시 대꾸가 없으
시군요. 오빠가 보내주신 『좁은 문』조차 차분히 읽고 앉아 있을 수
가 없었을 만큼 전 안타깝게 오빠의 글만 기다렸는데도 말이에요.

하지만 좋아요. 전 아직 견딜 수가 있으니까요. 오빠가 정말 미워
죽겠지만 그걸 꾹 참고 견디면서 아직도 오빠에게 이런 글을 쓸 수
있으니까요. 게다가 제겐 점점 더 깊이 친해져가는 바다가 있고, 수
평선이 있고, 그리고 정다운 친구들의 편지가 있지 않아요. 엄마나
아빠로부터의 소식은 물을 것도 없구요. 제게서 늘 빠져 있는 건 오
빠의 편지뿐이에요.

오늘도 두 친구로부터 소식을 받았어요. 이제 머지않아 곧 경연
대회—제가 참가하고 싶었던 그 무용 콩쿨 말이에요—가 시작되리
라구요. 그리고 거기서 저의 춤을 볼 수가 있었으면 얼마나 즐거운

일이겠느냐구요.

아, 정말 여기선 그「백조의 호수」―그 아름다운 선율이라도 한 번 들을 수가 있었으면 좋겠군요. 하지만 역시 여기선 그럴 수가 없어요.

아름다운 선율들은 오직 저의 상념 속에 전설처럼 멀리만 있어요. 오직 저는 자신의 환상 속에서 그 꿈같이 먼 선율을 안타깝게 쫓아다니고 있을 뿐이에요.

그러나 그것도 좋아요. 어쨌든 저는 그런 환상 속에서나마 아직 저의 춤을 출 수가 있으니까요. 정말이에요. 전 정말로 아직 저의 춤을 추고 있는 거예요. 오빠는 알아들으실 수가 없는 말일지 모르지만, 전 그전부터도 가끔 그런 식으로 혼자서 춤을 추고 있는 일이 많았어요. 환상 속을 혼자서 외롭디외롭게, 그러나 현실에서보다도 더욱 열심히 땀을 뻘뻘 흘리면서 말이에요.

요즘도 물론 그런 식이에요.

가엾은 백조지요. 오빠 아마 그렇게 생각하시겠지요. 저도 그렇게 생각해요. 하지만 환상 속에서나마 춤을 출 수 있는 한 전 마음이 굳센 백조예요. 그렇게 춤을 추면서는 저는 무엇이나 다 견디어 낼 수가 있거든요.

물론 지훈 오빠에 대한 것도 마찬가지예요. 전 그렇게 춤을 추면서 끝끝내 오빠의 소식을 기다릴 거예요.

또 쓰겠어요.

이렇게 갑자기 글을 보내고 보니 어쩐지 제 말이 온통 협박투성이였던 것만 같네요.

제발 그렇게라도 생각해주시면 좋겠어요.

오빠가 미운 미영 올림

그리고 미영이 지훈에게 보낸 마지막 사연은 이러했다.

지훈 오빠.

역시 소식이 없군요.

하지만 전 이번엔 오빠를 원망하는 글을 쓰지는 않겠어요. 다른
이야기를 하겠어요. 그리고 아마 이 글이 제가 이 요양소에서 오빠
에게 보내는 마지막 편지가 될 거예요. 머지않아 제가 이 요양소를
떠나 서울로 돌아가게 될 거라는 말은 아니에요. 그것은 저도 언제
가 될지 아직 알 수가 없어요. 그렇다면 오빠는 또 제가 끝내는 이
런 식으로 토라지고 마는 것인가 싶어질 수도 있겠지요. 하지만 이
번이 저의 마지막 편지가 되리라는 건 그래서가 아니에요. 오히려
그 반대예요. 토라지기는커녕 전 지금 오빠에게 진실로 감사하고
싶은 심경으로 이 글을 쓰고 있는 것이니까요.

전번에 오빠가 보내주신 『좁은 문』을 이제사 다 읽었어요. 그리고
전 비로소 오빠의 뜻을—아니 오빠로선 어쩌면 꼭 그런 뜻이 아니
었을지도 모르지만요—이해할 수가 있었거든요. 뿐만 아니라 전 그
책을 읽고 나서 오빠에게 정말 감사를 드리고 싶어질 만큼 제 자신
에 관해서도 여러 가지를 깨달을 수가 있었어요.

오늘 오빠에게 쓰려는 이야기는 바로 그 『좁은 문』과 그것을 읽고

난 저의 느낌에 관한 것이에요.

사실 전 처음부터 오빠가 왜 하필 이 『좁은 문』을 제게 보내주셨는가가 여간 궁금해지질 않았어요. 그것은 오빠가 처음으로 제게 권해주신 그 『전원 교향악』과 지은이가 똑같은 지드의 소설이라는 점에서가 아니라 그저 막연히 오빠가 제게 그 책을 권해주신 데는 그럴 만한 동기나 이유가 있었을 것만 같은 저의 직감 때문이었을 거예요. 한데 전 처음 며칠 동안은 오빠의 편지를 기다리느라 그 책을 들여다볼 생각조차 먹어보지 못하고 있었어요. 그러나 일단 책을 들고 페이지를 넘기다 보니 제게선 다시 그 궁금증이 살아나기 시작했어요. 책을 읽는 동안도 물론 그런 궁금증은 내내 저의 머릿속에서 떠날 줄을 몰랐지요.

그러나 마지막 책장을 덮고 나니 비로소 의문이 풀리는 것 같았어요.

역시 오빠 제게 우연히 『좁은 문』을 택해주신 건 아니었다는 느낌이었지요.

솔직히 말씀드리겠어요. 언젠가 병실에서 오빠 제게, 우리들은 서로 모든 것을 알고 있으며, 이미 알고 있는 것은 더 이상 말하려 하지 말고, 조용히 견뎌내야 한다고 말씀하신 일이 있지요. 그렇게 아프게 견뎌내어서 서로가 훨씬 아름다워져야 한다고 말이에요.

저는 사실 그때는 오빠의 그런 말씀이 무슨 뜻인지 확실히 알 수가 없었어요. 그저 막연한 느낌은 있었지만 우리가 무엇을 이미 다 알고 있고, 어째서 그것을 말해서는 안 되며, 또 어떻게 그것을 아름답게 견디어내야 한다는 것인지 하나도 제겐 확실한 것이 없었어요.

그런데 책을 모두 읽고 나니 비로소 그런 것들이 하나하나 분명해
진 것 같았어요. 제롬과 알리사가 모든 걸 다 이야기해주었어요.

하지만 이젠 저도 더 이상 자세한 말은 하지 않겠어요. 저도 오빠
처럼 말을 하지 않아야 할 이유를 배웠고 또 그것을 어떻게 견뎌내
서 아름다워질 수 있는가를 보았으니까요.

다만 이것만은 확실하게 말씀드려두고 싶군요. 처음에는 껍질을
벗는 듯한 아픔이 굉장했어요. 하지만 저는 그런 아픔이 있었기 때
문에 진짜로 껍질을 벗어버린 거예요.

어른이 되었다고는 말하지 않겠어요. 그러나 조금은 어른스런 생
각을 하게 된 것 같아요. 전 지금 분명히 저의 껍질을 뚫고 나올 때
의 아픔 때문에 지훈 오빠를 원망하고 있진 않으니까요. 전번 편지
때만 해도 전 분명히 오빠를 원망했을 거예요. 하지만 지금은 달라
요. 지금은 오히려 오빠에게 감사를 드리고 싶은 거예요.

그리고 이제부터야말로 정말 지훈 오빠의 좋은 누이동생이 될 수
있다는 결심과 자신이 넘치고 있어요.

그런 의미에서 전 지훈 오빠가 좋으시다면 어느 때고 한번 제 친
구 덕숙이와 멋지게 사귀는 날이 와줬으면 좋겠어요. 아주 떳떳하
게, 멋지게 말이에요. 그때 가선 저도 정말 한번 오빠의 좋은 누이
동생 구실을 해보게요. 그리고 덕숙의 좋은 친구로 축복하는 마음
이 되어보게요.

하지만 지금은 물론 안 돼요.

덕숙은 그렇지도 않다는 눈치 같지만, 우리들은 지금 너무 어려
요. 입시 준비다 뭐다 하는 일도 많지만, 무엇보다 우선 자신에게서

조차 완전히 자유로워질 수가 없는, 어쩌면 자유로워져서는 안 될 철부지 소녀일 뿐이니까요.

전 이번에 그걸 깨달았어요. 다만 언제고 그런 날이 오기를 은밀히 기다리고 있을 수는 있다고 생각해요.

자 그럼, 지훈 오빠, 이제 모든 것을 아셨지요. 아셨을 줄로 믿고 이쯤에서 저도 이 마지막 글을 끝맺겠어요.

오빠가 자랑스러운 미영 올림

비밀의 탄생, 영혼의 성숙이 시작되는 순간

정여울
(문학평론가)

1. 어른들은 모르는, 나만의 비밀이 태어나는 시간

『당신들의 천국』『서편제』『이어도』 등의 대표작으로 소설가 이청준을 기억하는 독자들에게는 『젊은 날의 이별』이 매우 참신한 느낌으로 다가갈 것이다. '이청준 선생님이 하이틴 로맨스 소설을 쓰셨다니!'라는 놀라움을 느낄 수도 있고, '이청준만의 향기가 느껴지는 성장소설이 궁금하다'고 느끼는 독자들도 있을 것이다. 1971년에 『백조의 호수』라는 제목으로 나왔던 이 책은 이후 『젊은 날의 이별』로 제목이 바뀌어 출간되었다. 무려 40여 년이나 지난 작품임에도 불구하고 우리가 모두 한 번쯤은 거쳐왔던 안타까운 '젊은 날의 이별'은, 무엇으로도 달래지지 않는 사춘기의 열병은, 변함없는 '최신의 테마'로 다가온다. 고도의 관념성과 지적인 문체로 각인된 작가 이청준의 마음 한편에 이토록 섬세하고 부드러운 감성의 속살이 살아 있었다는 것이 반갑게 느껴지기도 한다.

사춘기는 어른을 동경하면서도 '어른스러움'을 향한 두려움이 가장 커지는 시기다. 어른이 되는 순간 자신의 모든 것에 홀로 책임을 져야 한다는 강박이 커지면서, 동시에 어른들의 세계에 대한 대책 없는 호기심이 샘솟는다. 소년소녀가 진정한 어른이 되는 순간은 어떤 결심 때문이 아니라 '비밀의 침입' 때문이 아닐까. 모든 것을 다 말할 수 있었던 친구에게도, 아무것도 숨길 것이 없었던 부모님에게도, 반드시 뭔가 숨겨야만 할 비밀스런 사건이 생겨나는 일. 그것은 성숙의 징표이기도 하고 성숙의 위험이기도 하다. 비밀은 대개 비밀을 지킬 수 있는 능력이 아직 없을 때 탄생하기 때문이다. 이청준의 『젊은 날의 이별』은 바로 이 순간, 비밀을 지킬 능력이 아직 없는 순수한 소녀가 홀로 감당하기 어려운 비밀을 안고 고통스러워하며 자신도 모르게 '어른스러움'을 지니게 되는 한 시기의 풋풋한 아름다움을 그려내고 있다.

비밀의 결정적인 촉매는 바로 '비밀 따위는 절대 있어서는 안 된다'는 금기다. 주인공 미영이 속해 있는 '무지개 클럽'이 바로 그런 '비밀 없음'을 무기로 하는 극단적인 친밀감의 공동체다. 덕숙, 미영을 비롯한 일곱 명의 여고생들은 '우리는 서로에게 아무런 비밀이 없어야 한다'는 계율을 지키면서 서로의 모든 것을 다 알고 있다는 믿음으로 친밀감을 확인한다. P여고 학생들 사이에서는 모르는 사람들이 없을 정도로 무지개 클럽의 위상은 독보적이다. 그들의 우정, 아니 그들의 '비밀 없음'은 그들이 지닌 최고의 무기인 것이다. 아무런 비밀이 없을 정도로 서로를 완전히 믿는다는 것,

비밀 따위는 필요 없을 정도로 자기 인생에 당당하다는 것이 이 사춘기 소녀들을 결속하는 자긍심의 원천이다. 무용에 뛰어난 재능이 있는 미영은 그중에서도 생일 순으로 '막내'라는 이유로, 그리고 누구보다도 순진하고 고분고분하다는 이유로 선생님들과 학생들 모두에게 사랑받는 소녀다.

그런 미영에게 어느 날 '비밀'이 생긴 것만 같은 불안한 낌새를, 무지개 클럽의 리더 격인 덕숙이 가장 먼저 알아차린다. 덕숙은 무지개 클럽의 나머지 다섯 소녀들과 모의하여 미영에게 뭔가 비밀이 생겼고 그 비밀을 캐내야 할 의무가 자신들에게 있다는 확신을 심어준다. 심지어 무지개 클럽 회원들은 평소보다 말이 없어지고 공상에 빠져 지내는 것 같은 미영의 집을 급습하기까지 한다. 사실 미영은 자신에게 일어난 미묘한 변화의 원인을 완전히 알아차리지 못했다. 그것은 이종사촌 오빠인 지훈이 자신의 집에 함께 살게 되면서 일어난 변화였다. 이제 막 스무 살이 된 지훈은 지방 도시 K읍에서 서울의 C대학교로 오면서 미영의 집에 기거하게 된다. 외동딸로 자라난 미영은 처음으로 생긴 오빠의 존재가 신기하기도 하고 반갑기도 해서 지훈에게 가까이 다가가고 싶지만, 지훈은 어찌 된 일인지 그런 미영의 친절을 완강히 뿌리친다.

"도대체 멋이라고는 손톱만큼도 찾아볼 수가 없는 위인"(p. 24)인 지훈은 "언제나 성이 나 있는 사람처럼 무뚝뚝하고 말이 없었"던 것이다. 미영을 거들떠보지도 않을뿐더러 "어떻게 보면 터무니없이 그녀를 멸시하고 미워하는 듯싶기까지"(p. 24) 했던 것이다. 미영은 어느 날 자기 인생에 끼어든 이종사촌 오빠 지훈의 존재 때문에 은근히 신경이 거슬린 상태였다. 누구에게든 미움 따위는 받아본 적 없는 미영은 처음으로 타인에게 '사랑받지 못하는 존재'가 된 것 같은 소외감을 느끼기 시작한다.

둘 사이에는 '취향의 차이'가 존재했다. 지훈이 책벌레인 반면 미영은 무용을 꿈꾸는 예비 예술가답게 클래식 음악을 좋아했다. 미영은 자신이 좋아하는 차이콥스키의 「백조의 호수」를 지훈에게 권하고, 지훈은 "책을 읽으라고 책을. 아마 미영인 지금 지드의 『전원 교향악』 정도가 알맞을 거야"(p. 26)라고 말하면서 은근히 미영의 취향을 비난한다. 음악과 독서라는 취향이 반드시 배치되는 것은 아니지만, 두 사람은 마치 서로의 취향이 '견딜 수 없는 소음'이라도 되는 양 서로를 배척한다. 지훈은 자신이 시골 출신이라는 사실에 콤플렉스를 느끼고 있었던 것이고, 미영은 상냥하고 친절한 도시적 분위기 속에서만 자라난 탓에 지훈의 무뚝뚝함을 이해하지 못한 것이다. "어찌 된 일인지 미영은 지훈 앞에서 끝끝내 소설책 따위에는 흥미가 없는 척해 보이고 있었고, 지훈은 지훈대로 미영의 「백조의 호수」를 견딜 수 없어 하고 있었던 것이다"(p. 26).

서로의 권유를 받아들인다는 것은 마치 서로에게 굴복하는 것 같은 느낌이 들어, 두 사람은 서로에게 잔뜩 자존심을 앞세우고 있다. 하지만 서로의 시선이 부딪히지 않는 곳에서 미영은 지훈을 지나치리만큼 신경 쓴다. 미영은 지훈이 두고 간 『전원 교향악』을 조금씩 읽으며 남몰래 깊은 감동을 받고 있다. 자신도 인식하지 못하는 사이에 마음속에 움트기 시작한 비밀, 그것은 그녀의 인생에 처음으로 나타난 매력적인 이성을 향한 강렬한 호기심이었던 것이다. '이종사촌'이라는 사회적 금기는 그녀가 그 비밀이 태어나는 순간을 미처 제대로 깨닫지 못하게 만드는 인식의 장애물이 된다. 지훈이 만약 집 바깥에서 만난 완전한 타인이었다면 미영은 자신의 미묘한 감정 변화에 이토록 둔감하지는 않았을 것이다. 이토록 평범하고 공공연한 비밀, 이성을 향한 사춘기 소녀의 호기심은 '사랑해선 안 될 사람'이라는 강력한 사회적 금기에 의해 억압되고 있었던 것이다.

2. 너와 내가 동시에 원하는 것, 비밀의 기원

오히려 미영의 감정 변화를 미영보다 먼저 알아차린 쪽은 무지개 클럽의 수장이자 미영의 단짝인 덕숙이다. 덕숙 또한 미영의 이종사촌 지훈을 처음 본 후 호감을 느낀 것이다. 두 사람 사이에서 포착되는 미묘한 감정의 소통을 눈치 챈 덕숙은 사상 최초로 '무지개 클럽 멤버의 비밀'의 존재를 묵인한다. 미영의 마음속에 말 못할 비밀이 생기는 순간 그에 질세라 덕숙에게도 차마 털어놓지 못할 비밀이 생긴 것이다. 덕숙은 지훈에 대한 호감을 미영에게 숨기고, 미영은 자신에게 일어난 감정의 변화를 스스로에게까지 숨긴다. 부쩍 혼자만의 상념에 빠져 있는 일이 잦아진 미영은 예상치 못한 곳에서 사고를 치고 만다. 음악 시간에 항상 고루한 '클래식 예찬론'을 늘어놓는 음악 선생님의 지루한 연설을 더 이상

참지 못하고 반기를 든 것이다.

유행가는 "기껏해야 짜장면이나 우동 정도의 음악"이고 클래식은 "카레라이스나 돈가스 같은 훨씬 급이 다른 고급 음악"(p. 37)이라는 편협한 이분법에 갇힌 음악 선생님의 일장 연설은 평소와 다름없이 익숙하게 진행되는 상투적인 클래식 옹호론이었지만, 그날따라 미영은 참을 수 없는 감정에 사로잡힌다. 유행가가 짜장면이고 클래식이 카레라이스라면 팝송은 무엇이냐고 묻는 다른 학생의 질문에 음악 선생님은 또 기가 막힌 변설을 늘어놓는다. "팝송 맛이 어떠냐구? 그야 뭐 짬뽕이나 잡탕밥 맛이지, 미련하게 그것두 아직 몰라?"(p. 38) 참다못한 미영은 전교생이 모두 모여 있는 대강당에서 선생님께 맞서고 만다. "하지만 선생님께선 여태까지 짜장면하고 돈가스밖에 통 다른 건 잡숴보시질 못한 게 아니세요? 이를 테면 햄버그스테이크나 비프가스 같은 거라도 말씀이에요"(p. 39). 평소에는 둘째가라면 서럽게 상냥하고 온순했던 미영의 반항은 전교생들에게 엄청난 뉴스거리가 된다. "이상하리만큼 창백해진 그녀의 얼굴에는 뜻밖에도 어떤 분노의 빛마저 서려"(p. 40) 있었고, 미영은 아직도 자신의 행동이 얼마나 큰 파장을 몰고 올 것인가는 생각도 하지 못하고 가슴속에 품은 이야기를 마저 다 해버리고 만다. "그런데 그 돈가스보다 더 맛있는 햄버그스테이크의 맛이 저희들에게는 바로 지금 말씀드린 팝송이나 재즈의 맛이거든요. 그러니까 저희들은 역시 클래식보다도 팝송이나 재즈하고 더욱 친해질 수밖에 없었던 거예요.〔……〕선생님께서도 맛을 좀 보세요. 그러시면 아마 선생님께서도 틀림없이 저희들처럼 재즈나 팝송을 더 좋아하게 되실 테니까요"(p. 41).

결국 음악 선생님께서는 이제 짜장면이나 돈가스 타령으로 클래식 음악을 옹호하는 궤변은 그만두라는 이야기였다. 미영은 자신도 모르게 '이것은 A이고, 저것은 B다'라며 세상을 이분법적으로 해석하는 기성세대의 닫힌 논리에 반항하고 있었다. 어쩌면 미영은 이해할 수 없는 타인, 지훈의 등장으로 인해 마치 처음으로 비프가스나 햄버그스테이크를 맛본 어린아이처럼 '이해할 수 없지만, 빠져들지 않을 수 없는 매혹'을 느끼고 있는 것인지도 몰랐다. 자신이 한 행동에 스스로 충격을 받은 미영은 더 깊은 상념에 빠져 홀로 집으로 돌아가고, 무지개 클럽 소녀들은 이제 '미영의 비밀'에 대한 공공연한 걱정에 사로잡힌다. 사랑에 빠지면 누구나 평소의 자신다움을 잃어버리게 된다는 것을, 미영은 아직 인식하지 못했던 것이다. 그렇게 평소와는 전혀 다른 자신의 엉뚱한 모습을 모두에게 보인 날, 스스로의 행동에 충격을 받은 미영이 집으로 돌아간 순간, 미영이 맞닥뜨린 것은 지금까지 한 번도 목격하지 못한, 지훈의 뜻밖의 모습이었다. 지훈은 놀랍게도 혼자 조용히 「백조의 호수」에 귀를 기울이고 있었던 것이다. 그것도 미영의 방에서 말이다. 숙녀의 방에서 그녀의 소지품을 꺼내 몰래 감상하고 있는 것은 누가 봐도 '무례한 행동'임에는 틀림없었다. 하지만 두 사람은 그제야 서로를 향한 격렬한 감정의 정체를 깨닫게 된다.

지훈도 물론 미영의 출현에 적잖게 당황을 한 기색이었다. 〔……〕 미영은 전에 한두 번 집 안에서 속옷 차림을 지훈에게 들킨 일이 있

었는데, 이때의 지훈은 마치 그런 미영을 마주쳤을 때처럼 어정쩡
하고 난처한 표정을 하고 있었다. 〔……〕 그는 이내 얼굴이 뻘게지
며, 느닷없이 자기 쪽에서 먼저 화를 내버리고 말았다.

"뭐 함부로 기척도 없이 문을 열고 있어! 뻔히 안에 사람이 있는
줄 알면서, 그만한 조심쯤 해줘야지 않아!"

〔……〕 사실 미영이 처음 자기 방에서 지훈을 보고 놀란 것은 지
훈에 대한 어떤 평소의 선입견이나 그 선입견에서 온 단순한 호기심
때문에서만은 아니었다. 미영은 지훈이 「백조의 호수」에 귀를 기울
이고 있는 것을 보자 대뜸 어떤 감동스런 느낌부터 먼저 들어버리고
있었던 것이다. 미영이 어리둥절하고 놀란 것은 바로 그런 자신의
감동 때문이었다. (pp. 48~50)

그 사람이 없는 동안에만 그 사람을 향한 자신의 호감을 표할 수
있는 사람. 자신이 상대방을 원하고 있다는 사실을 들킬까 봐 온
힘을 다해 상대방의 시선을 거부하는 사람. 지훈은 그런 사람이었
던 것이다. 미영이 지훈의 이 '비신사적인 행동'에 뜻밖의 감동을
받은 것은 지훈의 자신을 향한 무관심이 철저한, 그러나 어색한
연기였음을 눈치 챘기 때문이다. 미영의 눈길이 닿지 않는 곳에서
는 미영의 의견을 완전히 존중했던 지훈의 억눌린 애정 표현을 어
렴풋이 깨달았기 때문이기도 하다. 그리고 서로를 향한 숨길 수
없는 호감의 정체를 깨달아가면서 미영은 이 견딜 수 없는 비밀스
런 감정이 필연적으로 감내해야 할 슬픔의 정체도 알아가게 된다.
"사실은, 「백조의 호수」를 좋아하고 계시다고 왜 솔직히 말씀하지

못하세요. 그래서 「백조의 호수」를 좀 듣고 싶어 방에 들어왔노라고 말씀예요. 모두 다 지훈 오빠가 비겁한 탓이 아니고 뭐예요!" (p. 51) 「백조의 호수」는 곧 미영이라는 존재 자체의 은유가 아닐 수 없다. 자신을 향한 호감을 이런 식으로밖에 표현하지 못한 지훈을 향한 분노가 미영을 더욱 고통스럽게 한다.

미영의 격렬한 감정 표현에 지훈은 더더욱 스스로를 향한 부끄러움을 느끼게 되고, 급기야 혼자 하숙을 한다며 집을 나가버리고 만다. 지훈이 눈앞에서 보이지 않게 되자 미영은 그제야 난생처음 자기 인생에 나타난 낯선 타인의 의미를 더욱 깊이 깨닫게 된다. 지훈의 출현 전에 언제나 화목하고 충만했던 미영의 집은, 온통 텅텅 비어버린 것처럼 허전하고 쓸쓸해져버린 것이다. 방과 후가 초조하게 기다려지는 일도, 지훈과 마주칠 때마다 느껴지던 묘한 긴장감도, 모두 사라져버린다.

이제 미영은 마치 은밀한 추억의 앨범을 뒤지듯 『전원 교향악』을 탐독하기 시작한다. 맹인이었던 제르트뤼드가 목사님의 도움으로 세상의 아름다움에 눈을 뜨는 장면에서, 미영은 "목사의 인내와 사랑 속에서 이젠 차츰 영혼의 눈을 떠가고 있"(p. 56)는 제르트뤼드의 순결한 영혼에 감명을 받기 시작한다. 그녀 또한 지훈의 존재, 아니 지훈의 부재로 인해 자신이 인정하고 싶지 않았던 마음 깊숙한 곳의 진실을 깨달아가고 있었기 때문이다. 타인의 시선으로 보았을 때 비로소 나의 진실이 더욱 투명하게 보일 때가 있다. 커다란 금기의 억압에 짓눌려 있을 때는 더더욱 그렇다. 덕숙은 미영에게 질투 어린 시선을 보내기 시작한다. 미영과 지훈 두

사람은 서로 "너무 좋아져버릴까 봐 겁을 먹고 일부러"(p. 75) 냉
랭한 척하고 있는 것일 뿐이라고. 무지개 클럽이 모두 함께 있는
자리에서 지훈과 미영은 나머지 다섯 사람은 알 수 없는 감정의 신
호를 주고받았다고. "그건 눈이나 가슴으로 말을 주고받을 줄 아
는 사람끼리나 할 수 있는 일이거든"(p. 75).

3. 금기와의 전투, 마음의 빗장을 열다

미영은 덕숙의 질투 어린 충고로 인해 더욱 명징하게 자신의 변
화를 인지하기 시작한다. 그러자 이런 미묘한 감정의 변화까지도
알아차리는 덕숙을 향해 불현듯 질투를 느끼기 시작한다. 지훈은
덕숙에게 별다른 관심이 없지만, 미영은 덕숙과 지훈이 '이종사촌
이 아니라는 것', 즉 자신과 달리 '모든 가능성이 열려 있는 관계'
라는 사실 때문에 질투를 느끼는 것이다. 덕숙이 지훈을 향해 호
감을 갖고 있다는 것을 눈치 채자 미영은 이제 지훈을 향한 강한
독점욕을 느끼게 된다. 누구도 자기 이외의 여자는 지훈과 친해지
지 않기를 바라게 된 것이다. 그렇게 지훈의 부재 속에서 지훈의
의미를 더욱 깊게 깨달아가던 미영에게, 뜻밖의 편지가 배달된다.
전화 한 통 없이 미영의 속을 태우던 지훈이 드디어 처음으로 편지
를 쓴 것이다.
이 편지는 전에 없이 다정하고 친밀하기 이를 데 없다. 사랑한
다는 표현은 눈을 씻고 찾아봐도 없지만, 누가 봐도 애절한 사랑

의 표현일 수밖에 없는 편지를, 지훈은 쓰기 시작했다. 지훈은 기말고사가 끝나자마자 여행을 떠나버렸다. 지훈은 그렇게 미영에게서 멀리 떨어지자 비로소 용기를 낼 수 있게 된다. 그는 수줍게 고백한다. "마치 미영에게 멋진 편지를 써 보내기 위해서 일부러 이번 여행을 떠나온 것"(p. 81) 같다고. "편지를 쓰고 싶은 생각이 너무 간절했기 때문에 거꾸로 그 편지를 쓸 수가 없었던"(p. 81) 거라고. 그리고 그는 마침내 고백한다. "「백조의 호수」는 아름다운 음악이다"(p. 83)라고. "미영은 나처럼 아름답고 그리운 감동으로 그것을 들은 일이 있는가, 그리고 그 꿈결 같은 선율에 맞춰 하얗게 춤추고 있는 미영 자신의 모습을 나처럼 아름답고 그립게 상상해본 일이 있는가……"(p. 83). 이미 「백조의 호수」와 『전원 교향악』은 두 사람 사이의 은밀한 암호가 되어버린 것이다. 지훈은 미영에게 도저히 직접 표현할 수 없는 격렬한 감정을 「백조의 호수」에 전적으로 투사하고, 미영은 지훈을 향한 금지된 그리움을 『전원 교향악』을 향해 투사한다.

　두번째 편지에서 지훈은 이제 모든 것을 털어놓는다. "미영이 나에 대한 관심을 늘 '오누이' 사이라는 말로 변명해두지 않고는 견딜 수 없는 두려움, 그 두려움 속에 이미 미영이 구하고 있는 해답은 마련되어 있"(p. 90)다고. 서로에게 누이동생 이상을, 사촌 오빠 이상의 그 무엇을 기대하고 있었던 두 사람의 은밀한 감정을 이제 더 이상 숨길 수 없게 된 것이다. 하지만 그 감정을 인정하고 고백함과 동시에, 두 사람 사이를 가로막고 있던 높은 금기의 장벽 또한 더욱 삼엄한 현실로 다가온다. "고작해야 성난 얼굴이나 짓고 공연히 무뚝뚝한 말씨를 휘둘러서 미영의 비위를 건드려놓은 것이 나의 방법의 전부"(p. 92)였음을 고백하며, "미영은 그처럼 소심하고도 간절한 나의 어법을 이해할 리가 없었"(p. 92)다는 것 또한 인정하게 된다. 그리고 그가 기나긴 방황을 통해 얻은 참담한 결론 또한 함께 고백한다. "내가 미영을 누이 이상의 존재로 생각하고 싶어 한다면 그것은 우리들을 지배하고 있는 보다 크고 높은 이 세계의 질서에 의해 우리로서는 도저히 감당해낼 수 없는 가혹한 복수가 따르게 될 거란 말야"(p. 92). 이제 그가 원하는 유일한 향유의 대상은 미영을 향한 그리움 자체일 뿐이다. "아무 구김살 없는 미영의 편지"(p. 93)를 기다리는 것만이 그가 스스로에게 허락한 유일한 쾌락이었다. 금기는 두 사람 사이의 애정을 더욱 강렬하게 촉발하는 촉매 역할을 했지만, 결국 두 사람은 금기의 경계 앞에서 서로의 감정을 힘겹게 추스르려 한다.

이 소설의 진정한 매력은 첫사랑의 은밀한 설렘을 묘사하는 로맨스의 코드가 아니라 '태어나서 처음으로 사랑하게 된 대상'을 고통스럽게 단념하는 과정 자체를 아름답게 그려낸다는 데 있다. 미영은 무지개 클럽이 다 함께 여행을 떠나자는 제안도 거절한 채 지훈의 다음 편지를 기다리지만, 오직 한 사람의 편지를 기다리기 위해 여행까지 포기한 그녀의 진심은 지훈에게 도착하지 않는다. 미영의 마음이 뒤늦게 깊어져가고 있을 무렵, 지훈은 혼신의 힘을 다해 미영에 대한 열정을 통제하고 있었던 것이다. 지훈은 미영을 향한 금지된 정열에 종지부를 찍고자 자신의 친구를 미영에게 소개하기까지 한다. 자신이 한 발 다가가려 할 때마다 오히려 냉담하게 물러서는 지훈의 태도에 모욕감을 느낀 미영은 복수하는 심정으로 덕숙을 지훈에게 소개시켜준다. 함께 행복한 시간을 공유할 수 없기 때문에 차라리 지훈에게 고통을 주는 방법을 택한 미영. 그녀는 난생처음으로 경험해보는 타인을 향한 격렬한 증오와 질투로 괴로워한다. 사랑과 증오와 희열과 분노가 동시에 분출하는 듯한 미묘한 감정의 소용돌이를, 미영은 힘겹게 통과하고 있었던 셈이다. 덕숙을 당당히 데리고 나온 미영의 의도를 단박에 눈치 챈 지훈은 잔인한 리액션을 보낸다. 덕숙의 존재 앞에서 당황하는 대신, 도리어 덕숙과 자신의 만남을 자연스러운 것으로 만들어버린 것이다. "어때? 미영인 이제 할 일이 다 끝나지 않았나?" "모처럼 새 누이동생을 소개해주었으면, 이제 미영인 자리를 좀 비켜주는 게 예의가 아니겠느냐 이 말야"(pp. 144~45).

항상 누구에게나 사랑받고 주목받으며 살아온 미영은 태어나서 이런 대접을 받아본 적이 없었다. 가장 따뜻한 시선을 받고 싶은 대상에게서 오히려 가장 냉정한 시선을 받는 순간, 미영은 자신이 이토록 고통스러운 이유는 지훈을 향한 자신의 은밀한 기대감 때문임을 알게 된다. 사랑스러운 시선으로 자신을 봐주기를 바라는 미영의 기대감 때문에, 지훈의 일거수일투족은 하나같이 서운하고, 모욕적이며, 기대에 못 미치는 것이 되어버린다. 그러나 이 모든 이성적인 판단에 앞선 미영의 감정은 충격과 분노, 그 자체다. 분노에 사로잡힌 채 나가버리려는 미영을 지훈은 뒤늦게 붙잡으려 하지만 미영은 이미 깊은 충격으로 이성을 잃은 상태다. 추운 날씨에 한참 정신없이 인파에 떠밀리며 그저 걷기만 하던 미영은 처음으로 '어디로 가야 할지 모르겠다'는 생각에 망연자실해진다. 지금껏 부모님의 의견을 거역한 적도 없고, 학교 선생님의 말에 반항한 적도 없으며, '어디로 가야 할지 모르겠다'는 생각조차 해본 적 없는 이 순진한 소녀는 난생처음 나타난 '불편한 타인' 때문에 인생의 방향타를 완전히 잃어버린 것이다.

자신의 영혼이 갈가리 찢겨나가는 것 같은 고통을 겪으면서 동시에 미영은 차라리 달콤한 안식의 감정도 함께 느낀다. 그것은 자신이 가장 원하는 대상을 잃어버림으로써, 자신이 꿈꾸던 또 하나의 이상, 「백조의 호수」에 맞춰 춤을 추는 예술가로서의 자기 환상을 보게 된 것이다. 자신이 새하얀 의상으로 화려하게 성장한 채 눈부신 조명 아래 슬프도록 아름다운 선율에 맞춰 끝도 없이 춤을 추는 듯한 환상. 완전히 버려졌다는 확신에서만 우러나올 수 있는 참혹한 고독 속에서 그녀는 자신이 「백조의 호수」의 주인공이 된 것 같은 고통스러운 환각을 경험한다. 그러나 그것은 고통만은 아니었다. "기묘한 외로움"이 배어 있지만 "슬프도록 아름다운 집념과 투지"(p. 156)가 샘솟는 듯하고, 슬픔이 스스로 모습을 바꾸어 "자기 자신의 어떤 달콤한 인생의 의미"로 바뀌는 듯한 기묘한 착시 속에서 그녀는 간신히 집으로 돌아온다. 고통에 시름시름 앓던 미영은 마침내 하룻밤 사이에 폐렴에 걸리고 만다. 병원에 입원한 그녀를 모두가 찾아왔지만, 그토록 기다리던 지훈은 좀처럼 찾아오지 않는다. 그리고 사경을 헤매던 미영이 비로소 잠시 정신을 차렸을 때, 지훈은 그제야 병상에 누운 미영 앞에 나타난다. 애써 태연한 척하며 '누이동생'의 예의를 차리려는 미영에게,

지훈은 처음으로 자신의 진심을 완전히 내보인다. "암말도 하지
마— 암말도"(p. 183). 그리고 다짐이라도 하려는 듯, 갑자기 그
녀의 손을 꽉 쥐어온다. 그것이 두 사람의 처음이자 마지막 애정
표현이기도 하다. "말하지 않아도 우린 다 알고 있잖아. 그것이면
그만이야. 우린 그렇게 말하고 싶은 것을 모두 다 말해버리지 않
고 견뎌냄으로써 비로소 아름다워질 수 있는 거야"(p. 184).

지훈의 '아무 말 없이 견디기'의 전법은 미영의 신열을 조금씩
진정시키기 시작한다. 건강이 빨리 좋아지지 않아 서울을 떠나 남
쪽 바닷가의 어느 요양소에 수용된 미영은 조금씩 자신의 견딜 수
없는 그리움을, 멈출 수 없는 열정을, 힘겹게 다스리기 시작한다.
미영은 자신에게 『좁은 문』이라는 책 한 권을 보내주고는 어떤 편
지도, 전화도, 방문도 하지 않는 지훈의 야속한 침묵의 의미를 이
해하기 시작한다. 누구도 지나갈 수 없는 좁은 문, 그 좁은 문으로
지나가기 위해 전생을 걸어야 했던 한 여자의 사랑을 이해한 것처
럼, 금지된 사랑이라는 좁은 문의 틈새로 자신의 마음에 불쑥 침
입해버린 한 남자의 고독을 이해하기 시작한 것이다. 이 소설은
강력한 금기와의 조우를 통해 비로소 '진정한 나'를 찾아나가는 두
남녀의 고통스러운 성장기다. 두 사람이 '금지된 열정'의 늪에서
힘겹게 빠져나오는 과정은 타인으로 인해 느끼는 고통을 자신에
대한 열정으로 승화할 줄 아는 어른이 되어가는 과정이기도 하다.

〔2014〕

텍스트의 변모와 상호 관계

이윤옥
(문학평론가)

『젊은 날의 이별』

| **발표** | 『여학생』 1971년 2월호~1972년 3월호.
| **최초의 단행본 수록** | 『백조의 춤』, 여학생사, 1979.

1. 실증적 정보

1) 초고: 대학노트에 쓴 육필 초고가 일부 남아 있다.

2) 수필「잃어버린〈백조의 춤〉」: 1978년 간행된 산문집『작가의 작은 손』에 실린 수필로, 『젊은 날의 이별』의 중심 소재와 인물들에 대한 일화가 들어 있다. 거기에 따르면 이청준이 군인 시절, 정찰병들의 라디오에서 흘러나오던「백조의 호수」를 들었던 경험이 '지훈'의 그것으로 치환된다.

- 「잃어버린〈백조의 춤〉」: 가물가물 움직이던 정찰병들의 모습은 이내 시야에서 가라앉아 버렸다. 이윽고 음악 소리도 사라져 버렸다./정찰병과 음악 소리가 사라져 간 녹음 위로 또다시 교교한 산골의 정적이 고이고, 그 산봉우리 끝에 하얀 여름 구름 몇 점이 무심히 흐르고 있었다./나는

---

* 텍스트의 변모를 밝힘에 있어 원전의 띄어쓰기 및 맞춤법을 그대로 살렸음을 일러둔다.

비로소 졸음이 활짝 걷혀 오는 느낌이었다. 주체할 수 없는 그리움이 밀물처럼 가슴 가득 밀려들어 왔다. 그리고 그 그리움만큼이나 깊고 큰 절망감이 나를 영 견딜 수 없게 했다./그리운 것은 언제나 너무도 멀리 있구나!

　3) 개제(改題): 이 작품은 발표 당시와 1979년 창작집에 수록될 때 표제가 『백조의 춤』이었다. 그 후 1991년 『젊은 날의 이별』로 개제되어 출간된다.

2. 텍스트의 변모

1) 『여학생』(1971년 2월호~1972년 3월호)에서 『백조의 춤』(여학생사, 1979)으로

* 봄, 여름, 가을로 나뉘었던 장의 구분이 없어진다.

　- 10쪽 10행: 슬퍼지고 있는지에 이르기까지 하나하나 자세한 것을 다 알아내 가야 하니까 말이다. → 슬퍼지고 있는지 이 무지개 클럽 안에서 일어난 한 조그만 사건에 대하여 하나하나 진상을 알아내 가야 하니까 말이다.

　- 21쪽 6행: 기분이 허전해 있었다. 친구들을 만나도 그 허전한 기분은 채워지질 않았고, → 허전한 기분이 채워지질 않았고,

　- 29쪽 11행: 그러나 어쨌든 미영은 결국 그렇게 지훈을 소개하지 않을 수 없게 된 것이었다. → 〔삭제〕

　- 42쪽 1행: 결국 그녀는 말을 끝내자 마자 펄썩 자리로 주저앉으며 느닷없이 울음보를 다 터뜨려 버렸던 것이다. → 결국 그녀는 말을 채 끝내지도 못하고 제풀에 그만 눈물이 글썽하면서 책상 위에 풀석 얼굴을 가리고 주저앉아 버렸던 것이다.

　- 52쪽 17행: 일부러 그래 준 것이었겠지만 친구들도 그날 일은 굳이 다시 들춰내려고 하질 않았다. → 〔삭제〕

　- 61쪽 17행: 조그만 계집애 → 콩만한 계집애

- 69쪽 3행: 그러나 지훈은 이에 대꾸를 하지 않았다. → 지훈은 좀처럼 대꾸를 하지 않았다.
- 82쪽 23행: 하지만 드디어는 그 소리의 환청마저 귀에서 사라지고 → 이윽고 그 꿈결처럼 아득한 트랜지스터의 선율마저 더위에 지친 녹음 너머로 사라지고
- 86쪽 16행: 그녀에겐 조금씩 조금씩 광명이 스며들기 시작했지요. → 그녀의 깜깜한 영혼 속엔 이제 조금씩 빛줄기가 스며들기 시작했어요.
- 87쪽 10행: 저를 미워하고 있기 때문이 아니라는 걸 저는 알고 있어요. 오빠 오히려 → 〔삭제〕
- 88쪽 16행: 그런 예감에 대해서도 → 지훈의 편지에 대해서 또다시
- 90쪽 21행: 정직 → 정확
- 128쪽 18행: 주문을 했다는 건가…… → 선심을 베풀었던가……
- 129쪽 22행: 덕숙이라든가 뜻밖의 다른 사람들에 대한 것도 모두 → 그녀 주위의 다른 사람들에 대한 일도
- 131쪽 11행: 뜻하지 않게 지훈으로부터 강문수라는 그의 고향 친구를 소개받고 나서, 그 앙갚음으로 → 지훈에 대한 앙갚음으로
- 149쪽 20행: 껄껄 → 하하
- 154쪽 1행: 청년 → 그 사람
- 154쪽 5행: 청년 → 학생
- 154쪽 9행: 청년 → 남자
- 185쪽 11행: 겨울이 오고 있었다./겨울은 생명있는 모든 것이 그 육신과 영혼을 아름다운 꿈으로 씨앗지어 새로운 생명으로 다시 꽃필 날을 기다리는 계절이었다./그것은 인간의 삶도 또한 마찬가지였다./인간들이 겨울철에 그의 영혼을 아름다운 꿈으로 씨앗지어 기다리는 일은, 육신을 잃지 않고 그 육신 속에 자기 영혼의 씨앗을 지니는 방법만이 다른 생명 있는 것과 다를 뿐인 것이었다. 그리고 그 씨앗의 숨결에 의지하여 해마다

새로운 육신으로 다시 태어나지 않고 인간은 그 자신의 씨앗 맺음으로 하여 그의 영혼 속에 새로운 나이테를 하나씩 더해 가고 있는 것이 다른 식물류와 차이가 질 수 있을 뿐이었다./어쨌거나 인간들 역시 겨울철엔 한 차례씩 그의 영혼에 씨앗을 짓는 일을 겪는 게 분명했다./그리고 이제 그 겨울이 오고 있었다./미영에게도 물론 그 겨울이 오고 있었다./그러나 그 미영의 겨울은 서울에서가 아니었다./미영이 그 폐렴으로 인한 입원소동을 벌이고, 그리고 그녀가 그토록 기다리던 지훈이 병원으로 그녀를 찾아와 만나고 돌아간 지 두 주일쯤 지나고 난 다음이었다./미영은 이제 서울을 떠나 남쪽 바닷가의 어느 요양소에 수용된 몸이 되어 있었다./그리고 그녀의 겨울도 그 남쪽 바닷가의 요양소로 그녀를 찾아왔다./별로 이렇다 할 사연이 따로 있어서는 아니었다. 미영의 양친이 그녀의 건강을 조금 지나치게 걱정했고, 그리고 마침 그 바닷가 요양소 의사 한 분이 미영 아버지와는 옛날부터 무척 절친한 사이였을 뿐인 것이다. 그런저런 사정이 미영을 거기까지 끌어내리게 된 것뿐이었다./하지만 미영은 어쨌거나 이제 그녀의 겨울을 맞고 있었다./미영도 이제 그녀 나름의 씨앗을 한 차례 지을 때가 온 것이다. 그리고 아마 계절의 섭리가 그녀에게 그것을 가르쳐 준 것일까. 미영도 분명 그것을 스스로 감당해 나가고 있음이 역력했다./그것은 다만 그녀가 그 바닷가 요양소에서 지훈에게 띄워보낸 몇 통의 편지만 보아도 충분히 짐작을 할 수가 있는 일이었다./미영이 서울 떠나간 지 한 주일쯤 지난 뒤부터 미영으로부터는 그녀의 양친과 〈무지개〉 친구들 이외에 지훈을 위해서도 네 번씩이나 꼬박꼬박 편지를 따로 보내오고 있었다./하지만 이제 미영이 그 편지 속에서 지훈에게 무슨 말들을 했는지, 그리고 그녀가 그 바닷가에서 자신의 겨울을 위하여 어떤 씨앗을 짓고 있었는지에 대해서는 더 이상 설명을 않는 게 좋겠다. 그것은 아마도 지훈이 받아 본 미영의 사연들을 여기에 직접 소개해 보이는 것이, 그리고 그렇게 하여 미영이 그 바닷가에서 자신의 겨울을 어떤 모습으로 씨앗지어 가고 있는가를 스스로 읽고 상상하게 해 주는 편이 훨씬 현명한 방법일 터이기 때문이다./미영이 지훈에게 보낸 그 네 번의 편지들은 사연이 다음과 같은 것들이었다.//첫번째 편지―. → 〔삽입〕

- 192쪽 4행: 두번째 편지―. → 〔삽입〕
- 192쪽 12행: 깍쟁이 → 겁장이
- 196쪽 8행: 세번째 편지―. → 〔삽입〕
- 197쪽 16행: 무서운 → 마음이 굳센
- 198쪽 5행: 그리고 미영이 지훈에게 보낸 마지막 사연은 이러했다. → 〔삽입〕

2) 『백조의 춤』(여학생사, 1979)에서 『젊은 날의 이별』(청맥, 1991)로
* 『젊은 날의 이별』로 개제되고 장이 다시 5장으로 나뉜다.

- 59쪽 8행: 2백원 → 2천원
- 84쪽 9행: 71, 7 → 7월 X일
- 158쪽 9행: 여섯 개의 번호를 정확히 돌려나가고 있었다./두루룩, 두루룩. → 일곱 개의 버튼을 연속해 눌려나가고 있었다.
- 158쪽 11행: 여섯 번째 → 일곱번째

3. 인물형
- 지훈: 『조율사』에도 지훈이라는 중요한 인물이 나온다.

4. 소재 및 주제
1) 골절: 미영은 자주 부러지는 뼈를 튼튼히 하려고 무용을 시작했다. 콩트 「습관성 골절상」은 미영처럼 뼈가 부러지는 아이의 이야기다. 「귀향 연습」의 훈이도 습관적으로 뼈가 부러진다(19쪽 16행).
2) 유행가: 이청준은 여러 작품에서 유행가에 대해 말한다. 그는 삶의 현장에서 몸으로 익힌 노래가 진짜라고 생각한다. 음악 선생이 촌놈 음악

이라고 매도하는 유행가도 '사람의 가슴속을 깊이 파고드는 애조'가 서린
것이라면 진짜 음악이다. 「현장사정」은 그런 유행가에 대한 소설이다.

- 「현장사정」: 시골의 유행가는 보다 천천히 그리고 오래오래 불리어지면서
가난과 한탄과 설움이, 때로는 작은 즐거움이나 꿈이 깃들기 시작했다.
생활의 내력과 추억이 어려들었다. 세월의 때가 묻어 들었다. 그리하여
하나의 유행가는 거기에서 서서히 다시 태어났다.

3) 음악과 음식: 음악 선생이 클래식 음악과 유행가를 음식에 비유하
는 일화는 「귀향연습」에도 나온다. 두 소설에서 클래식 음악은 비프스테
이크나 돈가스, 오므라이스에, 유행가는 짜장면이나 우동에 비유된다(37
쪽 6행).

- 「귀향연습」: 유행가는 원래 촌놈 음악이며 음식으로 치면 중국집 자장면
이나 우동 같은 것이라 비교했다. 촌놈들은 중국집 자장면이나 우동 정도
만 하여도 매우 맛이 있어 하겠지만, 진짜 맛있는 음식을 먹어본 사람은
적어도 오므라이스나 비프스테이크 이상은 되어야 제법 맛을 즐길 수 있
다고 했다. 진짜 음악은 그러니까 오므라이스나 비프스테이크 같은 음식
물이 그렇듯이 보통 사람은 그 맛을 몰라 잘 먹을 수도 없고, 먹어보려고
도 하지 않는 고급 음식이며, 그것이 곧 클래식 음악이라는 것이었다.

4) 멀리 있는 것과 그리움: 그리움에는 적당한 거리가 필요하다. 이청
준은 수필 「여인의 청순미」에서, '가까이 있는 것은 그립지 않다. 멀리 있
는 것이 그리운 것이다'라고 말한다(81쪽 9행, 85쪽 23행).

- 「해공의 질주」: 멀리 있는 것은 그리움. 귀하고 소중스러운 것들은 항상
멀리만 있게 하고 멀리 있는 것들은 나를 그리워하게 한다.

5) 자위 능력을 가진 선(善): 자기를 지킬 수 없는 선(善)은 선이 아니
라 굴종일 뿐이다. 힘이 없는 자유나 사랑도 마찬가지다. 자유나 사랑은
선의 다른 이름이기 때문이다. 이청준은 습작 시절부터 자위 능력을 가진
선에 대해 진지하게 고민했다(179쪽 22행).

- 습작 「아벨의 덧쌓」: 신은 그것을 영원한 저주로 단죄하고 말았지만 자위
  능력이 없는 아벨은 실상 선이기 전에 인간이 서식하는 이 지상에서의 사
  멸과 굴종을 의미할 뿐이었다.
- 『조율사』: 언젠가 전 선(善)은 선 그 자체로서 선이 아니라 자기 위상과
  가치를 지켜나갈 수 있는 능력까지 지닌 경우에 비로소 선일 수 있다는
  말을 들은 적이 있습니다만, 저는 거기에 동감입니다.
- 『당신들의 천국』: 자유나 사랑을 행함에는 절대로 힘이라는 것이 전제가
  되어야 합니다. 힘이 없는 자유나 사랑은 듣기 좋은 허사에 불과할 뿐입
  니다. 자유나 사랑으로 이룩해져나감은 그 자유나 사랑 속에 깃들인 힘으
  로 해서일 겝니다. 사랑이나 자유의 원리가 바로 힘이 아니더라도 그것들
  이 행해지고 그것들이 이룩해나가는 실현성이나 실천성의 근거는 그 힘이
  되어야 한다는 말이지요.
6) **바다를 간직한 눈**: 『젊은 날의 이별』에서 미영이 읽은 바닷가 요양
소에 대한 소설은 「귀향연습」에서 은영이 읽은 소설이기도 하다. 두 눈에
바다와 수평선을 간직한 소설 속 여자는 「침몰선」을 시작으로 여러 작품
에 꾸준히 나온다. 『당신들의 천국』에서 화가가 그린 소녀의 눈동자에도
바다의 변형인 아름다운 섬 이야기가 들어 있다. 은영이 그랬듯 미영도
장차 그 여자들처럼 '현장 부재의 눈빛'을 가질 가능성이 크다.
- 「침몰선」: 바다— 수진은 그 소녀의 눈에서 자신의 바다를 볼 수 있었다.
  아니 그 눈 속의 바다는 실제보다도 더 아름답고 신비스러워 보였다. 소
  년은 그 소녀의 눈 속에 더욱 아름답고 분명한 바다를 심어주기 위해 계
  속 더 열심히 그 바다 이야기를 했다. 그러면서 그녀의 눈 속에서 하루도
  빠짐없이 그의 바다를 보았다.
- 『이제 우리들의 잔을』: 윤희의 시선을 그렇게 만들고 있는 것은 바다 때
  문이었다. 뒤늦게나마 진걸은 그 윤희의 눈동자 속에 먼바다의 그림자가
  어려들고 있는 것을 분명히 볼 수 있었다.

- 「해공의 질주」: 여인의 눈에 어리는 수평선./사내가 사랑을 말할 때마다 먼 수평선만 바라보던 여인은, 붙잡을 수 없는 수평선을 담은 눈길이 그렇게도 사내를 안타깝게 절망시키던 여인은 마침내 그녀의 그 수평선처럼 아득한 세월의 물굽이를 넘어가버리고……
- 『당신들의 천국』: 그녀의 이야기는 눈이 말을 하고 있었다. 그녀의 눈은 수많은 섬 이야기를 하고 있었다. 슬픈 이야기였다. 그러나 아름다운 이야기였다. 화가의 개인전이 열렸을 때 수많은 사람들이 그 소녀의 눈동자에서 아름다운 섬 이야기를 들었다고 했다. 그리고 소녀와 섬을 사랑하게 되었다고 했다.